嫡妻說了算 2

文創風 175

東風醉 著

目錄

第十八章

廖苗走後，容盼去了浴間沐浴，脫了小褲才發現見了紅。

冬卉嚇得臉都白了，容盼瞪去。「衣服替我穿上，扶我去床上休息。」說著也不等她回神，自己起身去勾衣物。

冬卉趕忙扶住她，求道：「太太，太太，求您別動。」

屋外林嬤嬤聽到響動，連忙進來，看見她褲上的血，什麼都知道了，飛快的幫著容盼穿了衣服，幾個人一起合力扶著出了屏風。

容盼躺在床上，閉著眼休息了會兒，小腹那裡只是覺得痠痠的，並未有什麼疼痛感。

想來應該只是有先兆性流產的跡象，出了點血，她內虛，會這樣很正常。

可若是這樣安養都不能保住胎兒，那只能說這孩子和她沒緣分了。

冬卉很快就叫了太醫過來，診過脈和她想的一樣，有小產的跡象，需臥床休息幾日。

容盼頷首讓他退下。

林嬤嬤遞了一碗牛乳給她，輕聲道：「太太，您以後就不要吃茶了，牛乳對您更好。」

容盼接過，吃了一口，還未吃完，就見龐晉川一陣風似的颳進來，見著她劈頭蓋臉就問：「可是哪裡不舒服？」

說著摸向她的小腹，溫熱的大掌透過不算很厚的寢衣，煨得小腹暖呼呼的，很是舒服。

容盼轉頭看向窗外，積雪還在乾枯的樹幹上，他卻跑得滿頭是汗。

容盼抽出帕子，輕輕擦著他額頭，笑道：「也不是什麼大事，只是胎象還未穩，有些小產的跡象。」見他臉色一變，容盼問：「你是從哪裡回來？怎麼跑得滿頭是汗？」

龐晉川呼出一口濁氣，捏住她的手，感覺是熱的，情緒才緩和下來道：「剛去見了岳丈大人，剛說著事就聽人說妳這邊請了太醫。」

「哦。」容盼點了點頭，對他說：「剛才姑媽和表妹來過了。」

龐晉川眉頭一皺，目光似有若無的瞥向冬卉，冬卉膝蓋一軟，撲通一聲跪地，容盼望了一眼並未說話，只是看著龐晉川笑了笑。

他問：「說了什麼？」

容盼回道：「姑媽想讓表妹給您做妾，讓我來說和說和，您看呢？」

龐晉川緊盯著她，冰涼的嘴唇在她手掌心上落下一個個的細吻，反問：「妳覺得呢？」

他腦中閃過那個叫廖苗的女人，長得和容盼倒有幾分相像，只是太過嬌小柔弱。

這個男人，心思深，從來不會正面回答她的問題。每每，容盼都覺得他好像挖了一個坑等著她跳。

容盼幽幽地嘆了一口氣，伏在他膝頭問：「就咱們兩個不好嗎？我實在怕極了再來一個宋芸兒。」

龐晉川不由得摸著她烏黑柔順的長髮，眼底下是一層層的陰暗，他應道：「就咱們兩個。」

宋芸兒做過的事，他很明白，容盼就是因為知道他太過明白，所以才把廖苗和她劃分在一塊兒。不是說廖苗如何，而是廖苗若進府，注定了是和她坐同一條船，她不需要一個嬌滴滴的小姐站隊，更不給姑媽算計她的機會。

她也沒興趣，在受著孕期辛苦的同時還要去管龐晉川的瑣事，既然如此，那乾脆就把對方的希望都扼殺在搖籃之中。

但是容盼也再一次發現，龐晉川對這個孩子的重視程度。

當年她懷小兒時，吐得比現在還厲害，他也從來沒有丟下公事半途回來，但這次這樣，到底是為了什麼？是什麼改變了龐晉川的想法？

容盼打了個哈欠，在他腿上昏昏沈沈的陷入睡鄉。

龐晉川輕輕喚了一聲，見她沒反應，躡手躡腳地將她抱入被窩之中，替她捏好了被角抽身便要離去。

容盼孕期極其怕冷，下意識地朝他靠去，鑽進他懷裡就不出來了，弄得龐晉川哭笑不得，乾脆也脫去常服摟著她的肩膀小憩。

就這幾日沒碰她的身體，現在兩人只隔著單薄的寢衣靠在一起，她的圓潤緊貼在他胸膛。

龐晉川感覺好像又飽滿了一些。

他伸出手將她輕輕拖著往上面一點與他平起，一隻手箍住她的腰，另一隻手摸上她的眼睛、鼻梁，再到紅潤的小嘴。

她不是他見過的女人當中特別好看的，可卻是最耐看的。龐晉川觸摸不夠，捏住她的下顎，低頭在她嘴唇上一下一下落了幾個濕吻。

從來沒有一個女人，可以在有孕之後還能這麼輕易地挑起他的慾望，只是吻了唇，卻覺得不夠，他像獨行於沙漠之中，努力的找尋水源。

他挑開容昐的唇，用舌頭挑動，從上顎到貝齒再到舌尖，無一處輕易放過。

容昐還在夢中，嗚咽了一聲，扭著身體不願意。

龐晉川低低一笑，退出她的小嘴，報復性地在她脖子上重重的狠吸了一口，退開後發現形成了一個粉色的印記，心下不由大好，自言自語。「就饒了妳這一回，若是下次再敢拒絕，便不饒妳了。」

語罷，已經不能再和她同睡，讓人做了個湯婆子給她抱在懷中，又拿了幾個枕頭壓住旁邊的被子，安置好了，他才下床披衣。

打開門，來旺早已等在門外，屋外下了好大的雪，人來人往的都穿了袍子。

龐晉川拉著袖口，冷著一張臉問：「辦妥了？」

來旺諂媚笑道：「爺剛讓冬卉姊姊交代的事，小的都查清楚了。」

龐晉川掃了他一眼，大步走出門，來旺連忙收起笑臉，跟上去道：「廖姑母嫁的是臨安最大的望族廖家，但三年前守寡，今年才剛帶廖小姐回來。這次回顧府是因為和廖氏宗族打官司，廖姑母的庶子害病死了，她不想將產業歸還給族裡，也不想過繼嗣子。」

「嫁的不過是臨安望族，也敢在這裡放肆。」龐晉川拉下臉。

來旺連忙應是。

臨安在京畿外，因極靠近京城被人叫做小京都，許多外放的封疆大吏若是想回到京城，必回之地便是臨安。

當年廖家亦是在京城盤根錯節，但因祖上開罪了皇帝被貶到臨安。至今未能歸京。

龐晉川深諳其間的鬥爭，回過頭對來旺道：「你給廖家族長修書一封，叫他管好這個女人。」說罷又道：「知府那邊，你派人去打點清楚了，快把案子判下來。」

來旺不解，試探地問：「爺的意思是要讓廖姑母輸？可這顧府？」

龐晉川深瞇起眼。「顧府現在哪裡有閒情管這檔子事？嫡親的小姐還在東宮之中，容盼又嫁的是我，那廖顧氏不過是跳梁小丑罷了。」

來旺想了想又說道：「只怕到時候廖姑媽又有得鬧，那到時候太太又得煩心了。」

「呵。」龐晉川冷哼。「她分得清。」廖顧氏膽敢拿這件事給她添堵，就不要怪他下手對付。

來旺猛地打了個激靈，不由心下咂舌。

還好自己平日裡對太太恭恭敬敬，否則只怕這時候是要秋後算帳了。

卻說這邊，容盼一連在床上躺了兩、三天，長灃天天都來看她。

聽說他最近都在吃藥，雖有時還喘，但並未發病嚴重。

容盼也放下心，專心看長灃和霖厚玩洋棋。

這副棋製作精美，棋子是清一色的玻璃所製，一邊頭頂是藍色寶石鑲嵌，一邊是紫色寶石，底下的黑白棋盤縱橫交錯，也看不出是什麼所製，但觸手溫潤，絲毫不感到冰涼。

看得出長灃在這方面天賦極高，基本府上的小孩都玩不過他一個，顧霖厚玩著玩著就要賴說：「姑媽，肯定是您偷偷教了大表弟！」

霖厚已經輸了三次了，氣性都輸沒了。

再看向長灃，越發的氣定神閒。

或者長灃可以往這方面發展？容盼想著，笑道：「我沒教，是他自己領悟的。」

她並不擅長下西洋棋。

長灃靦覥地看著容盼，嘴角微微咧開一絲笑容。

林嬤嬤捧著一碗藥和一碟果子進來，黃氏跟著後面進來。

顧霖厚一見到母親，立馬蹦上去。「娘。」

黃氏笑笑，對兩孩子道：「都出去吧。」

幾個侍候的媽子連忙帶著哥兒兩個退下。

黃氏走上前，就在床沿坐下，容盼閉著眼皺著眉喝藥，待她放下碗了，黃氏遞過漱口的水，又遞了帕子給她。

容盼擦過嘴，黃氏才撚了一顆果子塞到她嘴巴裡。「吃吃看，是我家莊子上摘的，三年才結果一次。」

容盼微微驚訝。「倒是稀奇。」

黃氏含笑看她，容盼咬下一口，酸甜的汁水頓時溢滿口腔，味道清新又可口，三兩下的工夫就吐出核。

黃氏笑道：「妳以前來我家玩時，就喜歡吃這種果子，如今大了，倒是口味沒變。」

容盼笑笑並未言語，她時常能從黃氏的話中聽出顧容盼以前過的日子是極其快樂的。難怪嫁給龐晉川後，兩個人性格會不合。

黃氏又道：「本來結得就不多，但沄湖還惦記著妳愛吃，就叫我都帶回來……」她說著說著，忽閉上嘴，小心地看向容盼。

只見她低下眉。「嫂嫂，聽說伯父給他說了一門侍郎家的嫡女，不知如何了？」

黃氏見她面色還好，這才安心道：「沒成，死心眼。」

早知道如此，當初幹麼了？如今人家都嫁了，還眼巴巴等著，等到老也都是不可能的事情。

「這事不怪妳。」黃氏補充道：「他從小就認死理，我爹也認死理，如今後悔也遲了，倒是我覺得沒主母也沒什麼，只是他如今都快三十的人了，還沒個嫡子，如此下去只怕我爹和他總歸有一天要吵起來。」

容盼不由嘆了一口氣，黃沄湖對她而言，僅是這原主最後殘留在心底深處的一抹悸動。

可她畢竟不是顧容盼，她對黃沄湖有的只是愧疚和嘆息。

而黃沄湖愛的人也不是她，顧容盼早就死了，她沒有做什麼人替身的想法，在黃沄湖心中顧容盼應該是一個無可取代的地位吧。

黃氏忽想起什麼，拍手叫道：「唉，容盼，我倒是有一件事要問妳，為了這事沄湖差點與我吵了起來，我就問問妳是什麼意思。」

「什麼？妳說。」

黃氏道：「前些日子，妳怎麼會想把秋菊送給沄湖了？」

「秋菊？」容盼不解。

黃氏急道：「可不是給忘了？看妳這記性！前些日子秋菊突然被妳府裡的小廝送回顧府，秋菊後來來求我，說妳看沄湖身邊沒個人侍候，叫我把她送去給他做通房也好、妾侍也好。」

容盼牙關忽有些發顫，拉住她的手問：「秋菊現在人呢？」

黃氏接著道：「如今在黃府呢，沄湖見是妳送來的，又在妳身邊侍候了多年，便給提了妾侍的身分。又擔心被人知道是妳身邊的人，就給她改了戶籍，如今叫寶笙。」

龐晉川知道了！

容盼猛地跌坐在枕上。

她終於知道為何秋菊會投靠龐晉川了！秋菊的婚事她也替她找了不少婆家，可秋菊都笑說不急，她早就應該看出秋菊心中有人才是。

龐晉川不知是如何發現的，竟將秋菊拉了過去。

如果是這樣，那龐晉川早就知曉黃沄湖的事，可他卻從未問過她這件事。

「容盼，容盼，想什麼呢？臉色這麼難看。」黃氏拍了拍她的臉。
容盼急道：「嫂嫂，能把秋菊叫回來嗎？」
黃氏古怪地看她。「怎麼可以？都已是黃家的人了，怎麼？可是哪裡出了錯？」說著又道：「我倒覺得這丫頭服侍沄湖極認真，便是十個丫鬟都抵不上她細心。」
容盼頭疼得很。「沒，我只是許久未見她，想見得很。」
龐晉川到底想幹什麼！
簡直是無孔不入。
容盼已經懷疑自己身上到底有多少事，是他不知道的？
送走黃氏後，容盼一人在屋裡待了許久，小兒來看過她，說了兩句話就被顧霖厚叫走。
晚膳時，顧母叫人給她送了老鴨湯來，容盼一口氣吃了兩碗下去，略有些化悲憤為力量的意思。
她現在實在抓不準龐晉川的心思，若說當時玉珠之死她可以質問他，那是因為這件事本身就是龐晉川的錯，她有底氣。
可在黃沄湖這件事上，容盼真的沒把握攤牌。直接說的話，不等龐晉川開口她自己就揭得一清二楚，太被動了，再者黃沄湖和顧容盼之前也真有往事。可若不問，這件事簡直就像吃了蒼蠅一樣，讓人直噁心。
想了想去，不能明著攤牌，還是決定從秋菊這裡入手。
容盼洗了澡，換了一身綠杭絹對襟襖子、淺黃水綢裙，盤坐在床上看書。

時值已是月上中天，屋外北風呼呼，窗臺邊上依稀能看見乾枯樹枝蜿蜒盤旋的黑影。

今晚她有些心緒不寧，總得找些事排解。書是龐晉川帶來的，多是當今較為出名的經史子集批白。

冬珍守夜，看了她好幾眼，猶豫了下，上前用銀針挑著燈芯，勸道：「太太，明日再看吧，仔細傷了眼睛。」

容盼也沒什麼興趣看這類書，放下，摸著小肚問她。「可有什麼吃的？」

不知是因為緊張還是什麼，今晚肚子餓得極快。

冬珍一聽她要吃東西，立馬眉開眼笑。「林嬤嬤早就替太太備下了，是酒釀小丸子，加了地瓜煮的。」

「嗯，妳去拿來給我。」容盼點頭，冬珍正要往外走，忽聽得外頭一陣嘈雜的腳步聲，通報的小丫鬟喊道：「爺回來了。」

話音才剛落，就聽到撩簾子的聲音，容盼才要起身，他就已經跨進來。

龐晉川兩頰微有些紅，似是吃了酒，但眸色依舊清晰明亮，看來沒有醉。

一見她起床，龐晉川拉住。「臥床休息去，這裡不用妳侍候。」話音剛落，外頭冬卉幾個走進來，龐晉川解了扣子，讓人侍候著換下衣物，對容盼道：「剛才在兄長那邊吃多了酒。」

容盼單手支在枕上，腰上蓋著一條毛毯，冬珍捧了碗進來，屋裡頓時瀰漫著一股酒釀的清香味。

龐晉川看了一眼，手揮道：「別下床，直接吃。」冬珍聞言端過去，湯是滾熱的，丸子勁道可口，容盼吃了幾口，又沒了胃口。

龐晉川這邊只脫了外面的繡麒麟金邊納襖，身上披了一條貂皮斗篷，直接在她身旁坐下，接過她吃剩下的甜食。

容盼攔住。「別吃，我吃過了。」

龐晉川挑眉帶笑捏住她粉嫩的小臉，笑道：「又不是沒吃過。」說著已經舀了幾口放嘴裡，他吃得快，三兩下就吃了個精光。

屋內眾人見這般，連忙躬身退下，屋裡又剩下兩人。

容盼抽出絲帕給他，龐晉川沒接，就著她的手隨意擦了幾下，長嘆了一口氣，倒頭枕在她大腿。「午後實在脫不開身來看妳，現在身子如何？」

「還好。」容盼道。

龐晉川翻過身把頭靠在她懷裡，就小腹的位置，親了又親。「好孩子，少折騰你娘，出來了爹疼你。」

才一個月，孩子都還沒成形，瞧把他樂的。

龐晉川喜怒極少形於色，可以瞧得出來他的確很喜歡這個孩子，容盼見他今晚心情不錯，在心底稍稍準備了一下措辭，開口道：「之前您說讓秋菊回來服侍，這幾天我想了想，倒是可以。」說完細細打量他臉上表情。

龐晉川正玩著她腰間的繫帶，聞言微微一頓。「她，嫁人了。」

屋裡熱呼呼的，他還是擔心她會著涼，乾脆翻起身把她抱在腿上，窩進被窩裡，從後面覆上大掌，來來回回輕輕地撫摸她的小腹。

「嫁了誰？」容盼被他抱得有些緊，他身上熱呼呼的，跟一團火爐一樣。

龐晉川眼中飛快的閃過一絲冷光。「妳嫂子的親弟弟。」

要攤牌了！

容盼打了個冷戰，轉過身要看他，龐晉川卻緊箍住她的身子，靠近她耳邊，嘆道：「容盼，好在他沒碰妳。」他的語氣冰冷，噴出的酒氣擦過她的耳畔，冷冰冰地像一條伺機的毒蛇。

「你……」容盼都不知道下一句該如何接話了。

龐晉川噓了一聲。「別擔心，秋菊這丫頭還是很忠心的。她不會害妳，更不會害他。」說著忽想起什麼，把她扳過身，她兩腿就這樣跨坐在他大腿上。

看到她，龐晉川心下還是愉悅得很，他張開涼薄的嘴唇，直勾勾的盯住她的眼睛，一字一句道：「秋菊她有孕了。」

容盼嚇了一跳。

「黃沄湖的。」不等她開口問，龐晉川已經按住她的嘴巴繼續道：「妳在籌備過年時，可是叫秋菊來顧府送禮？」

容盼點了點頭，那是兩個月之前的事了，本來是叫林嬤嬤來的，但公府事情太多，她也實在離不了林嬤嬤，才叫秋菊的。

秋菊是顧府家生子，她還叫秋菊住一晚再回去。

龐晉川冷笑著。「好巧不巧，那天黃府也來送禮。黃沄湖晚上在妳兄長處吃多了酒，秋菊正陪妳嫂子在屋裡說話，妳該知道後面發生了什麼。」

容昐耳邊轟隆隆的響。

所以龐晉川拿這件事威脅秋菊，秋菊才給她換了避子湯？

容昐莫名的感覺後背一陣涼颼颼的。

龐晉川拉住她的手。「容昐，這些年我欠妳太多。黃沄湖，我不動他，可妳若是以後再對他有一絲的漣漪，可別怪我。」

容昐有些恍惚，這讓龐晉川很不滿意，但下一句她的開口卻讓他心情愉悅了不少。

「我、我想知道秋菊為何不把這件事告訴我？」容昐轉過頭。「她難道怕我不會成全她？」

龐晉川目光緊緊的落在她臉上。「容昐。她有了孩子，就不可能再像從前一樣對妳。妳以為什麼是人？她有她的私心。」

私心？龐晉川的話猶如一道雷頓時把她劈醒。

她痛恨秋菊的背叛，但更厭惡龐晉川將她玩弄於股掌之中。

容昐心下早已翻滾過數百遍，整顆心猶如在烈火上烹煮一般！但她現在該怎麼辦？利用這件事和龐晉川吵一架？以發洩她的怒火？

不，不行。她好不容易才從困境之中掙脫出來，不能再因為一時的意氣而讓自己更加被動。

容盼低眉，微咬住下唇，淡淡的光暈在她眼底落下一層晦澀和痛楚，這種神色讓坐在她身旁的龐晉川覺得自己心底似被什麼擰著了一般。

「好好生下他，我能給妳的我都會給妳。」他安慰道，一隻手緊緊拽住，拽得容盼的手通紅。

他曾經嫉妒過黃沄湖，但這已經都是過去，如今摟著她的人是他，她懷的也是他的孩子，他不會容許任何人來破壞他極力經營的一切。

他也不會告訴容盼，黃沄湖的酒力並不差。

反正他已經得到了他想要的。

只是，如果時局允許，他真想好好看著這個孩子出生。

至少不要在這種動盪的時刻生下來就好。

龐晉川想起今晚和顧弘然的談話，重重合上眼，摟緊了她，護在胸口。

容盼嘴角抿了抿，眼底是淡淡的疲倦和冷漠，最後她白皙的手腕環上他的脖頸，似小貓一樣溫順的點了點頭。「好。」

第十九章

翌日一早，容盼醒來，龐晉川已經離開。

冬卉來說：「太子府一早就來人了，叫爺過去。」

容盼沒問什麼，到了傍晚，來旺卻來接人，說讓容盼回到公府。

顧母極捨不得她，容盼朝她叩了三個響頭，含淚帶著長灃和小兒離去。

路上馬車疾馳而過，車廂內拉著簾子，有些昏暗，不知過了多久，容盼半夢半醒中間聽得車廂外馬車噠噠噠。

冬卉撩開簾子，推醒她驚喜道：「太太，是爺。」

龐晉川騎在高頭大馬上，駿馬姿態高昂，鬃毛迎風抖擻，馬蹄矯健，噠噠與馬車並行。

容盼極少看他騎馬，多數都是氣定神閒坐轎乘車的，她心下微微稱奇。再認真細看去，只見他頭戴玉冠，目光如炬，身上所穿的寶藍色四爪蛟龍袍張牙舞爪，威風無比，只是嘴角緊抿，臉色顯得有些陰暗。

見到她他才緩和下神色，問道：「容盼，妳得回到公府穩住局勢，替我守住了，知道嗎？」

他神色嚴峻，不似平日裡淡定。

容盼意識到事情嚴重了，靠上前問：「可是有異變？」

「嗯。」他點了點頭，長話短說。「前幾日，皇上召集各位閣老大臣，已經決定要下旨讓雍王就藩，但昨夜卻突發了高燒，至今未醒。我這幾日都需住在太子府內，不能回府了。」

看來皇帝已經確定要讓太子繼位了，如此多事之秋，老皇帝的身子竟然不中用，看來朝廷上已是風起雲湧，各處的勢力都在翻動，誰能做主一朝登帝還是個未知數，若雍王就藩不成功，勢必會引起兵變。

龐國公府就是一個風向標，若失了龐國公府，龐晉川就什麼都不是。

這才剛過完年，就要變天了嗎？

龐晉川遞給她一枚玉珮。「這是當家主令，上次二叔就是用這個東西換了龐晉龍一命。妳需好好保管，若有急事，憑它闔府的人都要聽妳調遣。」

容盼緊抓住那玉珮，玉珮不大，她一手堪堪握住，可卻極為溫潤，細看之下，正面雕的是一個龐字，背面密密麻麻不知寫著什麼。

馬車很快就要走到集市，龐晉川往前方看去一眼。「若是有急需，妳派來旺去太子府叫我，我即刻就回。」

話音剛落，身後傳來一聲勒馬聲，只聽一個男音高聲道：「龐大人，太子爺傳您即刻進宮。」

龐晉川抓住韁繩，調轉馬匹。「保重自己。」最後深深看了她一眼，揚鞭而去。

容盼撲向車窗望去，哪裡還見得到他的身影？只瞧著一股子的濃煙，馬蹄聲噠噠，密密麻麻竟不知有多少人跟在他後面，隱約看見最後幾個似乎都穿著盔甲，在陽光底下折射出耀眼的銀光。

來旺卻沒走，騎著馬守在她身邊。「太太，爺讓小的留在您身邊服侍。」

容盼點了點頭，許久未動，直到冬卉撩下車簾，她才靠在車廂上。

來旺輕易不離龐晉川，看來，這次回龐國公府，定是困難重重了。

容盼想了又想，終於叫住喊停，冬卉不解。「太太何事？」

容盼道：「把長灃和長汀送回顧府。」

她沒有法子，龐晉川與她的關係是一榮俱榮一損俱損，一大家子都等著她，就是她想走也走不了。

在這個時候穩住公府，就是保住龐晉川的後路，長灃和長汀還有她，母子三人的命也就懸在這裡了。

如果因天災人禍，未能保住，那她也得給兩個孩子留下一條退路。

只是腹中這孩子，能不能留得住就得看他的造化了……

馬車且走且停，容盼一路都撩著簾子觀察外面情況。

街道上依舊人聲鼎沸，店鋪林立，新年的氣氛還在，人來人往，車水馬龍，挑著擔子沿街叫賣的，布鋪裡拉扯坯布的，沿街行人踩了後跟爭吵的，似乎還和以前一樣，但容盼注意到兩旁站崗的士兵卻比往日多了一倍，拿著尖刀來來回回巡邏，城門處的盤查也越發詳細。

在節日的熱鬧下，掩蓋不住的緊張氣氛在漸漸發酵。

容盼撩下簾子，深吸一口氣，冬卉連忙問道：「太太，可是腹中疼痛？」自那天早上見紅，冬卉就格外小心，如今林嬤嬤被派遣去送長澧和長汀回顧府，她身邊沒個老人侍候，到底不如那般穩妥。

容盼撫弄著小腹，眼中暗潮湧動。「冬卉，不用擔心我。」已經沒什麼好擔心的了，這孩子若是命大，她也絕不相棄。

馬車越走越遠離繁華路段，最後駛入內城，容盼下了馬車換了軟轎直入龐國公府內院。從轎中看去，來來往往的奴僕多了許多生面孔，便是守內院的小廝也似換了一撥。

「太太，到了。」冬卉的聲音從簾子外傳來，又道：「喬姨娘在外等候。」

容盼撩開簾子，喬月娥果然等在外頭，一見著她連忙撲上去緊緊拉住她的手，神色緊張。喬月娥要說，容盼伸手摀住她的嘴巴，四處瞧了一圈，眼神示意喬月娥跟她走。

眾人連忙跟上，冬卉、冬珍兩人護在她兩邊，提醒她注意腳下的路。

一行人浩浩蕩蕩進了朱歸院，沿途之中有幾個陌生的婢子抬頭看她，等容盼望去時對方又慌慌張張轉過身跪地請安。

一進朱歸院，容盼剛坐定，喬月娥捧著隆起的下腹跪地。「太太，這幾日您和爺不在，院子裡處處透著古怪。」

容盼喘著粗氣，冬卉遞上茶，冬珍拿了幾個靠墊過來墊在她腰後減輕她的壓力。容盼感覺小腹墜墜的，不由得深吸著輕撫，喬月娥一看她這樣便明白了全部，眼中又是羨慕又是酸澀。

「哪裡古怪？」她緩了一口勁問。

喬月娥的目光這才從她小腹上移開，緊張道：「府裡就這幾日又新添了許多丫鬟小廝，以前的有的說病了，有的說死了，還有的說手腳不乾淨被趕了出去。昨夜裡我屋裡門廊上的婆子突然便病了，今早就被人趕出，又重新換了一個。」

守門的婆子？

平日裡看著不起眼，但若有事要進院第一個過的便是這關。

「趕出去沒？」容昐想了想問。

喬月娥面色極其難看。「趕不走，說是二夫人的命令。」

容昐冷冷一笑，回過頭問她。「妳身邊可有可用的人？」喬月娥還沒反應過來，容昐快速解釋道：「妳若有靠得住的，就把那個新來的婆子趕走，換上妳的人，若那婆子不肯走，妳就說是我的意思。」

容昐語氣雖不似平日溫和，但聽在喬月娥耳中卻比以往來得親切，她頓時跟有了主心骨一樣，心思也安定了不少，連忙點頭應是。

「去吧，若沒事晚上就不要出門了，這幾日吃的注意一些。」容昐又囑咐了幾句話，喬月娥見她臉上似有倦色也不敢久留，行了萬福就出來。

她剛走，容昐就叫冬靈進來。

「咱們院子裡這幾日可新進了什麼人沒？」她問。

冬靈前幾日並未隨她去顧府，她們幾個人雖是龐晉川的人，但現在卻是比任何人都來得可信。

冬靈連忙道：「新來了幾個小丫鬟。二夫人說爺升了官，太太屋裡丫鬟的配置也該比別處多才是，這樣才合規矩。」

容盼靠在暖墊上，案上的青煙嫋嫋散開，似把她的面容擱在雲煙之外，讓人看得不透澈。

「妳隨意找個理由把她們都攆出去。」容盼緩緩開口，冬靈連忙點頭，她又道：「再去龐府把秋香、秋意幾個以前在我身邊服侍的丫鬟都接回來。」

冬靈猶豫了下，看向冬卉。

冬卉沈聲道：「太太說什麼便是什麼。」剛才爺對太太的囑託，她都看在眼裡，此刻府裡沒有比太太更尊貴的人了。

冬靈雖不解，為何才出門一趟冬卉就對太太言聽計從，可她知曉其中定是有爺的授意，當下也不敢再攔著，連忙往外走去。

有自己的人在身邊，容盼心才安一些。

冬珍遞上牛乳把剛才的茶換下，茶水還泛著滾燙，容盼沒有喝，她半瞇著眼靠在暖墊後，見冬珍捧碟的模樣，心肝處猛地一跳，喊住：「茶留下。」

冬卉不解。「太太，茶可有問題？」

容盼打開茶碗，從她頭上拔下一根銀簪，道：「妳可還記得林嬤嬤之前說過，我孕中不可再用茶的事？」

冬卉猛地一驚，容盼已經將銀簪探入茶碗之中，才觸碰到熱氣，那銀簪已現黑色，再沒入水中，瞬間的工夫整根銀簪從尖頭處到半截全部黑得發紫。

好狠，若她只吃一口也定是立馬斃命！

容盼眯著眼，將銀簪擲到門外，冬卉撲通一聲跪地。「太太，不是我下的毒。」

眾人望著冬卉的目光複雜無比，那盞茶就是她親手捧上的。

容盼沒理她，又叫人去拿了一根銀簪插入牛乳之中，牛乳未曾變色。

容盼這才道：「妳起來，我知道不是妳。」

若是冬卉下毒必定是下在牛乳之中，因為她跟在她身邊多日，早已知曉她不吃茶了。

可是，這毒是千真萬確下了的，是要置她於死地！

容盼問：「這茶過了幾道手？」

冬卉渾身戰慄，顫抖回道：「沏……沏茶的一道，從耳房送出的一道，轉到我手裡一共三道。」

好毒的心思，知她剛回府第一件事定是用茶，冬卉匆忙之間哪裡會想到牛乳，定是習慣性的先拿茶，若非這孩子，她也定是命喪於此了。

容盼穩住心思。「把那兩人抓來。」

話音才剛落，就聽外頭一聲尖叫，一個小丫鬟驚慌失措地跑進來。「太太，茗香死了，茗茶要撞頭被來旺爺救了下來。」

「死了！」容盼怒極，砰地一聲擊案站起。

來旺提著茗茶進來，她頭上磕了一個血窟窿，還騰騰的冒著血，只胡亂拿了草灰塞上止了一點血，嘴巴裡不知是用什麼布塞住了。

來旺道：「太太，是為了不讓這丫鬟咬舌自盡。」

容盼沈下心思，緩緩坐下，那血腥味衝得她有些噁心。

「我知道是誰要害我。」容盼輕聲道，答案她心中早有了。

茗茶昏昏沈沈地看她，眼中透著一股迷惑。

容盼說：「妳知道下毒謀害主母是何罪，妳想死，我成全妳。」

茗茶昂起頭，冷冷一笑，冬卉氣得上前狠狠甩了她一巴掌。「妳們好毒的心腸！」

這樣的人，敢給她下毒定是做好了死的準備，容盼道：「妳爹是莊上的主管，妳娘和妳兩個哥哥都在那邊，我知道。」

茗茶渾身一震，瞪向她，嘴巴裡嗚嗚啊啊不停的搖頭。

容盼走下來，蹲在她身旁，挑起茗茶的下顎，認真的看了許久，對她道：「只要妳替我指證是二夫人和二太太要害我，我就放過他們。」

茗茶猶豫了下，眼中似看到一線希望，但忽想起什麼，眼淚直流，大力的搖頭。

容盼早就知道會是這種情況，她抽出帕子擦乾茗茶側臉的灰塵。

「茗茶，妳服侍我許久，也知道我是什麼人。」容盼道。

茗茶眼中閃過一絲淚光，容盼繼續說道：「妳既然敢做這件事，必然妳父兄的命都拿捏在他們手中，妳告發了他們也是死，所以妳決計是不會做的，我說的可有錯？」

茗茶已經只剩下哭了，容盼嘆了一口氣。「好，我放過妳的父兄，但是妳得告訴我，可是二房的人要謀害我？」

茗茶低下頭，沈默著，許久重重點頭。

容盼合下眼，起身對來旺道：「束她下去，當眾打死。」

眾人皆是心驚，唯有茗茶跪地朝容盼拜了又拜。

待她被來旺推出去了，冬靈才敢上前問：「為何？」為何茗茶反而朝太太叩拜？

冬卉回道：「出了這事，她卻沒死，妳說二房豈不疑她都告訴了太太？那她父兄定是不保。太太當眾打死她，成全了她的忠心，二來也算是殺雞儆猴了。」

聽完她的話，冬珍已經是滿心的敬畏。

她敬畏太太的心思縝密，也敬畏自己跟了這樣的一個主母。

有她在，好像很多事都變得沒有那麼難了，冬靈這才知曉為何冬卉和冬珍會對太太言聽計從。

茗茶，就像這深水潭中的一顆石子，投下去迅速就沒了聲音。

容盼讓人好好將她安葬了。

茗茶的死給她敲響了一個警鐘，一個下午的時間，她都在排查各處的人，只要遇到有些可疑的，都一律打發出去。

她不想再有人死在她手上。

如此下去，便出去了四、五個人，有她以前用的，也有新來的。

秋香、秋意等人回來，容盼重新安排了一下朱歸院的布局。

守門的婆子由原來的兩個變成四個，晚上一律不許吃酒賭錢，隔一個時辰有人自會去查崗。

秋字和冬字的丫鬟全打亂，三個分成一班，輪流在她跟前侍候，到了夜裡，守夜的由來旺負責安排，這樣朱歸院各處容盼都安排得妥妥當當。

晚膳時，容盼讓人給吳氏和何淑香一一送了一碗粥去。

來人回來報。「二夫人她們一看見粥臉都綠了，不肯吃。奴婢還沒出來，就聽到碗筷噼哩啪啦砸地的聲音。」

容盼冷冷一笑，還沒完呢。

待吃安胎藥時，龐晉川叫人送來了信。

信中已知午後的事，容盼猜想估計是來旺去報了信。

龐晉川的筆跡銳利鋒芒，潦草之間似透著股怒氣。

他讓她按兵不動，等他回來處理，又派了幾個有些臂力的婢女過來侍候。

容盼合上信，遞給秋香。

「太太，大夫人來看您了。」屋外通傳的小丫頭進來報。

遲了。

容盼連忙放下藥碗迎接出去，才剛起身，大夫人已經跨進來，笑著擺手。「妳坐下。」眼睛亮晶晶的對她肚子瞧。

大夫人笑咪咪問：「可是有孕了？」

容盼扶著她坐在主位上。「本來還想三月後胎象穩了再告訴您，不承想您竟知曉了。」

「妳午後這邊鬧得這麼大，哪裡能瞞得住，是妳父親叫我過來看妳的。」大夫人拍拍她的手，眼睛一瞬不瞬的盯著她，心下忽又覺得心疼，將她耳邊散下的青絲別在耳後，道：「委屈妳了。」

容盼抬頭看她，眼眶有些紅。

張氏道：「容盼啊，這麼大的家業和產業總歸是妳的，旁人就算想奪也奪不走，但此刻是多事之秋，即便知道是她做的，妳也得咬牙忍下，現在雍王那邊還沒動靜，咱們龐府也不能撕破了臉皮。」

她都知道，容盼低頭一笑。「母親都知曉？」

張氏合眼點頭。「嗯。」她話鋒忽地一轉，摸向她小腹，輕快道：「昨夜裡我作了一個夢，心道正奇怪呢，原來是應了妳這胎。」

容盼眨眼看她。

張氏笑道：「這個夢著實奇怪，所以我記得極牢。」她緩緩道來。「我也不知為何一個人走到了河邊，河裡游著許多錦鯉，大得有手臂那樣粗，我正看得入迷，這時在河中間忽然緩緩漂起一朵極大的蓮花。」

容盼含笑聽她說。

張氏目光有些迷離。「那蓮花金光閃閃，耀眼得很。我正要將那蓮花取回，它卻飄到半空，忽地一閃天上便布滿了彩霞，從遠處一路蔓延到天邊，美極了。」

「蓮花呢？」容盼問。

張氏笑咪咪道：「那蓮花越變越小，慢慢飄到我腳下。如此吉祥的胎夢，可見妳這孩子是有福的。」

正說著，外頭忽然火光簇擁，容盼站起打開窗戶望去。

秋意急走進來道：「太太，二夫人剛才在園中撞到影了。」

容盼眼中冷漠。「撞著什麼了？」

秋意道：「說是起先看到一個白影模模糊糊的，後走近了才發現竟是宋姨娘兩眼都是血淚，張開的嘴裡頭鮮血直流！」

大夫人看向容盼，心下已心知肚明。

秋意繼續道：「她出來時只帶了四、五個婆子，那些婆子又素來迷信，當場嚇得屁滾尿流，只留下二夫人一人呆站在原地。」

「後來呢？」

她正問著，門外忽傳來一聲腳步聲，龐晉川撩開簾子進來。「嚇得昏了過去，我去看時，說話斷斷續續，看樣子是口吃了。」

他依舊穿著早上那套朝袍，眼底下是青黑的，人顯得有些疲憊。看見張氏，作揖行禮。「母親。」

張氏見他有話和容盼說，也不多留。

容盼和龐晉川送她出了院門，兩人一起回來時，龐晉川無奈地看她，容盼問：「你怎麼回來了？」

「不放心妳。」他道：「今天午後，是她做過分了。」

容盼踢著小石子。「她一向不喜歡我，趁著你在外頭，毒死我不正好？」

龐晉川嘆了一口氣。「我會處理好這件事，妳別再想這些煩心事。」

容盼沒點頭。「我若是今天下午死了，你會不會再娶？」她問得很認真。

龐晉川幽幽的看了她許久。「妳想聽什麼？」

容盼停下腳步，拽住他的手，緊緊的。「我若是死在她手下，有七、八成是因為你，就單單為了這點，你也不許再娶了。」

她難得的主動，看得出午後受的驚嚇不小，知道她一直在撐著，龐晉川忍不住抱她在懷中，問：「為何？」

寒風吹得緊，颳得兩人貂皮呼呼的響，四周的婢女紛紛低頭，或者望向別處。

容盼說道：「你若是娶了其他人，長灃和長汀怎麼辦？沒有我拿命去拚，卻有其他女人坐在我位置上享福的道理！」今天她已經想得很清楚了。

容盼張開嘴巴，緊緊咬住他的肩膀，咬得牙齒都疼了，才惡狠狠道：「我不做這樣吃虧的事！」

龐晉川挑眉，想跟她說別咬了，衣服穿得多怎麼咬都不疼。

他嘴角緊抿，這讓他側臉的線條顯得剛硬，他問：「那妳想如何？」

「你知道。」容盼在他懷裡掙扎了下，要出來和他仔細說。

龐晉川卻摟著她。「容盼，妳得好好活著。」

第二十章

龐晉川並不能待太久，他遞給容盼一個木匣。

容盼接過手，只覺得沈甸甸，龐晉川按住她打開木匣的手，目光深邃。「不到萬不得已，不要用，來旺會教妳。」

說著，外頭有人高喊：「大人，該走了。」

龐晉川最後看了她一眼。「好好替我守住這裡。」語罷，行色匆匆伴著夜色離去。

直至他的身影在她眼前消失，容盼才拉開木匣——一把火槍。

「太太，這是什麼？」秋香問。

來旺上前覷了一眼。「是洋人的火槍，殺人用的。」說著又不放心。「太太，這東西最易走火，您交給小的吧。」

容盼卻不理他，小心翼翼的將火槍從匣子中取出。

這是一款扳機擊發式火繩槍，槍身目測大概四十公分左右長度，前膛裝藥，銀白，手柄處是木製的，還裹著一層棕色的粗糙布料，用於增加磨擦力。

容盼跨腿站立，雙手托槍舉起至與眼睛等高，她氣定神閒閉上右眼，焦距已經調好，只是槍身略重，打靶時可能因為火力衝勁的緣故不穩導致偏差。

稍微反覆舉起放下，試了幾次。還好，對她還能用。

她這才轉頭又望向匣內，裡頭還有一個小匣子，再拉開，整整齊齊放著五、六十枚的子彈，子彈約莫半截食指長度，銀白色，在燈光下泛著耀眼的銀光。

眾人還是第一次見著火槍，對她這一連串的舉動摸不著頭腦，來旺卻問：「太太用過火槍？」來旺覺得自己越發看不透太太了，明明這樣一個世族大家的女子，怎會接觸到這些奇技淫巧？更何況這火槍不但數量稀少，且多用於軍事之中，她是如何能接觸得到？

容盼搖頭，並未想去解釋什麼。

她平生就摸過幾次，一次是大學軍訓時。那是她第一次打靶，分數不高，只在五、六十分之間，剩下的幾次都是氣槍，難度不大。

但是現代手槍射擊精度高，質量相對較輕，安全性能好，而她手上這把火槍，肯定是比不上了。

匣內一共有兩把，容盼將其中一把取出交給來旺，另一把則重新放置好，親自拿回屋裡，放在床頭的鈞窯瓶內，裝著子彈的匣子則放在枕下。

晚上臨睡前她特地檢查了一遍，摸了許久才放回瓶中去。

秋香捧著安胎藥進來，笑問：「太太如何心神不寧？」

容盼抬起頭，回道：「只是希望沒有能用到它的機會。」

龐晉川給她這個東西，想來是為了保險起見，朝廷上的局勢到底發展到什麼程度，她不知道，只是府內氣氛凝重又緊張，此刻靠山山崩，靠水水流，誰都靠不住，她只能靠自己。

「別想了太太，您可千萬想著腹中的小公子才是。」秋香擔心的卻是她肚裡的這塊肉。

可是心心念念了許多年，才盼來了這一胎，若是出個好歹，且不論太太如何，就單單她們十幾個侍候的，也定是要一起去鬼門關侍候小主子了。

容盼接過藥碗，安胎藥熱氣騰騰，遇到冰冷的空氣冒出陣陣白霧，濃濃的藥香迅速瀰漫了整個屋子。

容盼用調羹緩緩攪拌著，對秋香道：「我倒希望是個女兒。」

「為何？」秋香只覺得奇怪，旁人家就怕兒子生得不夠多，哪裡有嫌棄的道理？

容盼目光緩緩看向窗外，枯槁的樹木形單影隻，彎彎的月亮掛於枝頭欲墜不墜，她抿了抿唇道：「若是個女兒，也不會像長灃和小兒那般累。」

秋香一怔，不承想太太竟是這層意思，正想出言安慰，卻聽她自己排解開了。「這兒女都是命中注定的緣分，又不是我想什麼就什麼的，還是先把眼下的路給走順了再說。」

容盼說完，昂頭一口一口細細喝下苦澀的藥汁。

冬卉和秋意撩了簾子進來，端了洗臉洗腳的熱水，侍她吃完藥趕忙上前服侍。

勞累了一整天，坐馬車坐得腰都痠懶了，容盼換好鬆軟的寢衣躺在床上望著墨綠色的床幔。

床邊的被鋪是冷的，另一床還高高的疊在上頭。

容盼一遍又一遍摸著龐晉川以前躺著的位置，神色無喜無悲。她和龐晉川走到這一步，是情理之中，卻是意料之外，他們兩個人的路曾經糾葛過，又分開過，如今糾糾纏纏連在了一起。

她在想，這件事過後，等政局穩定了，她又該選擇怎樣的方式來面對他？

他們之間有過宋芸兒、喬月娥、姚梅娘，還有一個死去的孩子。

回不去了，她早已知道。

在這個深宅大院內，過多的鬥爭消耗了她太多的感情，她可以愛著長灃、長汀，喜歡著身邊所有和她朝夕相處過的人，可對於龐晉川，她只是心有不甘。

她不甘心以後的半輩子都耗在一個對她已經沒有任何意義的男人身上，那她該怎麼辦呢？

容盼迷迷糊糊想著，漸漸進入夢鄉。

窗外月色如鈎已至中天，無一點星辰也無一點雲層，銀灰色的清輝灑進窗臺，落在木質的地板上、厚重的地毯上，夜色之中一切都進入了寧靜的夢鄉。

正廳之外，一陣鐘聲敲響，她掙扎了幾下，猛地睜開眼，醒來。

容盼支起身爬起，似夢似幻，好像自己在一個光怪陸離的世界中。

回過神，她扯下斗篷披在身上，借著清輝走到圓桌邊，打開火摺子點亮了一根蠟燭，屋內頓時瀰漫著暖洋洋的燭光。

外間也有了動靜，今晚是秋香守夜。

她隨意披了一件鴉青緞子小襖進來，揉著眼，嘶啞著聲問：「太太怎麼醒了？」

容盼舉起蠟燭，抱歉一笑。「吵醒妳了？」

秋香連連搖頭，走上前接過她手裡的燈座。容盼出了門，往西苑走去。

朱歸院的西苑建了幾個小閣樓，以前這裡還很小，只是老太爺常聽戲的地方，後到大老爺這裡，才慢慢建了樓閣，分給她住。

其中一個小閣樓有一間地下室，是朱歸院的庫房。

容盼的嫁妝、平日的進項，以及她莊上、鋪子裡得的東西都放置在這裡，以前都交由林嬤嬤打理，容盼一月才來清算一次。

秋香在前頭打燈，容盼緊跟其後，拾級而下。

秋香點了壁上的燈，容盼才走進來。

一箱箱的箱籠整齊排好，容盼一個個打開，都是名書字畫、古董寶貝、各莊上的地契。

她又一箱箱蓋上，繼續往裡走，直到專門存放她首飾的一角，容盼才停住腳，從架上搬了一個小箱子下來，打開，珍珠項鍊、金銀首飾，堪堪一數，這樣的小箱子有十來箱。

容盼對秋香道：「咱們把它們都搬上去。」

秋香不解，太太半夜不睡就是為了搬這些東西？就算再喜歡也不需要全部搬回屋裡去才是。

太太怎麼突然想起這齣了？

「嗯。」容盼肯定地點頭，自己手上已經搬了一箱，放在手上掂量了掂量，還挺沈的。

她這一搬不要緊，可唬得秋香臉都嚇白了，連忙攔住。「太太，您現在哪裡能提重物，還是讓奴婢來吧。」

容盼扶著腰。「也好。」

秋香也不敢再多問，只順著她的意思搬起，容盼在前頭打燈，兩人在夜色中且走且行，兩頰都被凍得通紅。

容盼覺得自己就跟守財奴一樣，再回望這些年的時光，也似恍然一夢，不知不覺之間她已在這個陌生的朝代生活了將近八年。

冬卉和秋意也都醒了，見著她回來，一顆緊提起的心才猛地放下。「太太，您去哪兒了？」

容盼作了一個噓的動作。「別出聲，妳們只管聽秋香的，我在屋裡等妳們。」冬卉和秋意不解，秋香只覺今晚太太格外的古怪，也不敢多言，就帶兩個人出門往庫房走去。

屋外黑漆漆一片，容盼這才看向大鐘，不過凌晨兩點。

她才睡了一個時辰，就睡不下了。

容盼給自己倒了杯茶，坐在圓凳上一口一口喝著，等她們回來。

她看得見秋香眼中的古怪，但她沒辦法說。

她不相信龐晉川，就算他們現在是一條船上的蚱蜢，就算她現在還懷著他的孩子，可她仍然不相信他。

若是天災人禍之下，她真的守不住這偌大的龐國公府了，怎麼辦？等著龐晉川來救她嗎？還是在這裡陪葬？

不行。她為什麼要死？

她不想死，也不能死，她死了，兩個孩子跟著龐晉川結局會怎麼樣？她自己都不敢去想！昨晚她跟龐晉川說的話，不是玩笑話，也不是一時興起，而是她真的深思熟慮過了。

若是真的無法守住，她要走，她要活著，她想活下去。

容昐坐在屋裡想了半天，默默的打開箱籠，那些做太太的華服，她一概都不要，只要樸素的、衣料最粗糙的。

她揀了又揀，也只是勉勉強強找到三套。

一套是那年孩子沒時，她去寺廟所穿的綠杭絹對襟小襖；一套是藍綢子小襖；還有一套是和秋香所穿一色的鴉青緞子小襖，裙子一概不帶，都只帶了棉褲，容昐將這些衣服收好，放在最下層的箱子裡壓好。

三人回來時，容昐跟她們說：「妳們回屋收拾幾套衣物包好，放到我屋裡。」

冬卉恍然有些知道她要做什麼了，她稍稍有些猶豫，問：「太太，您還要我們嗎？」

容昐緊抿著嘴。「要的。要是我帶不走，我會把我這些年的體己分給妳們。」

這時秋香兩人才知她們兩個說的是什麼，神色莫名的緊張起來。

容昐沈思了會兒說：「這些只是以備不時之需，我必須安排好退路，以後再靜觀其變。」

說著轉頭對冬卉說：「若是這次能平安度過，我一定風風光光的替妳們找到好婆家。」

冬卉沈默著，默默轉過身，容昐看著她的背影，也不再說話。

天邊的朝霞遠遠飄來，染紅了一方天地。

天終於亮起來了，帶著朝露的氣息，容昐推開窗，遙遙看向外面，四周都是高高的白牆，只能聽到公府早起奴僕匆忙的腳步聲和竊竊私語的聲音。

還是這般的鮮活。

只是，龐晉川雖然不說，但是容昐知道，就在這幾天之內了。

用過早膳，容昐閉目休息了一個時辰，後來是被一陣吵鬧聲驚醒的。

「何事？」容昐打了個哈欠。

秋意連忙上前道：「太太，大老爺和二老爺吵起來了。」

大老爺？竟是稀奇。

容昐起身走下臥榻，秋香給她披上斗篷，正要往外走，門外丫頭通報。「太太，蔡嬤嬤求見。」

容昐連忙讓她進來。

蔡嬤嬤似疾走過來，氣喘吁吁的，容昐叫人給她上茶，蔡嬤嬤攔道：「太太，大夫人讓您去融睦堂。」融睦堂是正堂，輕易不開，如今兩個老爺竟吵到了那裡。

「怎麼了？」容昐問。

蔡嬤嬤道：「為了大爺的事，如今吵起來了。」

她極少這般慌張，容昐知曉定是事出緊急，否則大夫人不會讓她來叫自己。

當下也不多想，和她起身就走，剛走出門，忽想起什麼，對著秋香耳邊輕語兩句，秋香抬頭看她，鄭重的點了點頭，容盼這才和蔡嬤嬤一起往融睦堂走去。
才剛到融睦堂外面，就見兩旁各站著四名眼生的壯漢。
通往融睦堂的大門是緊閉的。
蔡嬤嬤上前敲了門，一個管事探頭出來，見是容盼，連忙開了門。
才剛進去，就聽得裡頭暴怒的爭吵聲。
容盼看了一眼蔡嬤嬤，蔡嬤嬤低頭迎著她直走。
再到裡，人就越發少了，連國公府的總管事都被打發到了外面，眾人見是她，連忙低頭行禮。「太太。」
容盼嗯了一聲，正要往裡走，管事攔道：「太太。」
容盼瞥了他一眼，來旺打開他伸出的手，管事見是龐晉川身邊得力的人，也不敢攔著，眼巴巴見容盼直走進去。
「為了你一人的私利，竟要將整個公府的性命賠進去嗎！」一個聽來耳生的男聲，極是激昂。
正堂裡，大老爺正對著坐在主位上的二老爺大聲喝問，他顯得有些暴躁，清瘦乾枯的臉脹紅了，嘴角微鼓了起來。
兩人身上都穿著官服，要麼是上朝要麼下朝。
容盼心下起疑，難道皇上醒了？
正走進去，大夫人頭上戴著白色紗花，眼中含著淚，走了出來拉住她，什麼話都沒說，只從旁的丫鬟手上拿了一朵白花簪到她髮間，不等她問，哭道：「我的兒，皇上駕崩了。」

容盼頓覺渾身一震。

「宮裡剛傳出的消息，妳父親、二叔和我得去宮裡奔喪，這一大家子就交給妳了。」張氏抹淚抽噎道：「妳二嬸病著，下不了床，剛已通告了宮裡頭，妳和何氏都未來得及列入品級，所以頭一次還不需妳們進宮。」

容盼點了點頭，按住她乾枯的雙手。

大夫人淚眼婆娑，回過身對大老爺道：「咱們還是快進宮去。」

大老爺氣得雙手發抖，卻對一言不發的二老爺半點法子都沒有，怒極了，氣道：「二弟啊，你到如今還執迷不悟嗎？晉川早是太子那邊的人，你若還執意投靠雍王，咱們這個公府遲早會毀在你手上！」

言罷，氣得不輕，大夫人過來攙著他往外拉。

容盼連忙俯身行禮送他們出去，回過身，二老爺已神色平靜的抖了抖正二品的官服，極有威嚴地掃過她一眼，目不斜視地從她身邊走過。

容盼一個人在這融睦堂站了好一會兒。

這裡的空氣中，都流動著一種氣息，這種沈重而又莊嚴的氣氛無時無刻不在提醒著她，龐國公府是何等的尊榮。

可如今，卻也被推到這個王朝的風口浪尖之上，很快暴風雨就要席捲而來了。

「太太。」身後有人叫了她一聲。

容盼這才回過神，是冬卉。

她細步走近，斂目，在她耳邊低聲道：「二太太小產了。」

從融睦堂中走出，四周依舊森嚴肅穆。

冬卉緊跟其後，又道了一遍：「太太，二太太小產了。您要過去看看嗎？」

容盼走了幾步，停下腳步，百褶如意月裙在寒風中被颳得嘩嘩直響，天陰暗下來了，遠處雲潮湧動，透著一股肅骨的寒意，她回過頭問：「如何小產的？」臉上並沒有多餘的表情，好似心思並不在這裡。

冬卉卻是不同，她的語調明顯上揚了幾度，略顯得有些激動。「聽那邊傳來的消息，是二爺一個通房下的手。聽說當年，那個丫鬟懷了孕，二爺寶貝得很。緊捂著終還是被二太太知曉，強迫塞了藥後，四個月的男孩活生生被打了下來。」

又是孩子。

在這龐國公府裡，沒有爭鬥就不能存活了嗎？容盼緩步慢行著，走至假山後停下，冬卉不解地抬頭望去，只見不遠處臘梅疾走而來。

「大太太，留步。」臘梅和幾個丫鬟招手急叫住，緊趕慢趕著跑了過來，朝容盼一俯。「大太太，我家太太讓您過去一趟。」

「什麼事？」容盼沒有挪步的意思，只是看著她。

臘梅喘著粗氣，臉色發白，急道：「皇上駕崩了，我家太太落了胎，眼下輕易不能挪身，還請大太太主持二房內務。」

容盼低頭想了想。「叫來旺帶幾個小廝一同去。」

冬卉正想這話，一聽連忙應下。臘梅趕上前去，攔住容盼的去路，賠笑道：「大太太，內宅外男不可入內，這就不必了吧。」

容盼前路被攔，不悅皺眉，冬卉看她神色，上前噼哩啪啦對著她的臉就蓋下三、四個巴掌，她手道極快，勁道又狠，打得臘梅還手的機會都沒，當下呆立在原地，待她回過神，容盼早已走開。

落在最後的冬珍輕蔑啐問：「妳是什麼東西？也敢攔我家主子的路。」

她早已厭惡二房人許久，平日裡在下人面前作威作福、剋扣月例，就是人家的爹娘死了，主子賞的銀子只要從她們手上過，就必得狠狠扒下兩、三層的皮。

卻說容盼進了何淑香的院子，院裡不似往日見到那般熱鬧，人來人往，今日顯得格外的冷清。

她繼續往裡走，轉過一道月亮洞門，往裡再走是一道假山做屏擋住，兩旁是長長的迴廊，雕飾繁瑣，漆色鮮亮。容盼繞過假山，只見大院中如芬哭鬧著滿地打滾，幾個媽子一個勁的哄著：「小姐、小姐！太太病著呢，咱就不進去看了。」

如芬哪裡肯？伸手就扯下一個婆子的頭髮，又是打又是咬。眾人正無解時，見她來，就似跟見了救星一般，撲通撲通盡數跪了下來。「大太太。」

如芬抽噎著，肥胖小臉上的五官擠成一團，皮膚粗黑，極像何淑香，見著她就嚷嚷。

「誰叫妳過來的！不許妳來害我娘！」

不討喜的小孩。容盼摸摸她的頭，被她掙扎開去，如芬氣急了又想去撞容盼的肚子，嚇得秋香連忙攔在跟前。

「帶下去吧。」容盼看向其中一個衣飾最為得體的嬤嬤道。

嬤嬤卻拿如芬一點辦法都沒有，最後還是冬卉和冬靈抱了出去，耳邊還徘徊著如芬尖叫的大罵聲。

容盼拉了拉身上的雲雁細錦衣，走上臺階去，也不等人撩簾。

才一進屋，一股血腥味撲面而來，細瞧去，屋裡暗黑黑的，兩邊都點著燈，窗戶卻捂得嚴嚴實實，屋裡侍候的婢女見是她，連忙稟告：「太太，大太太來了。」容盼將翠紋織錦羽緞斗篷解下交給秋香，整了整髮鬢。

「妳來了。」還未進屋，就聽得一聲急促咳嗽聲。

容盼在一張圓凳上坐下，看著床上斜躺著的何淑香，點點頭。「嗯，來了。」

一個婢女斟茶遞給她，容盼接過，放在手中滾了滾，待熱氣暖和了雙手就放到圓桌上。

何淑香幽幽看她，嗤笑。「怎麼，怕我下毒？」

她頭上纏著抹額，黑髮蓬鬆未綰起，身上穿的是大紅色錦緞做成的褻衣，眉頭皺得緊緊的，嘴角死咬，面無血色，似很痛苦。

痛苦嗎？

肯定痛，孩子活生生從腹中打下來，不但身痛心上也痛。

容盼回過神，朝她笑了笑。「是，不敢喝，我怕死。」稍頓，環顧四周又問：「那個通房呢？」

何淑香五官霎時扭曲無比，瞪著容盼的目光陰森可怕。「死了，我讓人拖下去活活打死了。」

「哦。」容盼合眼，就不再言語了。

兩人就這般冷著，誰都不先說出口。

何淑香一瞬不瞬的盯著她，眼中淬出絲絲怨毒，但細打量下，忽咧嘴露出白森森的牙齒笑開。「妳的日子過得也不好，就算宋芸兒死了，還是不好。」

容盼的臉比年底時見的更加消瘦了，下巴尖得就兩根食指大小，眼中雖還泛著光，可眼底下濃濃的青紫是掩蓋不住的疲憊。

何淑香覺得一陣陣的暢快淋漓，哈哈大笑。「怎麼？被我說中了？顧容盼，妳到底有什麼比我強！」

秋香幾個已是極怒，恨不得上去將她拖下來狠狠打一頓。

容盼目光落在她身上、臉上，平靜的眸色微微跳動了一下，露出一抹諷刺的笑容。「我過得好、過不好，和妳有什麼相關？如今，我只知道妳過得不好。」

何淑香捂著小腹，笑得直喘氣，伸出指尖指向她。「妳會好？等雍王登基，妳和妳丈夫還有你們顧家都要給太子陪葬！到時候妳就算跪在地上求我，我一個眼神都不會憐惜妳！」

容盼已經站起身，往外走，何淑香驚恐地要叫人攔住她，容盼卻忽然停下，對她道：

「那就等著你們那個雍王登上他九五之尊的寶座，妳再來看著我哭吧。」容盼覺得自己簡直是腦袋有坑，竟然把時間浪費在這樣一個瘋女人身上。

何氏的孩子沒了，關她什麼事？

既然當初決定下手，就該想到以後會是什麼後果。自己造的孽就要自己擔著！

「顧氏、顧氏！我這輩子最恨的就是妳！」何淑香的聲音在後面咆哮，有兩個身體強健的婢女要來攔，容盼眼睛眨也不眨，身後的冬卉已經上前一個橫踢，兩、三下就將那兩人踹趴下。

龐晉川當初既然選了這四個冬字輩的在她身邊服侍，那就不是吃素的。

「顧氏……妳回來。」身後咆哮聲越大，何淑香好像掙扎著要從床上爬起，被人攔下。

「太太，傷口要繃了。」

何淑香又是哭又是笑。「顧氏，妳說，我到底哪裡不如妳了。為什麼妳處處都比我強，妳是長媳、妳有兒子，妳什麼都有了！我呢，我有什麼……」

「太太。」秋香扶著她，擔憂地注視她面容。

容盼跨過一道坎，邁出這四合院，回過頭，那般的高簷聳立，裡頭多少雕欄畫棟、名師墨寶、銀奴俏婢、脂粉香料，金子似堆砌的房子。

何淑香還有什麼不知足？

嫉妒她有兒子？嫉妒她的長媳之位？還是嫉妒她嫁的是龐晉川？

呵呵。

容盼走出院子時，外頭的雲層已密集地布滿天空，黑雲壓在頭頂，寒風獵獵，連最遠處太陽透出的金邊也全部掩蓋住了。

風雨欲來的前兆。

容盼和眾人一起回到朱歸院，等到了晌午，宮裡依舊還沒傳出消息。

到底太子登基了沒？甚至連進宮奔喪的大老爺、大夫人也沒了消息，容盼坐臥難安，總覺得是哪裡出了問題。

一直就這樣等著，到了傍晚，瓢潑大雨轟然墜下。

容盼正吃著飯，忽聽外頭乒乒乓乓急促的捶門聲，聲音大得連她屋裡都聽見了。

容盼站起，剛往外走，放置在桌上的湯勺被她的衣物帶過，哐噹一聲碎了一地。

容盼下意識要去撿，秋香連忙攔住。「太太，讓我來。」

這時，門簾被大力撩開，來旺衝了進來，大喊：「太太，雍王反了！控制了京畿，爺讓您即刻就走，馬車就停在東大門外。」

容盼猛地倒退了數步。

驚恐了一日一夜的惡夢終於還是來了……

屋裡侍候的人頓時都慌成一片，外頭也是一陣高過一陣的尖叫聲。

容盼剛被眾人簇擁著走出一步，一個陌生小廝闖了進來。「來旺爺，不知是哪裡來的一群土匪已經攻進二門外了。」

「大門守衛的親兵呢！」來旺雙目赤紅，抓住小廝的領口一口氣將他提起，呵問。

小廝急道：「都……都被殺了，眼下各院子的人都往外跑，太太您也快走吧。」他看向容盼，眼眶泛紅，眾人也都等著容盼點頭。

「走吧，守不住了。」容盼下令。

來旺一聽，趕忙和那小廝左右替她開道，後頭秋香、冬卉等人跟著，一群人飛速往臺階下飛奔，才剛出院門，卻見原先往外頭跑的人又往裡頭跑，容盼一群人跟逆水行舟一般。

來旺在人群中抓住一個丫頭。「怎麼跑回來了。」

小丫鬟十二、三歲的年紀，頭上紮著花兒，臉上都是灰塵，手臂上被劃了一刀，都是血，哭道：「攻進來了，攻進來了！殺了好多人。」

四周都是尖叫聲。

來旺心下一沈，看向容盼。

容盼的手被秋香死死的拽住。「太太，怎麼辦？咱們怎麼辦？」

她眼淚唰地一下流了下來，只是合著這黑沈沈的天，瓢潑大雨下竟看得不清，她身後跟著秋意、秋涼幾人也是驚魂未定、神色緊張，四處張望。

容盼抬起頭抹去她眼角的淚。「別哭，咱們退回院子裡去。」

守住朱歸院，就算朱歸院守不住了，後面的庫房還可以用。昨晚她把珠寶首飾都搬到主屋裡去，本來想或許可以帶走，但根本沒有時間，可這也算因禍得福，那些人搶了便不會想到閣樓地下還有一個暗間。

「只有這樣了。」來旺無法，只得退回院去。

「太太，我們會死嗎？」回到朱歸院，秋香顫抖著問，她身上被雨水澆得冰涼冰涼。

容盼握住她的手，堅定道：「不會，我們都不會死。」

屋裡寂靜得要命，秋香緊緊地靠住她，這一刻眾人的眼睛也都盯在容盼身上。

容盼靜靜凝聽外面的動靜，叫喊聲、哭聲好像就在牆外，來旺已經出去了，他帶著的十幾個護衛就守在外面。

這個時刻，每一分鐘都是煎熬，好像有一把刀懸掛在頭頂上，不知什麼時候就會落下。

直到聽到來旺的一聲喝令。「換弓箭。」

好像有人要爬牆進來，已經不知外頭到底有多少人了，只是聲音越來越響，兵器聲混著雨聲乒乒乓乓作響。

容盼站了起來，往窗戶邊走，一個小丫鬟忽然拉住她的手，瑟瑟發抖。「太太，您別去。」她的神經已然繃到了頂點，只要再一個刺激就會引發她的崩潰，這個時候她活下去唯一的依靠就是容盼。

「別怕。」這個時刻容盼只能這麼說。

她掙開丫鬟的手，走到窗戶旁邊，側著身，微微拉開一個小縫看去。

只這一看，又讓她倒吸了一口氣。

牆頭上已經爬上來幾個人影，頭上都束著青藍色的布，身上衣物都有著一個兵字。

他們這邊的箭剛射去，人影倒下，下一個又飛快爬上階梯，更要命的是新爬上來的人手上也拿了弓箭，這時大門也正被撞得砰砰作響。

容盼繃緊了神經。「來旺，進來。」

來旺來不及顧上，容盼乾脆自己走出去，冒過雨水，跑到走廊上，來旺一見是她，急得臉都白了。「太太，您快回去，這裡亂得很。您要是出了什麼事，讓小的如何向爺和兩位公子交代？」來旺說話已經極快了，噼哩啪啦跟豆子一樣砸過來。

容盼道：「這樣下去不是辦法。」她看了看天，雨沒有剛才那樣洶湧，漸漸變小，她道：「四周都是牆，我們就只有這些人，守不了多久。」

來旺沈下臉來，她說的是真的。

容盼繼續道：「你讓人去牆下點火，火燒得越旺越好，把牆壁燒得通紅了。」

來旺搖頭。「雨勢還是有些大，燒不起來。」

容盼指著遠處的金邊。「快要放晴了。朱歸院裡有小廚房，裡頭有柴火和油，在布和木頭上灑上油，點上火，就滅不了！」她喘了一口氣，語速飛快。「柴不夠就把桌子凳子箱子都劈了。」

說話的工夫，一個人影正悄悄爬下白牆，十幾個人就算看見，也沒手騰出，來旺舉起火槍砰的一聲，將黑影擊落。

火槍聲極大，震得眾人渾身一顫，連外頭攻進來的人也停頓了好一會兒，這時候有人驚呼。「他們有火槍！」

這聲吼叫猶如平地驚雷，外頭忽安靜了一會兒。

來旺對著幾個壯漢急匆匆喊道：「跟我來。」

他快步還跑出不遠，只聽有人叫。「牆頭又爬下人了！」

「裡頭有公府的太太！」一個黑黢黢的頭領趴在前頭高喊，這一聲立刻就鼓舞了賊兵的氣勢，只一會兒的工夫，攻勢竟比剛才還猛烈異常。

來旺雙膝一軟，還未反應過來，只聽得一聲槍聲驟響，那個頭領從高空落下，腦袋炸開了，白的紅的順著雨水流了一地。

他猛地打了個激靈，回過頭，只見太太正半蹲在地上，雙手托槍，槍口還騰騰的冒著未散去的熱氣，她卻已經飛快的換好子彈，凝神聚氣繼續扣動扳機，瞄準目標，砰——的一聲，直射對方腦門，又一人墜地！

這槍法和打法，太過狠戾，然而卻有種說不出的乾脆俐落……

第二十一章

不知道是不是在絕境之下，人的潛力就會迸發。

容盼只知道，上膛，瞄準，開槍，她的動作越來越熟練，往往一槍就直砰對方腦袋，她麻木的看著紅色的鮮血沿著白牆瀝瀝流下。

天已經徹底暗了，沒有半點的星辰，可外頭的火光卻簇動得明亮異常。

來旺召集了幾名壯漢把所有的柴火都堆積在牆角，點燃，風聲呼呼而過，迅速撩起火勢，非常快的從牆角一路燒到牆頭，白色的牆壁瞬間被燒得通紅發黑。

剛爬上牆的賊兵，還沒來得及站穩就被高漲的火勢燎得渾身竄火，尖叫聲四起，驚悚異常。

容盼靠著欄杆緩緩爬起，雙腿因為長時間的蹲跪早已經發麻。她緊抿著嘴角，靜靜觀望了一會兒，來旺衝過來喜不自勝，對她揮舞著手腳笑道：「太太、太太，起作用了！」

容盼的明眸裡微微跳動了下，映著前頭的火勢一簇一簇的閃動著亮光。

她咧了咧嘴角，笑出，但是笑容還未綻開，就聽得大門外砰咚一聲響起。

好似被一重物撞擊，她冷下臉，迅速從走廊走下，往牆邊迅速掃了一眼。「還有布和弓箭嗎？」

來旺緊張問：「做什麼？」不可能再用火柴堆在牆角的做法了，一燒院門肯定先被火燎起。

撞擊聲越發重了，好在朱歸院的大門厚實，一時三刻也不是輕易能撞開。屋裡待著的丫鬟都跑了出來，一個個臉色慘白驚恐地咬著手指看著大門，雙眼空洞，高度緊張的模樣顯得有些神經質。

容盼看了她們一眼，對來旺道：「上去，把布裹在箭頭上，點火做成火箭。」手一嘩啦。「站在高處往下發射。」

來旺已經明白她的意思，立馬就帶著十幾個小廝往高處爬去，容盼三步併作兩步飛快的衝回屋裡，秋涼拉住她。「太太，您要做什麼？」

容盼蹙眉，反拉住她的手拖著往裡。「快，拿布和剪刀，把廚房裡的菜油、妳們的頭油都拿過來。」

眾人還沒明白，只見閣樓上一道火光嗖——的一聲射入門外。

明亮的火光在黑暗的夜空中劃過一道弧線，在這樣生死攸關的時候，卻美得讓人不由屏住了呼吸。

容盼抱了一堆衣服出來，朝她們喊。「快！」

秋香第一個回過神，也往裡衝。

容盼已經走上閣樓，用剪刀撕完布，迅速的丟到油桶裡頭，另一人飛快的綁在箭頭上，點燃，嗖的一下又飛入門外的賊兵中，痛苦的尖叫聲驟起。

容盼這才仔細看見，原來他們正用沈重的大木頭撞門，一個被火箭射中，下面一個飛快又補上，一群人黑壓壓的竟好像看不見盡頭一般。

她心下打了個寒戰，眼中透出一股絕望，可撕布的速度卻越來越快、越來越快，來旺擔憂地望她，忍不住出言。「太太，您還懷著小公子，還是歇一會兒吧。」

「歇？怎麼歇？」容盼冷笑反問，生死攸關的時候，那群人會給她歇息的時間？

這孩子，本來她就不想要，他若有命自己就努力活下去，若是沒命，也是他的命數。她還有長澧，還有長汀，她要活下去，要好好的活下去！

這時樓梯上傳來噔噔的響聲，秋香、冬卉等人也已經捧著許多布料、頭油上來，後面有的則抱著劈開的細小木柴。

兩人的對話因為她們的到來戛然而止，有了她們，來旺他們就不用分心撕布了，只聽得耳邊嗖嗖的飛箭聲越多、越快，火紅的火球把黑夜燎得分外明亮。

撞門的賊人一個個都倒下，許久竟沒有人再撲上去接替，秋香爬起俯在欄杆上，迎著冷冽的寒風瑟瑟發抖，高呼：「太太，他們不敢再攻進來了。」這話音剛落，只見一道沖天的火球砰的一聲砸在閣樓上，火球遇到風，猛地竄得老高。

一束、一束，那火球就跟天上砸下來一般猛烈朝閣樓投來。

他們要燒樓！

容盼忍不住緊抓住胸口大力猛喘息了一下，冰冷帶著火煙的氣味竄進肺部，噁得她陣陣作嘔。

來旺卻已經顧不上了，猛地推了冬卉一把，大叫。「拉著太太快跑！」

冬卉回過神，往下看去，二樓外面的欄杆已快掩沒在火光之中，連他們這樓的地板似乎也感覺熱了。

冬卉已經慌了，也不管拉著容盼哪裡，飛快就往下飛奔。

噔噔噔——慌亂間下樓的聲音，在火色之中響動，外頭忽揚起一陣歡呼聲，刺耳的哈哈大笑。「燒死他們！燒啊、燒啊！」

容盼被拉著疾跑，五臟六腑都快顛得快吐出來了，直到了樓下空地，冬卉才猛地將她放開，撲通一聲跪在地上，哇哇大哭。

容盼面色白得跟紙一般，嘴唇哪裡還有血色，她強撐著起來，目光在眾人間掃射，一個一個的望去，看到來旺時她叫喊問。「都下來了嗎？」

來旺剛想點頭，只見二樓那裡突然衝出一個火人，滿地打滾著，發出刺耳的尖叫聲，他全身都已經著了火，噼哩啪啦冒出陣陣焦味。

「是二張。」一個小廝忽然道。

他話音才剛落，二張已經悲鳴的叫了一聲，從閣樓上縱身跳下。

撲通一聲摔在地上，滿地撲騰打滾了兩下終於死了，可那大火還在繼續侵蝕著他的屍體，婢女中有再也忍受不了的，發出撕心裂肺的痛哭聲。

容盼咬緊牙關，熊熊燃燒的大火將她的側臉映照得通紅，來旺不由跪下。「太太，您別看了。」

容盼只覺得喉嚨裡乾啞得厲害，她想哭，哭不出；她想叫，也叫不出，除了絕望，也就只剩下深深的絕望了……

火勢還在繼續，門外撞門聲又再次響起。

咚咚咚，猶如地獄餓鬼在催命一般。

容盼猛然醒了過來，一把抓住來旺的手。「快，快，把這閣樓推倒，朝著大門的方向推倒！」

來旺目光猛地朝閣樓和大門中間望去，兩個離得極近，若是推倒必是頃刻墜落在賊兵那邊。

眼下閣樓已燒得差不多，已不用費太大力就可以瓦解。

來旺連忙疏散周圍的人，容盼和丫鬟都回了屋，只留下小廝，幾個已經拿了長長的大木棍來，支起熊熊燃燒著的閣樓。

容盼在屋裡望去，看著火光下的那群人，神色凝重又緊張。

在耳邊最後一陣風聲呼嘯吹過，只聽得他們「呵！」的一聲，四層來高的閣樓朝著大門方向，頃刻間似一盤散沙「乒」的一聲傾瀉而去。

呼啦啦……呼啦啦，火在風中的聲音，外頭一陣陣鬼哭狼嚎，猶似人間地獄。

容盼注視著許久，終於重重的呼出一口熱氣。熱氣凝結在空氣中形成一道厚厚的白霧。

「太太，我們會活下去嗎？」冬卉緊張的走過來，只是想聽聽她的聲音，只要她開口，隨便說一句什麼都好。

眾人的目光也都落在容盼身上，容盼一一望去。

有她相信的，有她曾經不相信的，但如今已沒了區別。

「會，會活下去的！」容盼咧起一道笑容，眼中流光熠熠。冬卉默默的站起身，走到她身後，目光緊緊追隨在她身上，帶著一些貪婪。

只要她說的，她就會相信。

在精神高度緊張的固守後，他們迎來了一個新的問題。

沒有食物，沒有水。

秋香最擔心的是容盼的身體，她和秋意兩人站在小廚房裡一籌莫展，冬卉從井裡打了一盆水上來，全都污濁了，在她暴躁地摔了七、八個碗後終於放棄了這個想法。

來旺重新巡視了一下四周，確認安全後，才走進來對容盼說：「太太，我和幾個小廝一起出去找食物。」

容盼側躺在榻上，身體蜷縮成一團，臉朝著裡，搖搖頭。「別，別去了。」她的聲音已經有些虛弱。

鬆懈之後，她去了裡間查看，小褲裡已經流了點猩紅，不多，只是一點點，但容盼知道就這一點，她前些日子的精心保養全部付諸東流。

「太太，您讓來旺去吧。」秋香求道。

「外面不知道還有多少人，你現在出去不安全，再說你們走了，誰保護這裡？」容盼還是拒絕。

冬卉走進來，站在她旁邊，盯著容盼的側臉。

「太太，讓他們去吧，咱們去庫房等著，您都餓了一天了。」她的聲音輕柔無比，惹得冬珍忍不住抬頭看她。

秋香也求道：「這裡沒乾淨的水，若再這樣下去只怕也是一死。」

容盼有些鬆動，她望向地上橫七豎八歪著的丫頭，這幾個最大的也就十七、八的年紀，一個個耷拉著頭，臉色蠟黃，嘴巴上都已經龜裂開脫了一層皮。

沒吃的可以，但沒水不行，挨不過。

她嘆了一口氣回過頭，注視著來旺道：「你萬事小心，若是找不到就回來……咱們一起熬著。」她頓了頓，又道：「你再看一看外頭的形勢。」讓來旺出去探一探也好。

來旺得了令，歡喜得不行，連忙應下。「太太，我就帶走五人，剩下的七個都留在您身邊，您看可好？」

容盼點了點頭，從床上起身，冬卉越過秋香扶起她。

容盼道：「你走後，我就會退到庫房，你找到食物、水或者是出去的路，就趕快回來。」

來旺看著她，重重的點了點頭，跪在地上朝她一拜。

眾人皆未說話，靜靜地看著他們，容盼朝來旺笑了笑，道：「以前，若是對你不好，你多擔待著。」

來旺只是抓著頭，呵呵一笑。「太太，若有下輩子，奴才還侍候您。」

「嗯。」容盼合眼，頷首，再睜眼時來旺已經走了。

她坐在榻上一會兒後，沒有太多的停留，叫人收拾了一些細軟和幾床棉被去了庫房。

細軟總歸是好的，而棉被最能禦寒。

西北角閣樓的庫房，極少人來過，容盼看著秋香推開沈重的大門，先走了進去。

眾人也沒了激動，都選了一個角落窩下。容盼坐在地上，趴在一個箱籠上頭，頭靠在雙臂上，身上裹著厚厚的棉被。

也不知過了多久，只覺得渾身越來越冰涼，也越來越睏覺，就在她昏昏沈沈之際，忽聽得上頭傳來噼哩啪啦的聲響，好似有人在咒罵。「媽的，姓龐的老婆也太厲害，那麼多人竟然都攻不進來！」

一群人在翻箱倒櫃著什麼，沒找到東西就到處亂砸。

庫房內眾人的神經又緊繃到了頂點，大家互相掩住對方的嘴巴，眼中都露出恐懼。

那七個小廝則手提著尖刀依次守在庫門口，雙手握刀舉起。

「總兵，咱們真要撤出京都嗎？」較為年輕的男子聲音問。

「給老子滾蛋！」那人似乎狠狠踹了問話的男子一腳，罵罵咧咧。「你他娘的，老子以為跟著雍王那廝能吃香喝辣的，可還是被太子扳回一局！那個姓龐的也不是什麼好貨，連他親爹都敢拿下，如今咱們拿捏不住他女人，他事後肯定報復。」

又是一陣乒乓聲，容盼強撐著精神等著那群人離開。

直等了有一盞茶的時間，好像都走了，她的神經才慢慢鬆了下來。

「太太，太太。」有人在她身邊低低叫喚，一雙冰冷的手觸到她的額頭。「嘶，怎麼這麼燙！」

「太太，太太……」

容盼已經無力去應答，只是看見一會兒秋香、一會兒冬卉的臉在她跟前晃悠，天地也好像跟著搖搖欲墜一般。

時間停了。

就在她陷入昏迷之際，只見庫門砰的一聲被重重推開，一道道亮光從外頭閃爍著跳躍著，刺得她眼睛生疼，她好像看見龐晉川緊抿著的嘴角，急匆匆的幾乎是飛奔地朝她走來。他身上濃重的血腥味朝她迎面撲來。

來旺仔細注意龐晉川的腳下。「爺，小心。」

龐晉川眼中只盯著角落裡蜷縮著的那抹纖細身影，俯下身，將她一把撈起，輕輕抱起，低聲輕哄。「沒事就好……沒事就好！」

冬卉看著他，雙手不由緊握，倒退一步。

龐晉川冷冷的瞥了她一眼，目光又飛快地膠著在容盼的臉上。

只見她早已昏死過去了。

又是夜幕降臨，星辰熠熠閃爍綴滿了半個夜空，寒風呼呼，打著紗窗，天青色的紗幔在空中捲起好看的弧度，沖散了不少屋裡的悶氣。

一縷青煙從香爐中緩緩升起，安神香清幽淡雅的香味瀰漫整個屋子。

冬卉坐在床沿上一動不動的望著。

太太已經昏睡兩天了，依舊沒醒來。燒發了又退，退了又燒，到今晚第三夜了。

「走……滾開！」容昐痛苦的扭轉頭部，雙眸微微睜開，眸色迷茫。

「太太，太太？」冬卉驚起，連忙撲到她身旁，撥開她唇邊的青絲。「太太？您醒醒。」

容昐昏昏沈沈睜開眼，睫毛撲扇，下一刻又昏睡過去。

「又說胡話。」冬卉失落的替她捏好被角，嘆了一口氣。

屋外這時響起一陣輕快的腳步聲，聽得小丫頭笑聲。「冬珍姊姊來啦？」

「嗯。太太醒了嗎？」

「還沒，我替您撩簾子吧。」小丫頭聲音低沈了一些，冬珍嗯了一聲，聲音才剛落，她就走了進來。

冬珍揉搓著凍紅的雙手，一邊走一邊用銀簪抓頭，只瞅著她穿了一件銀鼠的褂子，裡頭露出粉紅的襖，底下是一條花綿蘭的裙，穿著又暖和又貼身。

「用過飯了沒？」冬珍走上前先是看了看容昐，用手試了試她的額頭，感覺有些發燙，不由皺眉看向冬卉問。

「沒。」冬卉看了一眼她的手笑問：「見過妳爹了？」

「嗯。」冬珍也在旁邊坐下，就挨著冬卉。「見了，我爹來報說一家子都平平安安，叫我安心。」她說著說著，嘴角不由咧開一抹笑。「多虧妳今晚替我值夜。」

「沒事。」冬卉搖搖頭，斂目。「我爹娘早死，我哥嫂兩個都是見錢眼開的，既把我賣來這裡，自然以後他們的生死性命也與我無關。」

冬珍知曉提起她的傷心事，不由也跟著難受了起來。

兩人沈默了會兒，冬珍起身又給容盼餵了水，一邊道：「太太這幾日燒得厲害，說了許多的胡話。竟都是些讓人聽不懂的，一堆堆的新詞讓人越發好奇她作了什麼夢？」

冬卉嘆氣。「我只知道擔心，再這般熬著，大人和孩子可怎麼受得了？」

冬珍也跟著嘆了口氣，拿出帕子細細擦掉容盼頭上冒出的冷汗，正擦著，忽想起什麼，轉過頭對冬卉道：「剛剛，我和秋意回來的路上遇到春宵了。」

冬卉心思根本就沒在這上面，她支著手靠在膝蓋上，看著容盼，眼中明明閃閃不知想著什麼。

冬珍想了想，看著冬卉小心道：「這幾日太太一直昏睡，都是喬姨娘跟著大夫人在管事。春宵說喬姨娘這幾日都在擔心爺會不會把外頭那位給接回來……畢竟府上經過這一次，二房那邊基本是沒人了，人丁越發凋零，她又懷著孩子。」

「呵。」冬卉撇撇嘴，目光冷然。「說到底不過是一姨娘。說句難聽的話，就算是她腹中懷著一個哥兒，咱太太肚裡是個姊兒，她那個哥兒出來了也比不得咱們姊兒尊貴體面。」

冬珍忐忑地望了她一眼，不由道：「誰說不是呢！只是聽說此次平亂，姚小姐的伯父，刑部尚書大人立功頗大，若不是他將囚牢裡的刑徒都放了出來，皇上那邊未必能贏。」

「管她是金的、銀的，也越不過咱們太太去，且不說太太娘家如今擺在一干的世族大家中是數一數二的好，就單單她自家的堂姊如今已是皇后娘娘，就已是頂了不得了。」說到這兒，她就不肯再說了，眼中透露出許多的厭惡。

冬珍將她的話聽到心裡，細細琢磨了會兒，又看向床上躺著的太太，想起這幾日的驚魂，沒有她大家恐怕早就活不下去了！這一想不免覺得自己是杞人憂天了。

想著想著，自己也笑出聲來。

屋外，守夜的丫鬟敲了三更，天氣越發寒了起來。

到了淩晨，天邊露出魚肚白的時候，床上忽傳來一聲急促的咳嗽。

冬卉正支著頭靠在圓桌旁迷迷糊糊歇息，忽聽到動靜，手一歪全部醒了過來。「太太？」她快步走上前，輕輕推她。

冬珍也醒了，連忙倒了一杯水過來。

容昐難耐地緊鎖眉頭，渾身痠疼難耐。

夢裡，她好像被困在一大片沼澤之中，四周火紅一片，燒得她渾身滾燙，就在她大力想從沼澤中掙扎的時候，忽然感覺嘴上、臉上有了濕意，她努力的睜開眼，眼睛卻被一陣耀眼的強光刺激得難受。

「您醒醒。」冬珍輕輕喚她，早已是喜極而泣。冬卉也繃緊了神經，一瞬不瞬的盯著容昐。

容昐猛地咳了一聲，急喘地撫著胸口趴在床沿，原只是咳，後逐漸覺得噁心，忍不住乾嘔開。

兩人都不敢去碰她，只等著容盼把剛喝下的水都嘔出來了，才敢上前扶起她，拿了帕子替她擦掉嘴角的穢物。

容盼嚅動著嘴，剛開始有些迷糊，後適應了燭光，才看清眼前的人。

她望著她們，迷茫得很。「這是哪兒……」才剛說幾個字又大力咳喘起來。

「朱歸院。」冬卉連忙脫了鞋子跑上床去替她拍背，知道她想問什麼。「一家子都好。」

冬珍又倒了一杯溫熱的水遞上，容盼就著她的手喝了幾口，點了點頭。「我睡了多久了？」

屋裡點著燈，外頭安靜得很，原本凌亂不堪的屋子都收拾得整整齊齊了，她昏迷前好像見到了龐晉川。

那該是沒事了吧。

冬珍把茶杯放在梅花鏤空的案桌上，替她捏了捏被角笑道：「您都睡了兩天了，再不醒來，只怕爺得拔了太醫們的鬍子了。」

太太都不知道，在她昏迷的這幾日，府裡每天每夜每時每刻都瀰漫在一股冰冷的氣壓下。

爺不高興，誰能高興得起來？

太太又這樣，沒人勸著，眾人都怕自己走錯一步路、說錯一句話，就立馬惹得他變臉，如此過了幾天，所有人的目光全都聚集在朱歸院中，每天都期盼著太太能早日醒來。

若今晚再不醒，估計明日一干子的人又得受罰了，首當其衝的就是那群太醫。

「啊？」容盼撫頭，還是覺得暈沈。「我睡了這麼久了？」

「嗯。」冬卉的聲音有些顫抖。

容盼回過頭看她，見她眼眶發紅，不由拍拍她的手，嘶啞著聲。「我這不醒來了？」只是她的雙手冰涼，又沒什麼力氣，力度小得就跟輕撫一樣。

冬卉不由得有些心疼。「太太瘦了些。」

容盼莞爾，臉上笑容雖有些虛弱，但總歸是醒了，她道：「補回來就是了。」說著小腹裡傳來一聲響。

冬卉跳下床。「太太怕是餓了吧。」

容盼點點頭。

冬珍笑道：「那冬卉姊姊侍候太太，奴婢命人通傳大爺去。」說著就往外走。

容盼看著她離去的身影，轉過頭對冬卉笑了笑。「妳與我說說那日都發生了什麼事？」

她的睫毛微微顫動，彷彿蝴蝶撲扇的翅膀在眼瞼下投下弧度。

冬卉目光在她臉上有一瞬間的停留，又悄悄移開，這才抿著嘴回道：「來旺出去時正好碰到爺領著親兵回來，在大門外與那夥趁火打劫的賊兵相遇，爺下令投降的一律不殺，若不投降定斬不誤。」

容盼點了點頭，示意她繼續說下去。

冬卉咬著牙，看著她白得有些恐怖的側臉，按下心思道：「被搶去的珠寶都已經找回來了，待爺來庫房找您時，您發著高燒昏了過去。後來宮裡皇后娘娘聽說了這事，親自派了御醫前來，診過脈說是因為您淋了雨，受了風寒，內外煎熬之下才致病虛。因您有孕，御醫不敢隨意下藥。」說著說著，還是道：「太太，御醫說您這一胎必然得精心養著。」

「嗯。」容昐緩緩的睜開眼，看著小腹，目光平靜。「還有什麼嗎？」

「有！」冬卉開了話匣子，笑開，露出虎牙，憨憨的。「皇上登基了，雍王兵敗逃出京都。大人襲爵，又被授予吏部尚書的職務，您也被封為正二品誥命夫人，連大公子也被封了定安爵。」

「怎麼封得這般厲害了？」這讓容昐有些吃驚。

吏部尚書又叫做天官，專管各級官員調令，在六部尚書之中首排第一，職權極大，可謂是一人之下萬人之上。

若說龐晉川輔佐太子登基有功，可皇帝竟連長灃都封到了，這得是如何的功勛才至於如此？

冬卉扶住她。「太太別急。」說著遞上一杯水。「不知這話該不該與您說。」冬卉有些猶豫，可她看著容昐，她不想瞞她。

「什麼事？」容昐問。

冬卉咬住下唇，快步走到門口，打開門頭往外一探去，見一人都沒，才回過來坐在她身旁，湊近她耳畔，低聲道：「大人親手手刃了雍王妃和雍王的嫡長子，屍首掛於宮門口。雍王兵敗退去時想要奪回，大人早就等在城樓，射穿了雍王一條胳膊。」

容盼心臟猛地一跳，忽想起那日在他身上聞到的濃重血腥味，不由得雙臂覺得冰涼，後背冷颼颼的。

攻戰攻戰，攻心為上。

世人皆知，雍王與雍王妃伉儷情深，二人也只育養一子……龐晉川此舉，乾脆俐落絕了雍王的後路。

但她不得不說，龐晉川此人心狠手辣，處事狠戾。

她偏過頭望向窗外，一輪紅日正迎著朝霞冉冉昇起，它的亮光染紅了周遭所有雲層，在磅礴中浩浩蕩蕩地又揭開了新的一天。

「爺，太太醒了一會兒了。」冬珍的聲音傳來，厚重的簾子撂起，一陣冷風灌了進來。

龐晉川快步上前，容盼轉過頭沈默地看他。

「身上這般冷？怎麼侍候的！」龐晉川緊皺著眉頭，瞪向冬卉，冬卉立馬倒退一步跪下。

他看也不看，徑直走到床沿坐下，解了繫帶，把身上的紫黑色貂皮斗篷披在她身上。容盼這才看見他身上穿著麒麟袍，通身暗紫黑貴，腰間環的是通透白玉鑲金帶，飾物極其簡單，就是一個朱紅色香囊和一對壓袍玉玦。

玉玦通體透亮、價值連城；但也比不過那一抹亮眼的朱紅色。祖制朱紅色非王公不得用，龐晉川終究又上了一個臺階了。

「沒事。」容盼搖頭。

龐晉川深深地望著她，拂開她脖子上的青絲，她越發瘦了，臉色還這般蒼白，龐晉川忽覺得她白得跟快透明了一般，不由得將她拉入懷中，緊緊的抱住，不住地低頭親吻她的馨香，輕聲安撫。「沒事了，沒事了。」

侍候的婢女紛紛低下頭，偶有幾個膽大的抬頭看了一眼，又面紅耳赤的慌忙低頭。

容盼任由他抱住自己，雙手想摟住他的勁腰，但剛抬起，又覺得自己無處安放。

龐晉川從來不屬於她，不是她的東西，她不能碰。

屋裡暖和和的，透著股馨香，在他走進來後，不過一會兒的工夫，一群婢女魚貫而入，手上端著食物。

沒有太補的東西，都是粥，各色的粥。

容盼聞到香味，小腹不由又響動了一聲。

「吃什麼？」龐晉川放開她，環著她的肩膀，指著各色粥問。

容盼道：「南瓜粥。」

龐晉川點了點頭，捏起中間一個小碗，丫鬟見此紛紛退下。

「妳都昏睡了好幾天了。」龐晉川還是第一次餵人，當下倒有些手忙腳亂。

容盼想要自己吃，他問：「餓了？」

「嗯。」她點頭，龐晉川笑笑，知道自己拖她後腿，乾脆把碗遞給她。

容盼深吸了一口氣，雙腿盤在床上，舀了一口放入嘴中，滿滿的清香爽口，讓人欲罷不能。

龐晉川幽深的黑眸一瞬不瞬的緊盯著她，眼中是他自己也察覺不到的寵溺和喜愛。

他伸出大掌放在碗下接住，不想南瓜粥滴落沾到她睡的錦被上。

容昐吃得有些急，龐晉川看著她笑笑，直到一碗粥見底了，他才從床頭抽出帕子擦掉她嘴角的渣，拂開她唇邊的細髮，輕聲問：「吃飽了？」

「嗯。」容昐微不可察的往後退了一退。

他身上的味道極淡，卻霸道得讓人不能忘卻。

容昐覺得有些累了，身子睏倦的往下滑去，龐晉川似漫不經心的說：「這孩子還好好的在妳肚子裡。」

「嗯。」容昐打了個哈欠，側過身，背對著他閉上眼。

龐晉川盯著她的背影許久。「容昐，妳不喜歡這個孩子。」

她的冷淡意外的明顯。

容昐的肩膀微微僵硬了一會兒，雙眸摸上還平坦的小腹，許久點了點頭。「是。」

龐晉川的臉徹底沈了下來，幽冷的目光靜靜閃爍著，他陰鬱的眼中盡是嘲弄。「妳是不喜歡他，還是不願意替我生孩子。」他問得很慢，語氣中卻有一股風雨欲來的危險氣息。

容昐沈默了一會兒，龐晉川這次笑了。「顧氏，妳好大的膽子！」

第二十二章

隨著他的一聲驚斥，容盼猛地從床上坐起，盯著他。

龐晉川瞳孔微瞇，幽深不見底的雙眸下反射出她的倒影，他眼中她的倒影和他一樣，亦是緊抿著嘴，頭微微抬，有絲倔強。

「妳！妳還敢瞪我！」龐晉川氣極，想抓住她狠狠打一頓屁股，但目光觸及她纖細不能一握的小腰，還有那依舊平坦的小腹，只得按捺下火氣，壓低了聲道：「妳若想著妳那個青梅竹馬，我勸妳想都別想。」他的右手緊拽住她的肩膀，稍微用了點力都能抓到她的骨頭。

兩人之間隔著一層棉被，容盼身上披著他的斗篷。

現在內憂外患都解決了，該是清算的時候了？

容盼諷刺一笑。「這和他有什麼關係？」

那笑容在龐晉川眼中卻是極其的礙眼，他怒道：「既然當初已經決定嫁給我，就不要後悔走了這條路。」

容盼被他這麼一喝，心頭就像憋著一股氣似的，反問：「您在嫉妒什麼？」

龐晉川雙眸猛地一睜，忽地冷靜了下來。

門外冬卉等人緊張得要死，都焦急地等在外頭，就怕龐晉川把容盼怎麼樣了。

現在聽得裡頭忽然安靜下來，眾人的心也跟著緊提了起來，你看看我，我看看你，也不知怎麼的剛還好好的，又吵起來了？

不說太太平日就是個和氣的人，但爺也不是隨意發火的，如今太太竟惹得爺大怒，可見事情不小。

冬卉急得團團轉，又靜聽著裡頭沒有響聲，急了，一咬緊牙關，推開穿衣的洋鏡門，朝著裡就喊道：「太太，您叫我？」

屋外幾人趁著那推開的門縫往裡瞧去，只見兩人都坐在床上，太太無精打采的歪在一邊。

這眼下正病著呢，若折騰下去，還得了？秋香也卯足了勁兒，克服對龐晉川的恐懼想上前，這腳剛跨出兩步，就聽得裡頭一陣冰涼涼的聲刺來。

「滾。」

冬卉打了個哆嗦，連忙帶上門，裡頭那位臉活似閻羅王透著股煞氣，生生就能嚇得人半死。

「怎麼樣？」秋香急忙上前問，眾人臉上亦是著急。

冬卉抬頭看了她們一眼，搖搖頭。「爺和太太正嘔著氣。」

屋裡，容昐坐了一會兒，就覺得腰瘦背疼，她乾脆靠在暖墊上。

龐晉川冷冷盯著她，目光就似毒蛇一般如影隨形。

剛爭吵的話題，兩人極有默契的閉口不談。龐晉川一想起顧容昐在還未嫁給他之前就與旁人好上了，他的自制力就不由得瓦解，她說對了，他就是嫉妒，天底下沒有一個男人不會嫉妒自己的女人心裡有別人。

而容盼，只是覺得這句話問得太過曖昧，叫人家怎麼說呢？

容盼躺了一會兒，又覺得腰部痠軟得厲害，更加躺不了，折騰地爬起坐著，坐了一會兒也不舒服。

這時龐晉川拉住她的手，將她拽到身旁，容盼略有掙扎，他就不悅喝道：「別動。」說著，一雙炙熱的大掌極其熟練的覆在她腰下，就是不斷的揉按撫摸。

倒不說其他，龐晉川很小心地避過她的穴道，揉搓的手勁又恰到好處，只一會兒的工夫腰肢也沒那麼痠軟了。

容盼不由得閉上眼，享受這來之不易的福利。

倒真是來之不易，當年她懷小兒時，那麼辛苦，七、八個月的時候肚子挺得那麼大，趴不得、坐不得，多躺一會兒就氣喘，有時半夜睡到一半雙腳會抽搐疼得醒來。生完小兒後，腰部脊椎那裡就出了問題，沒白天沒黑夜的痛，最後還是林嬤嬤特地請了一個醫女，每日來按摩，這才好了。

如今又懷上了……這孩子才一月多，卻已經比小兒還會折騰她了。

容盼輕輕的嘆了一口氣，側著臉，頭靠在枕頭上。

龐晉川忽然說：「妳懷小兒時也是這般。」

記憶中容盼以前的模樣已經記不得了，只模模糊糊有一個印象，她那時好像總是雙手扶腰小心翼翼的小步慢走。

容盼沒感覺到他語氣的緩和，只是下意識的點了點頭嗯了一聲。

然而以前的日子，容盼已經很少再去回憶，想了也只是讓自己徒增煩惱。

容盼不喜歡給自己添堵，那些回憶早就被她塵封許久，若不是這次又有了，她估計都要忘記了。

「容盼，這次只要一個女兒就好。」龐晉川極認真的說，手上的力道越發輕柔。

容盼快要睡著了，聽得他這一聲，回過神，沈默一會兒。「我擔心生下來，也不是個齊全的孩子。」

曾經，她因為厭惡龐晉川利用手段逼她懷上孩子，可如今她也擔憂，在吃了那麼久的避子湯，又發了一通高燒，這孩子生下來若是畸形該怎麼辦？她不想要一個像東瑾一樣的孩子。

「不會，妳和我的孩子一定是極好的。」龐晉川輕輕的覆在她上方，半撐起，不讓自己的體重壓在她身上。

容盼感覺到他要做什麼，撇過臉，半途他卻抱著她猛地翻過身，讓她壓在他身上。

沒有多餘的話，在她光潔的額上落下一吻。

容盼躲開，他越發的重重吻上，鍥而不捨一路往下，那吻似蜻蜓點水從小巧的鼻梁，到那抹紅唇，小雨打落似的。

她的身體與他貼得極密，感受到他蠢蠢欲動的慾望，容盼用力推他。「不要。」

龐晉川卻沒理會，只是繼續執著地含住她的紅唇，鍥而不捨的撬開，靈活的舌頭一路往裡，貪得無厭。

兩人間的氣息很快就交雜在一起，她的嘴裡還有著藥味，可龐晉川卻覺得甜膩無比。沒有一個女人能給他這樣的感覺，出手果斷，可以和他並肩攜手。他在她身上，偶爾也會有一些疑惑，顧容盼對他而言到底是什麼樣的女人？

然而，他看得越多，越發現自己解不了這個癮了……

他只能飲鴆止渴。

龐晉川摟著她，將她口腔裡裡外外掃蕩一番，直到他的氣息越來越紊亂，他才放開她，兩人側身躺下。

容盼眼中帶著迷離，兩頰紅潤，雙唇已是紅腫不堪。

龐晉川覺得自己多看一眼就會犯罪，忍不住抽出她的絲帕蓋住她的臉。

「怎麼了？」容盼欲要取下，雙手卻被他緊緊拽住。

「別動。」他說得極用力，幾乎是咬牙切齒。

容盼聽得出他話音間的忍耐，連忙停下手。

龐晉川平復著體內的衝動，大口大口喘息著。

兩人靜默了許久，他才開口道：「容盼，我需要一個女兒。」

容盼轉過頭，眼前只是白濛濛一片，她問：「你有如雯了。」

話音剛落，感覺到他的大掌摸上自己的小腹。

「妳知道，我如今缺的是什麼。」容盼覺得龐晉川的聲音雖然聽著溫柔，可其實冷漠得不行。

他缺的是一個嫡女，一個能給他聯姻以穩固世家之間聯繫的嫡女。如雯不夠，所以她得生。

龐晉川會寵著她、護著她，把這個孩子當作掌上明珠，然後用以穩固，結交二姓之好。

容昐在醒來後，聽冬卉說龐晉川已經去上朝了。

日頭已經到了頂天，暖洋洋的照在身上，今天的天氣出奇的好。

容昐洗了臉，病了一遭人都變難看了，真懷疑昨晚龐晉川怎麼能下得了手去？

冬卉忙前忙後，冬珍想接手都不成，秋香心情極好，帶著幾個小丫鬟擺飯。

「太太，累吧？」冬卉眉開眼笑，小心的往她青絲中插了一支石榴包金絲珠釵，珠釵通身紅潤，一顆顆石榴子飽滿鮮豔。

容昐朝鏡中看了看，回道：「還好，躺了這麼久人都躺酥了。」說著挑了一支金色絨花要別在耳邊的雲鬢上。

冬珍空著手沒事做，連忙上來要接，這右手才剛伸出，絨花已在冬卉手中。

冬珍不悅嘟嘴，冬卉姊姊在太太面前也太賣力了。

冬卉仔細的端詳了好一會兒，才找了一處簪好，如此又低下頭從鏡中看著她。

兩人的面容都映照在光亮的洋鏡上，並排貼得極近。

她的鼻尖輕而易舉的都能嗅到太太身上好聞的清香。

「好看嗎？」冬卉笑問，眼中笑意滿滿。

容盼輕輕點點頭。「挺好的。」冬卉的手藝一點都不輸給林嬤嬤，她梳的髮式俐落又簡單，大方得很。

冬卉眉目輕揚，喜不自勝。「那以後，我就常常給太太梳。」

容盼笑了笑，頷首。

秋香已經上好菜，喊容盼來吃。

菜色極簡單，也是粥，只是有鹹有甜，還多了一碗茯苓糕配粥。

難得一大早沒有孕吐，容盼吃得也多，一連吃了兩小碗的桂圓蓮子羹，這才放下。

「太太，休息一會兒，就得去給大夫人請安了。」秋香一邊指揮小丫鬟撤下碗筷，一邊扶起容盼走到炕上坐著。

冬珍拿來軟墊，容盼擺擺手。「就走吧，當作消消食。」

「那我給太太取斗篷。」冬珍立馬道，正走去，忽想起問她要哪一件，卻見冬卉正蹲下身替太太撫平裙襬，昂著頭和太太有說有笑。

窗外的陽光斜射進來，照得她面容上的細小茸毛都一清二楚。

冬珍極少看見冬卉這樣歡喜過，當下不由愣住。

眼看眾人要走，冬珍才快速地取了翠紋織錦羽緞斗篷，回頭急道：「太太等等我。」

秋香取笑道：「又這般的沒規矩，太太豈是等妳的？若是被爺或者林嬤嬤聽見非扒了妳一層皮不可。」

冬珍吐吐舌，連忙跟上。

在容盼昏迷期間，都是大夫人在管著公府。

這幾天正是最忙的時候，整治內院，全力剷除二房的勢力，人情往來送禮，對大夫人而言已是極吃力的。

容盼到時，一堆主管僕婦都等在院子中。

眾人見是她，立馬半蹲下行了個萬福，這禮數與以前不同。如今龐晉川已經襲爵，長澧身上又有爵位，她與大夫人同作為夫人，理當是一樣的待遇。

只是大家都對她極是好奇，待容盼喊起時，眾人的目光全部膠著在她身上。不敢明目張膽的看，只是偷偷的，只待她走過才敢抬起頭。

幾個新上任的主管卻是有些不信這般年輕的夫人，又如此的纖細，怎麼能在那種幾近覆滅的時候領著一干子小廝丫鬟守了一天一夜？不由多看了她一眼，待見到大夫人親熱招手喚她，一旁的喬姨娘亦是朝她行了個萬福，這才信了。

如此又不由得稱奇，可見人不可貌相海水不可斗量，便是這個理。

大夫人讓容盼在她身旁坐下，拉著她的手，細細端詳了一會兒，見她面色雖還有些蒼白，但精神卻不錯，她道：「怎麼也不多休息幾天，急忙忙的給我請安做甚？」

容盼笑道：「該是得來的禮。」

「嗯。」張氏見她對自己還是如往常一樣恭敬，心下受用不已，也越發的和顏悅色下來。「妳隨我進來，我前兒個得了一件極好的寶貝，想著給妳戴最合適。」

說罷親自拉著她的手站起。

一行人走回內室，蔡嬤嬤已經捧著一個雕得極精細的盒子走來。

張氏揮手，叫丫鬟也給喬月娥搬了錦凳來，她道：「妳可還記得那姚梅娘？」

喬月娥緊張地望了一眼容盼，容盼大抵知道張氏要說些什麼了，只是點了點頭。「不知母親的意思是？」

張氏拍著她的手道：「我知道妳是個伶俐的孩子，只是有些事妳難免忙不過來。」她緩了緩道：「妳與他是生死相依的情分，所以晉川是斷不會開這個口的。可妳若不把姚梅娘納回來，一則他在外面的名聲不好聽；二則妳的誥命不日就要封下來了，還得辦酒席，自然有那許多夫人都在場，若是有人提起面上也不好看。」

容盼想了想，按照龐晉川的性格，他若是想納便直接納進府，不需要和她拐彎抹角。

當下便知是大夫人的意思。

姚梅娘的事她不想摻和，龐晉川的女人他自己處理，沒有她善後的理。

容盼瞥了一眼一旁臉色蒼白的喬月娥，便轉移話題笑問：「母親要給我什麼好東西？怎麼讓蔡嬤嬤拿了這麼久，還不給我？可不是捨不得了？」

「就妳最精怪。」張氏朝她們兩人一笑，叫蔡嬤嬤打開盒子，裡頭竟端端正正的放著一枚大約鴿子蛋大小、玲瓏剔透的鑽石！

「哪裡得的？」容盼取出，細看，那鑽石在陽光底下綻放出五彩光芒，融合了七彩的色澤。

屋裡人還頭一次見，不由迷了心神。

張氏笑道：「是我從英國公夫人那裡得的，叫什麼晶鑽來著。它雖和咱們的玉石不同，可聽說洋人極看重這種石頭，只要有一對夫妻拜堂行禮成婚的，都得戴這小玩意兒，倒是新鮮。」

張氏見她聽得聚精會神，笑道：「離咱們京都極遠的南方有一地叫南澤，向來是作為對洋人的通商口岸。」

「南澤？」容盼低喃。

「嗯。」張氏繼續道：「這晶鑽就是從那裡運來的。因南澤洋人頗多，所以當地人漸漸也學會了說洋話，聽說一些家庭負擔較重的人家，家裡的婦人都出來務事，每月給那些洋人譯書，就能得到一兩銀子。」

南澤，原來有這種地方。

在大夫人繪聲繪色的描繪中，容盼好像依稀看到海浪猛烈的拍打著，一艘艘大船乘風破浪駛向南澤……

直到從大夫人那裡出來，容盼還沒回過神。

一行人已經往朱歸院走去，行至湖面，冬卉瞧她漫不經心的模樣，忍不住輕聲問：「太太，您在想什麼？」她目光柔和，望著容盼時眼光透著一抹淡淡的光亮，極是明媚。

冬珍不由多看了幾眼，望向別處。

「沒，只是在想大夫人剛才說的南澤。」容盼如實道，她真的也想出門看看。

話音剛落下沒多久，忽聽得假山後有人在哭，冬卉咦了聲，邁步往前走去，呵斥。「是誰？」

只瞧著長滿正把如芬壓在地上，兩人滾得滿身都是灰塵，如芬臉上已經腫了一大塊，頭髮散亂極了，一旁如雯也在，一干子侍候的奶娘婆子和婢女圍著兩個小的，臉上還笑嘻嘻。待聽到冬卉的呵問，又瞧見一抹縷金百蝶穿花雲緞裙，眾人這才慌忙走上前一一跪下。

「奴婢給太太請安。」

如芬的奶娘趕忙也拉起她，小心翼翼的跪在了最後。

旁人許是不知，但她家太太與大太太的恩恩怨怨，她老婆子可是知道得一清二楚。哎，當初二太太也真真把事情做絕了，把大太太開罪大了，如今留下小姐活受罪。

現在就連大房一個妾侍的兒子都敢欺負小姐了，再往後的日子她也是不敢想。

容盼不急不慢走出，冬卉小跨了幾步上前接她。

冬珍這時拉住冬卉的手，順勢就扶住了容盼往前走，這一連串的動作極快，大家都沒顧上，只秋香跟在後面看得一清二楚。她若有所思的盯了冬卉一會兒，上前道：「妳今日這般是為何？」

冬卉將視線從容盼身上移開，不自然的問：「什麼？」

前頭容盼正找秋香，幾個小丫鬟連忙通傳，秋香也顧不得其他趕忙上去。

眾人之中，唯有長滿和如雯站著，肅手。一個身上穿的是寶藍色袍衫，腰間束著玉帶；

一個穿的是宮緞素雪絹裙，梳著總角兩邊宮條墜下，各別著一朵精緻的絨花。

長滿最不像龐晉川和宋芸兒，他的五官幾乎都汲取了兩人的缺點，額頭高聳突起，眉毛粗黑凌亂，眼睛略小，唯有鼻梁是高挺的，像他。

龐晉川兒子不多，除了長灃和長汀之外也就一個長滿。

平日裡長滿見著龐晉川雖然就跟老鼠見了貓一樣，但到底是他的兒子，龐晉川也從未虧待過他。

容昐從奶娘口中已經聽得大概始末了。

兩個都不是善茬，為了一個陀螺，長滿要搶如芬的，如芬不肯，又受了一個叫巧慧的丫鬟挑唆，打了起來。長滿曾經吃過如芬的虧，如今是要討回來了。

真應了一句話：風水輪流轉。

容昐將陀螺收在手心，沈默了會兒，道：「主子不懂事，妳們做奴才的不勸著倒也罷，竟然一個個看笑話，鼓動著。我本來想放過妳們，但今天若開了此風，以後越發不好管束妳們去。」

眾人紛紛驚恐地看向她，容昐冷下臉。「奶娘掌嘴十下，各婢女杖責五下，若是還有下回，定全部趕出府去！」

此言一出，幾個侍候的婢女臉色頓時煞白，磕著頭跪著求容昐開恩，但見她嘴巴緊閉，似一尊活佛一般，眾人知道沒戲，又哭著求長滿和如雯兩人。

長滿抬起頭，雙拳緊握瞪著容昐，才六歲，卻能在他眼中看出濃濃的敵意，如雯趕緊拽住他的手，再抬頭，卻見容昐似笑非笑地看她。

如雯不由解釋道：「長……長滿還小。」

容昐點了點頭，沒有多言。

她討厭宋芸兒不假，但她也沒想對兩個小孩下手。孩子的心思藏得再深也深不了多少，容昐根本沒打算去介意。他們喜歡她也好，不喜歡她也好，對她又有什麼意義呢？

幾個壯實的僕婦壓著長滿和如芬的婢女脫光了屁股在板凳上，一丈來長的紅板子啪啪啪啪直響。

大冷的天，身上硬邦邦的，如此打下去越發的疼。

容昐面無表情看著，直到刑滿才叫人拖了下去，長滿和如雯連忙也跟著告退。

容昐這才看向如芬，她已嚇得臉色雪白，躲避著容昐的目光，臉上布滿淚水。

如芬的依靠就是何淑香，從前被人哄著抱著長大的小姐，今天卻被人拉著拖在地上打。

容昐神色複雜，走上前蹲下，拉住她的手。「哪裡疼？」

如芬驚恐地躲避她的目光，摟住奶娘就是不放，沒一會兒就哇哇大哭。

容昐無奈，只得站起，可才剛跨出一步，如芬卻突然抱住她的腿，跪下磕頭。「求求您救救我娘。大伯最疼您了，您說什麼大伯都會肯！」奶娘想攔已經來不及了，她生怕容昐生氣，趕忙連拖帶拽地把如芬抱起。

容昐抽出帕子剛想擦如芬的臉，但抬起的手一頓，又緩緩放下。

奶娘知是沒什麼希望，匆忙退下。

秋香走上前來道：「太太，何氏刑期已定，她父兄皆為叛首，定殺無赦了。」

「何時？」容盼慢慢往前走。

「二月初一。」

竟是和她受誥封的日子相同，也不知是巧合還是注定。

「走吧。」容盼嘆了一聲道。

二老爺被俘，因著龐晉川的關係，皇帝下令終身囚禁在詔獄不得出，對外並未說明什麼，只以貪墨罪懲處；二夫人的判詞也下了，養好病後也要進監；而龐晉龍則隨著雍王兵退，至今沒有消息。

二房站錯了隊，龐晉川押對了寶，一個地下一個天上顛覆著。

現實就是這般殘酷，只能說勝者為王，敗者為寇。

傍晚，龐晉川帶著小兒回來。

容盼正懶洋洋的窩在榻上，她身上懶得很，從園子裡回來動都不想動。

小兒笑嘻嘻撲到她懷裡，小手摸著她的肚子。「太太，父親說太太要給小兒生小妹妹了？」

小兒的目光明亮，容盼不由臉一紅，目光恰好與龐晉川相撞。

他朝她一笑，對小兒道：「以後可不許頑皮，鬧著你娘。」

「嗯！」小兒高高興興應下，以前他就一直抱怨沒人和他玩，如今要當哥哥了，如何不高興？

容盼摸了摸他的頭。「去玩吧。」

龐晉川知道她有話說，便撩開暗紫長袍坐在她身旁，取了她案邊的書看，才翻動了幾頁，就聽她問：「長灃呢？怎麼沒見他？」

今早聽說來旺去顧府接人，可到現在也才見到長汀一個。

「回他自己院子。」他淡淡道，今天似乎顯得有些疲憊。

說著，就躺在容盼的大腿上，拉著她的手，嘶啞著聲。「這裡。」

容盼順勢按上，她的手勁剛剛好，微微用了點力，龐晉川長舒了一口氣。「朝中還有雍王的舊黨，這幾日我為了這事忙得暈頭轉向的。」

對於龐晉川不知何時開始主動交代自己的行程，容盼也漸漸習以為常。

他要說，她就聽著，等到他不想說的時候，她就可以清靜了。

「嗯。」容盼嗯了一聲，龐晉川極是舒服。「兄長領兵去平叛了。」

「怎麼回事？」容盼問。

龐晉川捏住她的手。「百足之蟲死而不僵，雍王有退路。如今已逃到河淮，這顆毒瘤必須得清除。」

「要緊嗎？」

如今的顧家早已非昔日的顧家可比，皇上登基，有一半的兵權都出自顧家父子兄弟幾人。

「還不知。」龐晉川緊抿著嘴淡淡道，在她失神的瞬間，鑽進她懷裡，細細嗅著她身上的香味，和她在一起，他總是能感到莫名的安定。

他聞著還不夠，又拉開她上衣的繫帶，一層層解開，露出裡頭的暗紫色團枝花肚兜，再撩起。

容昐光潔平坦的小腹就這樣完全裸露在他跟前。

這成了他最喜歡的事情。

「這是做什麼？」容昐連忙按住，看向四周，屋裡這時還有冬卉、冬珍兩人侍候，雖都站在水晶簾外，但難免會聽到動靜。

龐晉川性思想開放，能當著下人來，她不行。

對於她的拒絕，龐晉川理都沒理，只是暗眸幽幽一轉，擒住她扭動的腰身，就著她的小腹輕輕撲上來，狠狠親了一口。

他的動作小心翼翼，虔誠無比。

容昐一怔，心底忽覺被什麼狠狠撞擊，五臟六腑都堵在了一塊兒。

「癢得很。」她笑著扭動。

龐晉川低喝。「別動，我在和她說話。」

容昐低下頭，倒真看見他對著她的小肚極認真的耳語。

「你與她說了什麼？」她也有些好奇了，摸著他的黑髮。

龐晉川看了她一眼，笑道：「皇上今日退朝時，說要與咱們結親。」

容盼想了想，問：「可兩位公主最小的也比長澧大三歲，更別提小兒如今才五歲。」

「不是。」龐晉川搖頭道：「是為皇后娘娘腹中的皇子。」

容盼笑臉一頓。「可這胎若是個男孩子如何？」

「那咱們就再生一個。」龐晉川不以為意。

「一定就得是女兒？」容盼輕聲問，嗓子微微有些顫抖。

龐晉川頗有些奇怪的抬頭看她，問：「做太子妃哪裡不好？」

「大人。」容盼喊問，龐晉川也斂了笑臉。

「我不想再生了。」

「妳想說什麼？」龐晉川沈聲問。

容盼抿了抿嘴，覺得口乾舌燥，她深深的吸進一口氣，往後退，離他三步遠的地方，才道：「這是最後一個，不管男女，我都不會再生了。」

她都妥協到這一步，龐晉川不要太過分。

「呵。」龐晉川剛開始只當她說笑，但見她面色嚴肅，才知這是她真心，不免冷冷一笑，往前靠近一步，把她逼到牆角。「容盼，這不是妳能選擇的餘地。」

「那我只能生？」

「是。」他點頭。

看著他眼中的囂張，容盼怒火在心中翻騰了一遍又一遍。

為了他的榮華，他可以輕而易舉地連她的命都不要！

利益，利益！為他的仕途，為他的龐氏家族，他什麼都可以利用，什麼都可以算計，連肚裡這個孩子也是為了他更上一層而搭的橋、鋪的路。

從前是宋芸兒，到如今終於也是她了。

鳥盡弓藏，兔死狗烹。她也有這一天……

容盼只覺得好笑，也忍不住笑道：「那您看看我敢不敢。」

龐晉川微微挑眉，眼中露出一抹精光。

「妳想如何？」龐晉川笑問，笑意未達眼底，拉住她的手。

容盼迎上去，盯住他的目光。「這孩子到如今還在我肚裡，生還是不生，也未可知。」

龐晉川一瞇，忍不住哈哈笑出，只一剎那，轉過頭面容猶如鬼煞。「顧氏，妳好大的膽子！竟敢威脅我！」

容盼從未見過龐晉川如此，一股寒意猛地竄上她心頭。

「好，好，好。」他連道了三聲好，大掌一揮，已是極怒，當場將她放著牛乳的案几劈成兩半。「那妳最好保佑肚裡這一胎平平安安，否則，顧容盼，妳看妳能不能守著這一屋子的老老小小。」

容盼強撐著站在榻前，龐晉川看也不看她一眼，丟下一句話。「除非妳死，否則妳就得給我生出一個女兒來！」

他的用意很明顯，他要女兒，容盼就得生。

冬卉聽到爭吵聲，慌得要走進來，被冬珍從後頭拉住。「別去，爺不會拿太太如何。」

話音剛落，水晶簾就被甩開，龐晉川黑著一張臉出來，兩人連忙跪下，龐晉川冷笑道：「侍候好妳的主子，若是有一點閃失，自己提頭來見！」

「是。」冬珍連忙應下，龐晉川冷哼一聲，回過頭隔著水晶簾看裡頭的人兒。

很早開始，他就知道她不是那麼好拿捏住的女人。

她不像宋氏，只要寵著，稍微寵著就可以忘乎所有；她也不像喬月娥，要得過多，貪得無厭。

顧容盼，離了他同樣可以活得很好。

無法，那就只能折斷她的羽翼……叫她安安分分地待在他身邊。

她該走什麼樣的路，早就已經安排好了。

第二十三章

秋香進來時，容盼正坐在地上茫茫然的樣子。她的臉色很不好，有些蒼白，梅花案几被劈成兩半在她腳邊。

見她進來，容盼這才回過神，朝她伸出手。「扶我起來。」

秋香快步上前，一手扶著她的腰一手搭起她的手，容盼順勢起身，回過頭望了那個案几，不由得笑了笑。

「太太笑何？」秋香問。

窗外夜色已濃，聞得到一股淡淡的幽香，月色猶如一只彎鈎掛在枝頭，透著股清冷。

容盼並不喜歡這種冰涼涼的季節，在生完小兒後就更不喜歡了，在冬天裡什麼都是冷冰冰的，沒有一點人情味。

容盼邊走，邊撥開飄動的紗幔。「我在想，我怎麼走到今天這一步了？」

「太太是說爺？」秋香問，看她半躺在床上，俯身取出床裡頭的錦被蓋在她身上，回過頭又拿了暖爐，往裡頭加了兩片香片，遞上去。容盼握在手裡，才感覺自己整個人像活過來了一樣，不由得打了個哆嗦，越發往被子裡鑽。

「嗯。」容盼點點頭，看向她。「他想要個女兒。」

秋香笑道：「太太這一胎，一定會是個小姐。」說著不由摸上容盼的小腹，府裡上上下下對這個孩子都很期待，好久沒聽到朱歸院裡傳來孩子的哭聲，感覺聽著生活也變得鮮活了起來。

容盼被她愉快的心情感染，展顏笑道：「是男是女都好，只要平平安安。」

「太太有福氣呢。」

容盼想了想。「妳說我嫁給大爺算是福氣嗎？」她不喜歡回頭去反覆糾結以前的日子。可是走到今天這一步，不得不讓她回頭看看，她當初到底是如何和龐晉川生活了這般久？

秋香想了想，重重點頭。「嗯，定然是的。」

容盼忍不住笑出聲。「但我們之間不太平。」

龐晉川喜歡她嗎？喜歡的，她能從他看著自己的目光中察覺出來，一個男人對一個女人的喜愛，但這份喜愛只要遇到他的利益必然會土崩瓦解。

她給他生了兒子；她替他打理好了內院，除掉了宋芸兒；她還替他守住了龐國公府。所以他喜愛得很，喜愛極了，就可以把她放在掌心憐愛至極，也可以含在口中，溫柔細緻，但他更愛的不是她。

他嚮往的是那條一步步走向權力巔峰的路。龐晉川的目標一直很明確，他很有野心也很能實現，除掉阻礙他的，留下他想要的，是她在這個過程之中迷失了，誤判了形勢。

容盼想到此，忽地覺得身心一空，長久以來壓在身上的重負一下子減輕了不少。

屋外，冬卉進來送牛乳，秋香接過，呈上。

容盼吃了兩口，便攪動著湯勺，對兩人說：「我想出去走走。」

冬卉順口就問：「去哪兒？」

「京郊的同潤別莊。」她要想想，好好想想，以後這條路該如何走？現在再在這裡待下去，遲早有一天她還會再迷失。如此，不如後退一步，給自己一點時間，理清一下思路。

冬卉點點頭。「自然是好的，只是不知爺那邊該如何交代。」

為了孩子，不就是最好的交代了？

容盼沒有直說，只派人去告訴大夫人。

到了第二日，容盼用膳時，就見人來傳，說那邊已經允了。

秋香正服侍著容盼喝水，來旺匆匆走來，見著容盼先是恭恭敬敬請了個安，見她面色如常，這才放下心咧嘴笑道：「太太去別莊的事，怎麼不先和爺商量一下？」

說了，能去得了嗎？

容盼道：「只去幾天。」

來旺苦著一張臉。「那這幾天咱們府就成冰窖了。」瞧著他擠眉弄眼，眾人不覺好笑。

容盼也忍俊不禁。「真就只去幾天，你放心去回話吧。」

聽了她這話，來旺這才安下心，一個丫鬟正拿藥膳上來，他立馬接過了手上前侍候，一邊還道：「太太又不是不知爺的心思，他喜歡聽您哄著。」

「我也喜歡聽人哄，可昨晚他就對我那般生氣，我就是想拉下臉也不敢上去。」容盼順水推舟，笑咪咪看他。

來旺又道：「那咱們小住上兩天就回來，您看成不？」

「這是誰的意思？」容盼笑問，揀了顆蜜餞塞在嘴巴裡，粉嫩的小臉鼓起一小塊，她嚼了嚼，略有些漫不經心。

「我的意思。」忽然，龐晉川大步走進來，四周侍候的婢女紛紛跪下請安。

容盼也要起來，被他示意坐下。

朱歸院中，用膳的地方正對著大門，一張大圓桌就把一半的空間給占據了。

龐晉川皺著眉，仔細盯著她，他臉上隱約還見著一絲怒氣，來旺一見他過來連忙讓出地方，龐晉川撩開紫金色長袍大剌剌在她身旁坐下。

「妳與我嘔了氣就要走了？」他道。

容盼未語，龐晉川氣得狠狠捏住她的手。「沒良心的女人。」說著狠狠捏住她的粉臉，極好脾氣的說：「我早就尋遍了婦科聖手，妳若實在想出去散心就把那兩個太醫給帶去，定是能保妳平安的。」

來旺見兩人要獨處的意思，連忙指揮眾人下去，廳上就剩下兩個人。

容盼嘆了一口氣。「謝謝您。」

龐晉川笑了笑，與她並肩坐著，庭中景致極好，屋簷兩旁有暗香疏影隱隱約約冒出。兩人難得都清閒下來，這樣回頭一想，好像他們在一起的時間並不多。

「以後妳莫要氣我。」許久，龐晉川道，他轉過頭看容盼的側臉，瞧著她的睫毛隨著呼吸似乎如蝶羽一樣在輕輕顫動，在她光潔的臉龐上投下一道側影。

他不由抓住她的手，容盼一怔回過頭看他，兩人相視一笑。

「您喜歡姚小姐嗎？」容盼忽然認真地問道。
龐晉川挑了挑眉，眼中帶著疑惑。「梅娘？」
容盼搖搖頭。「我聽說當年您曾與刑部尚書之女姚小姐定過親。」
說及她，他才了然。
「問這些做什麼？」許多年前的事了，他也不願意開口。
容盼笑道：「只是突然想起了，就問您一下。」
龐晉川緊抿著唇，默然了許久道：「這滿屋的女人再多都比不得妳一個，我說過要和妳好好過日子，這話從來就沒變過。」
「嗯。」容盼輕快應下。
龐晉川輕輕摟住她的肩膀。「容盼，妳別怨我。去住個幾天散散心，就回來吧。」
容盼問：「可以把兩個孩子帶去嗎？」
龐晉川沈思了會兒，眸色深不見底，他道：「帶著長灃去，小兒需留下，先生說他這幾日進步頗大。」
「好。」果然帶不走。
兩人又靜坐了一會兒，龐晉川一直拉著她的手沒放開。直到來旺進來喊說外頭有人求見，龐晉川這才對容盼說：「妳要相信我。」
他很喜歡顧容盼，這個孩子絕對不會有事。
容盼朝他笑笑，送他出門。

冬卉見他走了，才進來問：「太太，爺肯了嗎？」

「嗯，收拾收拾。下午妳派人去告知別莊那邊，後日我們就啟程。」她頭也不回，直往裡走。

兩邊梅影橫斜，一縷幽香在冰冷的空氣中慢慢浮動開來……

第二日，龐晉川在她這邊住了一晚，兩人都沒怎麼說話，倒是小兒知道了，鬧了一通，後來被容盼趕走了。

實在沒精力管這小壞蛋，說起話、做起事一套又一套，滑得跟泥鰍一樣。

第三天清晨，容盼在小兒埋怨的目光中帶著長灃登上車。

龐晉川臨時被刑部的人叫走，有急件處理，也沒空理他。

「太太，早點回來！」小兒跟著車跑了很遠，來福緊緊跟在後面，直到車遠得看不見了，他才停下，又一個人靜靜看了許久。

「小公子，該回去了。」來福見四周行人越來越多，上前提醒道。

小兒抬著頭看了看天空，大眼眶裡有些微微的泛紅。「她都不帶我走。」

來福低著頭安慰道：「您還有功課要做……」見他雙拳緊握，小臉沈了下來，連忙改口。「許是太太先過去，等那邊打理妥當了再來接您不是？」

「是嗎？」長汀嘟著嘴，小手揉搓了幾下，擦掉眼裡的淚花，朝來福笑了笑。「太太也沒把父親放心上呢。」他的心裡平衡了許多。

來福被他突如其來的一句話給說得悶了半晌，後來覺得小公子這樣的人，大抵爺過得不好，他就好了。

想了想也不多說什麼，主僕兩人一起回了書房。

先生早就在那裡等了許久，第一句話開口就是：「公子遲了。」

小兒嬉皮笑臉笑著走上前，面不改色的伸出手，小手上早就布滿密密麻麻的小繭。

「三下。」先生是個講學究的老頭，穿著一身暗黑色的長袍，留著長鬚，不苟言笑。

「我去送太太了。」他有原因。

「小公子，多話了。」他平靜的道。

啪啪啪，條鞭狠狠的打在他手上，很快左右兩手全都泛紅。

小兒揉搓著手坐下，翻開書本，開始默寫昨日學的新課。

先生坐在太師椅上，那雙渾濁的眼睛在洋鏡下露出一抹精光，微微一閃，捋著長鬚，掩蓋住嘴角滿意的笑容。

長汀一天的時間過得很緊湊，緊湊得他都來不及想起容昐已經離開府的事情。

晨起學習新課，默書，臨字；午間休息半個時辰，就得繼續溫書，到了未時，有親自教導馬術的先生來。

等他完全閒下來的時候，天色已經暗沈，他拖著極其疲憊的步伐往朱歸院走去。

守門的丫鬟看見他極是驚訝，長汀已經走了進去。

推開門，屋裡空蕩蕩的，還點著燈，幾個婢女在燈下做針線活，瞧見他忽地一怔，連忙站起。「小公子。」

長汀這才想起，太太一早就去別莊了。

他自己都愣住了，站了一會兒，叫婢女都下去，一個人獨自在她屋裡侍著。

這個時候太太若是在家裡，一定先是笑著替他擦汗，然後秋香會送上牛乳，然而現在屋裡冷冷清清的。

小兒極其苦悶，支著手。

「你怎麼在這兒？」龐晉川推開門，見是他，問道。他才從衙門回來，路過朱歸院，見裡頭點著燈，心下一喜連忙進來，卻見是小兒。

「父親。」長汀連忙起身，拘謹的行禮。

「嗯，用過膳了？」

「沒，父親呢？」長汀隨他走到炕上，父子倆一人坐著一邊，互相看了一眼，又都彆扭地撇開。

這屋裡太清靜了，人走了，才覺得一下子都空了，龐晉川略微有些不適。「一起用膳。」

「是。」小兒的話更短。

又來到花廳，丫鬟們捧著菜魚貫而入，大夫人那邊派了蔡嬤嬤來，傳話說叫兩父子到她那邊用膳。龐晉川才打發人走，喬月娥扶著隆起的小腹也來了，要侍候用膳。

小兒盯著她的肚子看了許久，那赤裸的目光看得喬月娥心底直冒冷汗，這個小閻王脾氣怪得很。

長汀看得久了，連龐晉川都看出異樣了，回過頭對喬月娥道：「妳先走吧。」

喬月娥得了命令，立馬退出。

長汀這才悵然道：「太太何時才能回來？」

龐晉川給他挾了一塊荔枝肉，鮮紅油亮的荔枝肉在白花花的米飯裡輕而易舉地就能引起食慾。

他道：「剛才她派了人來說已經到那邊了。用過飯，你可以給她寫封信。」

長汀嘟嘟嘴。「她都不喜歡我。」

「胡說。」龐晉川拉下臉，父子兩人互看了對方一眼，又很不自在的轉開，好像感覺沒有她在，少了什麼，可又說不清來。

「太太，她……會回來嗎？」長汀忽然問出這句話。

龐晉川微微蹙眉。「別胡鬧。」

同潤別莊，是容昐的陪嫁莊子之一，建在山腳下，這片劃過來還占著一畝左右的山地。時值冬日，山上積雪皚皚，一眼望去天高地闊，蒼茫一片。

容昐一行人是下午才到的，整理了內務後，到了傍晚才鬆快下來。

長灃極喜歡這裡，一下車就繞著別莊轉了一圈，到晚飯時又央求容昐把飯擺在長廊上。

容昐坐了車後食慾並不大，就看著他吃，長灃比在公府裡足足多吃了一碗飯，鬆軟白胖的米粒沾了一嘴，看得容盼也食慾大開，要了一碗。

到了翌日，長灃更是早早就起來，容盼才剛醒來，他就來請安，等她梳妝完了，他已經跟著幾個小廝去山裡挖筍。

難得看他這麼興致勃勃，容盼也不想拘著，只多吩咐了幾個小廝跟著他。

到了午膳時，容盼等在大門口，等了一盞茶的時間才見著長灃揹著一個小筐隨著一群人雀躍走來。

李管事不放心，一路隨行，見著容盼親自等在門口，立馬快步上前，行了個禮，擦了擦額頭的汗，拘謹道：「太……太太，是大公子執意要揹……」

李管事大約五十歲上下，穿著一身青黑色的長袍，留著鬍鬚，面上皮膚堅實，兩頰微微泛紅，看得出是個常年勞作的人。

長灃也已經跟了過來喊了一聲。「太太。」

容盼朝李管事笑了笑。「沒事。」

李管事正有些擔心，卻聽她柔和的聲音，不由抬頭去看，只見她被眾婢女包圍在中間，看不清容貌，只是隱約感覺是個極美的女子，他心下也平靜了下來。

冬卉已經上前取下長灃的小筐，稍微翻了一下，咦了聲。

容盼正給長灃擦掉額頭上的汗珠，回過頭。「怎麼了？」

冬卉揚起一個花環。「大公子的筐裡有一個花環。」說著走上前，遞給她。

容盼接過，看了一眼，低頭看向長灃。「你編的？」

長澧兩頰頓時緋紅開來，目光轉向別處，尷尬的咳了聲。「嗯。」

他聲音極小聲，旁人幾乎聽不見，容盼卻聽得一清二楚，心下頓時跟吃了蜜一般。

這孩子，還是第一次送她禮物。

她交給冬卉，微蹲下身子，冬卉撥開她頭上的珠翠，小心的替她戴好，感嘆道：「真好看。」

長澧害羞地拿眼看太太，心下亦是喜孜孜的。

容盼拉住他的手，笑道：「我喜歡得很。」

長澧的手在她手掌心裡顯得還極小，因行路很是熱乎，容盼卻因站在門口等了他許久，雙手已經有些冰涼。

母子兩人走了幾步，長澧忽然道：「山裡花都謝了，這些都是小野花……等來年開春了，我再給您編一個更大的花環。」說著他揮著手，示意了一下。

容盼點點頭。「好。」

中午兩人毫無懸念的吃到了冬筍，冬筍炒蘑菇、冬筍雞薑湯、肉末冬筍菜、酒糟冬筍炒肉。

母子倆一人都吃了兩碗，等長澧走了，容盼在外曬太陽的時候，才捂著肚子對冬卉喊肚子疼。

「您可勁的吃了那麼多，也該悠著點才是。」冬卉替她沖了杯橄欖茶。

秋香拿了軟墊出來靠在她背後，替她支撐起腰部的力量，太陽暖呼呼的曬在她身上，僵硬的身體都好像靈活了不少。容盼自己揉搓了一會兒，打了個飽嗝。「看他吃得香，我也覺得肚子餓了。」

眾人哪裡不知道她說的是真話還是假話？卻也都不揭穿她，只是看她懶洋洋的模樣，心下也高興得很。

午飯後，來旺親自來了一趟。

容盼正窩在院子的榕樹下看書，長澧在一旁和冬卉下洋棋。

來旺四處看了一圈，才上前作揖，笑問：「太太，您什麼時候回去呢？」

容盼瞇起眼，怒道：「這不剛來嗎？」

來旺的笑臉今天看著特別的礙眼，容盼覺得他簡直是來催命的。

「是，是，這才剛來。」他笑著，但容盼和長澧一致覺得他不笑比笑更好看，這模樣感覺有些欠抽。

「您住得還舒服嗎？」來旺一人孤零零站在院中，感到四處冷風颼颼，他尋摸了好久的詞，問道。

容盼極其誠懇的點頭。「嗯，很好。」

「是，您好就成。」來旺揉搓著手，拿眼四處亂瞄，心裡卻不住的冒冷汗。爺原本還想太太住不慣這鄉下，住了幾天估計不用人接自個兒就得回來。可看如今這架勢，院子裡有梅花，樹下都搭好了秋千，那小桌子搭著，往那兒一坐，就能舒舒服服的窩上半天的時間。

就這樣，他看著都享受。
怎麼勸回去呢？這兩口子生起氣來，府裡都要抖上三抖，更別提那位雖然嘴上不說，但臉上那冰冷的勁兒，眼底更是時不時冒著一股怒火。
哎，心裡都惦記著，說起話來怎麼就這般狠？
來旺眉頭皺得都可以夾死蒼蠅了，直到秋香來說：「太太，該是吃藥的時辰了。」來旺這才連忙問道：「太太，您打算住上幾天？」
「十來天吧。」容盼接過藥碗，新開的保胎藥，吃了幾天，晚上入眠倒是好多了，也不會多汗醒來。
「這樣啊。」來旺抓耳撓腮。「府裡的人都想著您。」見太太終於放下書了，來旺趕緊道：「主要是爺一直念叨著您，擔心您在外面過得不好……還有小公子。」府裡簡直都要成冰窖了。
容盼知曉今天若不是龐晉川點頭了，來旺也不會來。
她也不想他為難，於是道：「我住幾天就回去，你若是方便，下次再來的時候就把小兒替我帶來。」
「……」來旺笑容立馬僵硬住，這……這話要是讓爺知道，估計不太妙。
再說了，一個、兩個樂不思蜀也就算了，再賠上一個？估計一府的人都完蛋。
來旺是堅決打定主意這話絕對不說，他目光精明的閃動了下，又恢復平靜，待轉過頭見太太正看他，連忙壓低了身子笑著回道：「知道了，太太還有什麼吩咐？」

容盼想了想，這才問道：「府裡可都好？」

「就是都想您。」說完就乾瞪眼了，他心中腹誹著，怎麼正主兒不問問？

他正犯著嘀咕，容盼已經問道：「爺可好？」

來旺正等著她這話，當下話就跟車軲轆一樣，傾瀉而出。「昨夜還是在您屋裡過的，今早天沒亮就被宮裡喊去了，這不臨走前還交代小的過來看看您。」

「嗯。」容盼點點頭。「知道了，讓他放心。」

「這便沒了嗎？」來旺等了一會兒，也不見她再問其他，不由尷尬笑道。

容盼嗯了聲，轉過頭問長澧。「你可有要交代的？」

長澧站起，呼哧哧跑開，不一會兒出來了，後面跟著一個小廝，手上提著個籃子。長澧道：「這是給父親的，你帶回去。」

容盼補充道：「是他親自上山挖的，也算是一點心意，你帶回去，叫小廚房煮了吃。」

來旺接過籃子，左右翻看了下，心想好歹也有個能帶回去的，也算是能交差了，便不再多留，當下就坐了馬車走。

容盼和長澧目送他離開。

天還晴朗得很，太陽射出的光芒把人照得暖洋洋的，長澧臉上也似乎被鑲上了一層金光。

「晚上想吃什麼？」容盼笑問。

長澧眨了眨眼。「唔，炒飯。」

容盼重重點頭。「好，我炒給你吃。」說著拿了書往屋裡走，長澧跟在她後頭。

「太太也會煮飯？」還沒走幾步，已經歡快得蹦蹦跳跳。

容盼說：「是啊，你要在旁邊看嗎？」

長澧莞爾。「要的。」

母子兩人說著，笑聲漸漸大了起來……

到了酉時，天漸漸陰沈下來，濃厚的雲層覆蓋住了陽光，冷風呼呼直吹。

容盼炒了飯，加了兩顆雞蛋，長澧抱著吃了個精光，等他們開始喝茶的時候，天已是陰沈到了極點。

冬卉抱著一疊畫紙匆忙跑進來，打著哆嗦。「外頭眼看就要下雨了，今晚太太可得加一床棉被。」

容盼伸手接過畫紙，遞給長澧。

長澧擅長繪畫。

「那等會兒妳叫人仔細些，雨若是下大了就別出來了。」容盼囑咐道，冬卉連聲應下。

秋香上前換了一盞明亮的燈，容盼挑了幾下，支著手聽秋意給她讀書。

吃了藥後，就總想著昏睡，秋意的聲音又綿柔，一本世俗小說愣是被她讀成了催眠曲。

容盼昏昏沈沈之間，陷入了昏睡。

只聽得啪嗒一聲，她猛地驚醒過來，卻見那紅燭已經燃到了一半，屋裡眾人還做著針線女紅。

她再一動，身上披著的斗篷飛快滑落，長灃見她醒了，道：「太太好睡。」
秋香走過來。「若是睏了，便回床上吧。」
容盼打著哈欠，也實在熬不下去了，扶著腰起身，秋香連忙上前扶好，長灃看著她往床榻走去。
還沒走幾步，就聽得有人撩簾子進來。
秋意身上還披著簑，臉色被凍得煞白，她先是捂著手呼出一口熱氣，後才道：「太太，李管事說外頭來了一對主僕借宿的，問要不要留下？」
這時候，下著雨，天已經全黑了。
容盼看了一眼窗外，問：「可有帶官籍？知道是何人？」
秋意道：「李管事查看得仔細。是一個進京來趕考的書生，皇上新登基明年要開恩科，他是當地的舉人，有文書在身。」
容盼點了點頭，秋意又道：「只是那先生臉色煞白得很，看來是染了風寒，李管事來問太太是何意？」
容盼低頭想了想。「與人方便即是與己方便。妳讓李管事帶他們去西廂房住下，好生服侍就是了。」
秋意聞言連忙應下。
當夜便不再管此事，只是外頭風雨飄搖，雨勢極大，雨聲啪啪啪砸在窗戶上，聽著便覺得生冷。

容盼擔心路上滑，便不讓長灃回去。秋香則擔心長灃晚上會踹容盼的肚子，便又拿了一床被子，兩人隔開了睡。

小孩子一沾枕頭就睡了，容盼支手在腦後，聽著雨聲，恍恍惚惚之間意識也漸漸飄遠……

這夜卻是睡得極好，容盼一覺睡到了天亮。

清晨容盼躡手躡腳起身，秋香趕忙上前服侍，替她更衣梳妝。

鏡中，氣色比昨日更好了許多，兩頰自然透著一股紅潤，容盼叫秋香拆掉繁瑣的頭飾，只梳了一個墮馬髻。簡單的髮飾讓她肩頸都輕鬆了不少，看著人也自然了許多。

秋香道：「外頭雨停了。」

容盼打開窗戶望去，可不正是旭日東昇了？除了地上樹上仍是濕的，竟看不出半點昨夜下雨的痕跡，空氣越發的清新，呼吸間感覺身體都跟著舒暢了許多。

容盼吃過飯，長灃才醒來，他呆在床上悶頭想了好一會兒，看向容盼微微紅了臉，可臉上卻是極高興的。

容盼朝他招招手。「快收拾了，來吃飯。」

長灃鬆了一口氣，笑容滿面，阿蓉連忙進來，捧著今日要穿的衣衫。

長灃想了想。「還想去山上走走。」

「你這幾日還氣喘嗎？」她問，她什麼都不擔心就擔心他發病。

長灃搖搖頭，偷偷的在她已經吃完的碗裡挾了一口冬筍，瞇著眼笑道：「不會。」

容盼本來不打算吃了，看他偷偷摸摸的模樣，又重新拿起了碗筷陪他又吃了一次。

待用完早膳，李管事來說：「昨日那對主僕現在已經醒了，說是來給太太謝禮的。」

容盼指著長灃道：「我就不便出去了，可人家一大早特地來感謝也不好不見，你便帶著大公子出去與他見見吧。」

說著，長灃從椅子上跳下來，容盼很順手的替他整理好領口，一邊囑咐道：「等會兒見完人，不要去山上了。昨夜剛下完雨山路難行，你今天就陪在我身邊寫大字，你看可好？」

長灃點點頭。「好得很。」

容盼拍了拍他的胸膛，從香囊中取出一枚金牛的項鍊替他掛在胸口。

長灃抓起默默盯了許久，容盼道：「早去早回。」

短短四個字，已經讓他喜笑顏開。

容盼看著想，長灃是一個極易滿足的小孩。

第二十四章

在別莊住了三天，容盼和長澧的關係親近了不少，偶爾長澧午睡醒來，還睜著迷糊的眼睛就要阿蓉去看看太太在做什麼。

只是雨勢卻打算不停了，大雨磅礡直下到了第四天的清晨，天才放晴。

容盼窩在炕上，身上披著一條毛絨的斗篷，頭上珠釵一概全無，一邊做針線活一邊看長澧作畫。

屋裡暖洋洋的，莊上的屋子為了採光一律糊的是明紙，陽光透亮把屋裡照得越發亮堂。

冬卉從外頭摘了一捆紅梅進來，黑髮上、身上還沾著水滴，她笑問：「太太可要插花？」秋香已經拿了一個釉色的米白瓶子過來。

那梅花開得鮮豔無比，大多是含苞待放，花骨朵開得錯落有致，枝幹蜿蜒。

容盼點點頭。「也好。」

冬卉連忙讓人搬了一個案几過來，將梅花放在上面，容盼隨取隨拿，方便得很。

見太太要插花，幾個做女紅的丫鬟連忙放下手上的活兒，紛紛圍上去，容盼端詳了瓶身，找了一支開得最好，又較長的，用剪刀斜著剪掉枝幹，稍微修剪了下，插入。

「太太。」正插著，秋意忽然匆匆推門而入，面露喜色。

秋香上前問：「妳不是替太太拿藥去了？藥呢？」

容盼看去，只見她喘著粗氣，兩頰微紅，看似跑過來的一樣。秋意吞了一口唾沫，這才道：「爺來了！」

容盼面色一僵，插花的動作也停了下來。

在這邊過了幾天，她都快忘記還有龐晉川這人了，真是頭疼，他不是事多得很？怎麼還有空來這邊？

容盼放下剪刀，撩開腹部上蓋的小棉被，長灃也放下筆，眼睛亮亮的看她。母子兩人正要下炕，忽門簾再次被撩開，先進來的是來旺，他呼出一口熱氣，雙頰被凍得通紅，緊接著他趕忙撩開簾子。

只見一雙官靴踏進，龐晉川側著身，半低頭跨了進來。只瞧他頭上戴著氈帽，身上穿著紫黑色的袍衫，右手提溜著一支馬鞭，朝屋裡飛快掃了一眼，濃墨的眉毛微的一挑，似是很不贊同的樣子，最後目光才落在她和長灃身上。

「父親。」長灃立馬下炕，恭恭敬敬朝他作揖，龐晉川將馬鞭丟給來旺，捋著箭袖對著長灃冷淡的嗯了一聲，問道：「這幾日身體可都好？」

長灃回道：「謝父親關心，極好。」

父子兩人對話一板一眼，就這兩句好像無話可說了一樣。龐晉川咳了一聲，看向容盼，雙眸微閃，目光越發膠著在她身上。

她穿得極其簡單，甚至都沒有在公府的一半。但就這幾日的工夫，整個人好像容光煥發了一般，嘴角的笑意又漸漸浮現在她臉上，一笑起就帶動嘴角的笑渦，臉色亦是紅潤了許多，好像還胖了些。

龐晉川一邊朝她走去，一邊拉開黑色斗篷上的繫帶，問：「什麼時候才回去？」

容昐並未上前幫忙，只笑道：「再住幾日就回去了，這幾天下著雨，都沒法子出去走走。」

秋香見自家主子沒上前幫忙的意思，心底有些擔心爺會不會生氣，但瞧過去，他目光柔和，兩人極其自然的模樣，心這才放回肚裡，上前接過那解下的斗篷。

別莊上沒有他換洗的衣物，只是他進來後，來旺就指揮著後面跟來的人把一摞摞的公文搬到炕對面的書桌上。

容昐低下頭，眨了眨眼睛，問道：「您今晚留宿嗎？」

龐晉川已經坐在她剛才坐的位置上，搖頭。「不了，就只待一個上午，下午還需回衙門。」說著，指著梅花問：「妳在插花？」

「嗯。」容昐心情大好，給他遞上茶碗。

沒有普洱茶，容昐不喜歡，只有牛乳。

她吃，長灃也跟著吃，正好這邊莊上也養著幾頭最是方便，容昐看著喜歡，乾脆叫人多擠一桶分給底下的人。至於今天，她壓根兒沒想到龐晉川會來。

龐晉川打開茶碗，見是牛乳，眉頭微不可察的皺起，長灃察言觀色立馬道：「太太懷了妹妹，得吃。」

「嗯。」龐晉川點頭，看了她一眼，先是抿了一口感覺還好，又徐徐喝下，許是一路趕過來的緣故，有些渴了，他喝了一碗又讓人去添了半碗。
秋香欣喜不已，狗腿地上前問：「爺今兒個午膳是在這邊用吧？」說完立馬解釋道：「太太今早剛答應大公子下廚呢。」
「……」容昐沈默以對。
龐晉川頷首，有些不悅地瞪了她一眼。「嗯，就在這兒用。」
長灃又笑了起來。
兩人也沒說話的工夫，畢竟龐晉川也不是出來玩的，還帶著公務。容昐更是不可能和他主動聊起。
於是，屋裡就剩下沙沙寫字的聲音，剪刀剪掉花枝哢哢的聲兒，還有大兒時不時抬頭看著兩人，嘴角微微彎起的表情。
就這幾日，長灃在玩的時候就會很自然的詢問容昐的意見。
他這幾日都在畫別莊風景圖，畫到興起處不由問：「太太，您看。」容昐探身望去，長灃筆下的色調極其鮮豔明亮，只是大多是死物，畫景還行，就是缺少生機。
「你看，在這兒院裡畫些人怎樣？」容昐指著問，對畫她懂得不多，只能給些意見。倒是她發現，長灃在書畫棋藝這幾塊頗為通竅，比小兒好了許多。
「畫人？」長灃不由嘟著嘴，很是苦惱的模樣。「太太，兒子不擅長人物畫。」
他和小兒都長得很像龐晉川，但鼓起嘴角的時候倒能看出幾分容昐的樣子，極是可愛。
「那你試試，畫完我給你裱起來。」容昐抽出帕子，擦掉他鼻尖上的黑點，擦掉後還拿給長澧看。

長澧極不好意思，嘿嘿了幾聲，心滿意足地點頭。「嗯，就依太太的話。」

母子兩人互動著和往日一般，一時竟忘了龐晉川也在屋裡。

兩人不覺時，他正停下筆，看他們，看著看著，不苟言笑的臉上，忽露出一抹連他自己都未曾發覺的笑意。

來旺心肝猛地一沈顫，真是難得。

陰雨不但轉晴了，還是大晴天。他暗暗腹議，早知這般在意，當初又何必說出那些狠話來？惹得人家傷心地來到別莊，又眼巴巴守在府裡三天，跟困獸一樣見著人都是皮笑肉不笑、陰沈沈的模樣。

把來議事的幾個大人看得直犯疑，就擔心自己是不是不小心得罪了這位。

一個上午，容昐就插了一盆花，花擺在案桌上，紅的，錯落著，映著透明白亮的明紙格外香豔好看。

龐晉川看了又看，秋香很想說：「太太，爺估計喜歡，快擺在書桌上吧。」但奈何太太摸著小肚又和大公子吃了一碟糕點。

到了午飯時，她就乾脆直往小廚房走。

容昐手藝也算好，但肯定沒有公府裡頭的廚子那般精緻。

幾個廚娘一直住在鄉下，還擔心煮些什麼才能配得上這位大爺。

容昐就在她們的焦躁中，迅速的解決了幾道菜。

糖醋胡蘿蔔絲、櫻桃肉、酸甜茄汁牛肉、魚香溜丸。給長澧做了幾天的菜，容盼知道他喜歡酸甜的食物。最後一道是長澧每日必吃的番薯梨水，上次他生病時，容盼照看了幾日，他就喜歡上了，欲罷不能。

來旺苦著一張臉，尷尬笑道：「太太，爺喜歡鹹口味的。」容盼頭也不回就道：「那就做一碗玉米板栗雞湯吧。」她沒有再下廚的意思，直接吩咐其他人動手。

幾個菜都下完，她就回了旁邊的屋裡，換了香色潞紬雁銜蘆花樣對襟襖子，去了偏廳。菜都上好了，龐晉川坐於主位，旁邊空了一個，長澧坐在最下首。

「換了衣服才來。」容盼朝龐晉川笑道。他點了點頭，示意她坐下。

冬卉給三人各舀了一碗米飯，米飯是用長米和糯米一起燉的，吃起來軟綿適中，很是入口。

龐晉川挾了幾道菜後，就放下筷子，示意來旺替他舀了一碗湯。

他吃得極慢，一口舀著一口吃了半碗就放下。

容盼問：「不合您的口味嗎？」

龐晉川深深看了她一眼，道：「還好。」

他並不喜歡甜食。

「那給您下一碗麵條？」容盼問，這邊挾了一口魚肉到長澧碗裡，囑咐道：「多吃魚，才聰慧。」長澧和著飯扒了兩口，滿嘴都是白飯。

容盼看著好玩，放下筷子替他取了下來，又挾了一塊魚到他碗裡。「別急。」

龐晉川在一旁看著，心底微微泛酸，只是他和一個黃口小兒吃什麼醋？

他轉頭對來旺道：「去下一碗麵條。」來旺躬身立馬退去。

午膳三人都吃得極飽，龐晉川也沒時間再逗留，三人一起出了院門。

容昐看著他騎上高頭大馬，俯視著自己，他這幾年想來日子也過得並不好，明明只比她大不了幾歲，可卻老了許多。

龐晉川披好了斗篷，對她道：「早點回去，莫要在外逗留太長時間了。」

容昐牽著長灃的手，點頭。「好。」眼看他就要掉頭離去，容昐忽上前道：「二十五，我想去詔獄看看弟妹。」

龐晉川眉頭緊擰，他背後是燦爛的陽光，這樣看去他整個人好像都陷入其中，讓人分辨不清他的神色。

只聽他冷聲道：「妳要去就去吧，這是我的玉珮。」說著解開腰間一塊羊脂玉丟給她，又道：「看完後直接回府，小兒想妳了。」

玉珮溫潤，還帶著他身上的溫度。

容昐點點頭，走了幾步朝他揮手，大聲喊道：「告訴小兒我也想他了。」

身後一群侍衛都已經上馬，就等著龐晉川起頭先走，卻只見他拉著躁動的駿馬來回轉了幾圈，只看著她。

眾人許是不知，但來旺看得真真的。

爺這是在等太太說一句話呢。

容盼只是笑著看他，龐晉川坐於馬上徘徊了許久，緊盯著她，開口問：「妳可還有什麼話要交代？」

容盼點頭笑道：「您要保重。」

龐晉川面色一鬆，目光深深的落在她身上許久，揚起馬鞭，對她喊道：「保重。」說罷，揚鞭而起，快馬急速奔馳，身後的侍衛也一一跟上。

容盼望著一股青煙疾馳而去，遠到最後都看不見了，才抽出帕子捂住嘴，輕咳了幾聲。

長灃抬起頭看她，還懵懵懂懂的模樣，容盼朝他一笑，問：「明天要幹麼？」

長灃呼吸著冰冷的空氣，手卻極暖和，他道：「還想去山上。」

容盼望著天色，從遠到近蒼穹高厚湛藍，遠得好像都沒有邊了，只在不遠處一隻雄鷹擊空，長嘯聲此起彼伏。

「好。」容盼肯了。

在別莊又住了幾日，其間龐晉川隔日就來，有時候是早上，有時候是傍晚。

如果傍晚來，他就要留宿。

容盼可以和他躺在一張床上，但兩人竟一下子都沒了話題。

龐晉川看著她的側臉，照著燭光，忽連孩子都沒了什麼興趣。

她想要的，他都知道。只是這個女人性情太過倔強，兩個人好像背對而走，已經越走越遠。

曾經的顧容盼是什麼樣的呢？

龐晉川努力的回想著，新婚夜裡一對紅燭燃到了天亮，他看了一夜還是沒看清她的模樣，只依稀覺得是個索然無味的女人。

有了長灃後，她好像有些不一樣了，性格活潑了許多，他這才看清楚了這個女人的模樣。

並不是頂溫柔的女人，偶爾也會生氣給宋芸兒一些難堪，無妨，他只需她能打理好後院就好。可是那孩子流了後，她整個人好像一下子被抽乾了力氣，溫柔了，也懂得噓寒問暖了。

可他是越發看不透她。

床裡邊，容昐輕咳了幾聲，醒了過來，迷迷糊糊爬起身。

龐晉川也從回憶中抽出，問：「妳要什麼？」

容昐嚇了一跳，才想起今晚他睡在這邊，道：「口渴了。」

「要喝水？」他問，容昐點了點頭，龐晉川道：「妳坐著，我替妳拿。」

她搖頭，已經越過他爬下床，一邊倒水一邊道：「謝謝您，我這邊喝就好。」溫水順著她光滑的頸部咕咚咕咚滑下，她喝了許久，摸著小腹。「夜裡總覺得渴。」那些藥喝了後，總覺得口乾舌燥，內裡好像有團火在燒。

龐晉川嗯了一聲，替她掀開錦被。

容昐摸著往裡躺下，他順手將她連人帶被摟進懷中。摟進懷裡了，才知道心底是這般的安穩。

浮躁了這些日子，那股子氣性一下子就消失了。
沒她在身邊，原來還是不同的。

在別莊的日子，過得太過平靜，容盼偶爾會忘記自己身處的位置。

龐晉川依舊隔日就來，對她也越來越溫存，偶爾她想拿一支筆、看一本書、喝一杯水，他都能事先預測到一般遞給她。兩人不多話，一天說的超不過十句，只是有他在的地方必然她都得跟著。

冬卉私下裡抱怨說：「奴婢都沒活兒做了。」

容盼笑了笑，隔著紗簾望去，龐晉川正埋頭沙沙寫著奏摺。

他對他想要的東西，從來都是誓不甘休。

後面的幾天，龐晉川也沒有第一日裡來得那般拘謹了，儼然自己已經住在這裡好久了一般。看到她下廚會直言不諱的告訴她，他不喜歡甜食。

對於龐晉川的龜毛，容盼有時也在忍受著。他也知道，只是不說，每天越發拉長了臉，跟十殿閻王一樣，越發顯得不近人情。兩人其實明明都不喜歡對方的性格，只是一個會忍，一個會裝，倒也相安無事。

這日早晨，容盼早早就起來了，正在走廊裡給鸚鵡餵食。

鸚鵡是小兒之前送的那頭，毛色雪白，聲音嘹亮。昨夜龐晉川送來的，說小兒特地給她解悶用。

容盼欣然接下，正想誇獎小兒心細，卻聽那鸚鵡的小紅嘴張開，尖聲叫喊：「快回來，快回來，小兒想妳了，妳想我了就快回來！」

鸚鵡生生重複了十幾遍，龐晉川就坐在她身邊聽著。

容盼想，小兒雖然是她生的，但都是龐晉川在養，這次弄了一個活的發聲機，完全是為了引起她內疚的。

如此的人小鬼大、油嘴滑舌，比他老爹還厲害。

至少龐晉川喜歡你是冷著一張臉，不喜歡你也是冷著一張臉，在他那張剛毅的臉上基本少有看到其他的表情，幾乎可以用面無表情這四個字囊括。可小兒呢？他又是截然不同，他喜歡也是笑，討厭也是笑，笑得都讓你拿他沒法，好像不答應他的要求，就跟傷害他幼小的心靈一樣，簡直就是犯罪。

可天知道，小兒那顆心臟至少不說是金剛鑽，也得是鋼鐵級別的材料。這一點，長灃和他一比，簡直就是五好兒童。

容盼一邊餵鸚鵡，一邊教牠說：「就回來，就回來……」鸚鵡被她洗腦了半天，慢慢自成一體，形成了對話。

「快回來，小兒想妳了……就回來，就回來。」得了，不教還好，教了她都覺得自己待不下去，真是作孽。

想著在這邊有多久了呢？快半個月了，時間過得太快，一眨眼匆匆就從指尖溜走。

阿蓉這時正好抱著一床被子從外頭進來，秋香正和秋意搭竹竿曬被子，阿蓉遞給兩人，回頭對容盼笑道：「太太，過一會兒奴婢要隨李管事回京裡去，您可有什麼要帶的東西沒？」

容盼沿著欄杆側身坐下，問：「去做什麼？」

之前李管事已經來問過一趟了，說是要交帳。

阿蓉道：「公子的畫紙用得極快，咱們這次帶來的都用光了。」

冬卉從屋裡出來，捧著藥遞給她，容盼摩挲著碗口幾下，對她們笑道：「咱們也回去吧。」

秋香拍著被的動作一頓，眼中滿是笑意，冬卉愣了下，輕聲問：「太太可是想小公子了？」自打這鸚鵡送來，太太昨夜就反覆起床了幾次，出去就對著睡著的鸚鵡看了許久。

「嗯。」容盼點頭，下次如果還要出來，一定得帶上小兒。

她若說不想都是假的。

「那就回去吧。」秋香拉下袖口，笑道：「收拾起來也是極方便的，咱們午後用過膳就啟程？」她們這次帶的衣物不多，也就隨身三套。

容盼道：「嗯，妳們收拾，我去看看長灃。」

她的確有些擔心這孩子，他心思細膩溫和，有些話說出來傷人他就不說，寧願憋在心裡頭。

容盼在院子門口等他，今天天氣好得很，他隨著幾個小廝上山挖野菜去了。前幾日挖了許多山菇回來，她煮了湯，他高興的喝了極多。

也只等了一會兒，就瞧一群人回來了。

長灃走在最前頭，興高采烈的和身後的人不時交談著什麼，旁人提醒了下他，他這才轉頭看見太太，連忙跑上去，氣喘吁吁道：「太太怎麼又等在風口了？」

容盼抽出帕子替他擦掉頭上的汗水，指著籃子問：「找到什麼了？」

長灃雙目發光，放下籃子，翻到了底，抓出一尾有四斤多重的魚笑道：「在湖裡抓了一條大魚，中午燉湯喝。」

「怎麼山上沒結冰？」容盼驚訝，後面跟著一個小廝連忙回道：「也不是湖，就是一個小潭，潭底下接著地熱，連水都是溫熱的。」

「哦。」原來是溫泉，容盼回頭對長灃笑道：「那中午咱們就喝湯。」

「嗯！」長灃高興應下，忽然抓住她的手，從袖子裡小心翼翼的掏出一對戒指，那戒指是花編的，極其簡單質樸，長灃小心的給她一個套在無名指上，一個套在中指上，昂起頭，笑得燦爛又靦覥。「這是我在那潭邊摘的花編的。」

這可是容盼第一次收到戒指，還是兒子送的。

心底竟有種難言的酸澀和滿足。

那戒指編得極其牢固，由紫色的小花、白色的小花還有紅色的小花編成，大小剛剛好。

「謝謝你。」容盼放在唇邊親了親，眼睛笑得都瞇成了一條縫。

長灃微紅了臉。「上次就答應您編一個極好看的花環，那個花環在籃子裡呢。」說著指了指。

容盼心口是漲得極滿，摸了摸他柔軟的頭髮道：「我都喜歡得很。」
長澧重重嗯了一聲，回過神問：「太太剛在門口等兒子，可是有事？」
容盼想了想道：「咱們今天吃完飯回府好嗎？」
「嗯。」長澧低下頭點了點頭，後想起什麼，連忙抬頭對她笑道：「我也想弟弟了。」
容盼真想狠狠抽自己兩巴掌，她這輩子欠得最多的就是長澧了……

午後，用完午膳的時候，長澧陪容盼一起收拾了精細的物件。
一行人才出發。
龐國公府在內城，詔獄在外城。
對於詔獄，容盼也只是聽過。它和一般的監獄不同，專關押皇帝和內閣批復的人。
連裡頭的獄卒都是錦衣衛出身，專門直達天聽。
關押在裡頭的人進去了就極少有出來的。
容盼坐在馬車上，微撩起半簾往外看，一個虎口的柵門關得極嚴實，來來往往的人都要經過排查。
冬卉拿了龐晉川的玉珮進去，不過半晌的工夫，獄吏緊跟在冬卉後面出來，朝她所在的馬車恭敬的作了一個揖。「不知夫人來，下官有失遠迎，還望恕罪。」
來人官員頭戴官樸頭（注），佩帶繡春刀，看著大約四十歲上下的中年模樣。
容盼披著黑色斗篷下車，半邊臉都被包在寬大的帽簷內，旁人看不清她的模樣。

容盼問：「不知大人貴姓？」

「下官姓秦。」秦管事連忙朝她又作了一個揖，輕易不敢得罪她。

容盼微微頷首。「如此有勞秦大人了，還望在前引路。」

「是，夫人。」他連聲應道，微側身伸出手。

容盼跟著他往詔獄裡走，越往裡越發的陰暗，一股凝重滯氣朝她撲來，她跟著又直下了幾個階梯，好像到了地底下一般，兩旁高點著火把，細看才發現原整個監獄都是石頭所築，壘得極其堅固。

前頭又打開了一道門，獄頭連忙噤聲。

容盼走進去，斗篷飄動露出紗綠潞紬的裙。

待她走過了，一旁站著的小獄卒才低聲問那獄頭。「這是誰家的夫人？怎麼讓秦大人親自來引路？」

莫說是正一品大員來，他們也不吃這個茬兒，便是王公貴族往他們這裡一走，比尋常百姓還不如呢。

這次來的是一個女人，還竟由詔獄的副主管引路。

獄頭捂住他的嘴，四周一看，見沒人才壓低了聲音道：「這是當今皇后的堂妹，顧家的小姐，如今嫁的是吏部尚書那位。」

獄卒嚇了一跳，問：「長得如何？」

注：襆頭，頭巾的一種，亦稱折上巾。

獄頭狠狠瞪了他一眼。「哪裡敢看？聽聞尚書大人極其寵愛這位夫人，此次若非她想來，旁人是輕易不能接近的。」獄卒連連咋舌，也不敢有聲音，只是忽想起那一位，立刻面如死灰。

倒真真是個厲害的角色。

容盼也不知自己到底走了多久，才到了女監。

秦管事問：「夫人，可需打開門？」

何淑香披頭散髮坐在地上，兩眼無神，忽聽到聲音，耳朵一動，抬起頭看去，猛地站起來撲了上去，要抓容盼的手。「嫂嫂、嫂嫂，妳快救我！救我出去！」

冬卉退得極快，秦管事見此也不開門了，退到了外面。

容盼招手讓冬珍打開食盒，是下午時做的白麵饅頭。

何淑香的目光很快被撲鼻的香味吸引過去，伸出黑烏烏的雙手就抓了三、四個，嘴裡，手上都塞得滿滿當當。

容盼又遞上水去，她一邊哭一邊吃，三、兩下的工夫便狼吞虎嚥捲入肚中。

「還有嗎？」她問，目光望向食盒，容盼點點頭，底下一層是燒雞和幾盤小菜，還有一壺梅酒。

秦管事過來開了門，容盼送了進去。

裡頭就一個小桌，沒有椅子，何淑香看她擺好，急不可耐地就伸手抓。容盼替她倒了一杯酒。「慢點。」

何淑香根本顧不上她，眼淚一直的流，待她吃得喘不過氣來，噎住，狠狠咳了出聲，才停下，呆呆的坐著看著容盼。

「妳怎麼來看我？」陰暗的燈光照在她臉上透露出一股死氣，她的臉乾癟枯黃得厲害。

容盼也跟著蹲下，雙手抱膝，又替她倒了一杯。「是如芬叫我來看妳的。」

何淑香雙目一亮，一行清淚緩緩流下，半晌轉過頭去，問道：「她、她好嗎？」

「我沒有為難她。」容盼說。

何淑香緊張的神經鬆了下來，昂面一口喝光她倒的酒。「以前我從不喝這種酒。」

「是我釀的。」容盼道。

何淑香諷刺一笑。「到頭來妳什麼都有了，我什麼都沒了，連這酒喝得都覺得膩歪得不行。」

冬卉要怒，容盼搖搖頭，何淑香嘆了一口氣，抬起頭望著上頭，又問：「二爺呢？」

「跟雍王跑了。」

她早該知道是這樣。

何淑香擦掉眼裡的淚。「別把如芬給他，就養在妳身邊。等她大了，只要找一戶殷實的人家嫁了就好。」

「妳後悔了？」容盼問。

「不是。」何淑香眼中淬出絲絲的毒，恨道：「是這些大宅門裡王八羔子多！」她又問：「妳就比我痛快了嗎？這些年妳過的日子能瞞得過別人，還能瞞得過我？」

呵呵，那位是個什麼樣的人物？只怕她自己最清楚，顧容盼啊，何曾比她愜意過多少？「我過得好不好，這和妳無關。」容盼道，緩緩站起。「還有什麼話需要我帶給如芬的？」

何淑香眼眶微紅。「沒有了，我虧欠她的，又何苦叫她記得我呢？」說罷跪在地上朝她一拜。「只求妳不計前嫌。她性子急，又被我寵壞了。」

「好，我走了。」容盼收拾好碗筷，要往外走，何淑香突然叫住她。

容盼回頭，她看著她露出一個淒慘的笑。「謝了妳。」

容盼盯著她看了許久，嘴角想要咧起，終沒有對她笑出來。

面對這個昔日的妯娌，容盼已經沒有多餘的話再說了。她和何淑香，為了孩子，為了各自的利益，鬥過，但何淑香走到今天這一步，她也不欠她的。

若是再給她何淑香一個從頭再來的機會，還是會走那條道，她們兩人之間還是得鬥得妳死我亡。

沒有什麼可再回看的了。

容盼穿過木柵門，秦管事上前關上門，落下鎖。

鐵做的鑰匙觸發出冷冰冰的聲響，何淑香雙手握在木柵欄上，看著容盼的身影越走越遠，越走越遠，最後閉上了眼，嘆出一口氣。

終究見到了要見的人……如芬跟著她，應該也不會吃苦到哪裡去。

只是覺得諷刺，臨了，把自己的親生女兒寄託給了自己最是厭惡的人，也不知是報應還是她咎由自取？

卻說容盼去詔獄的時候，龐晉川正處理好公務帶著小兒往別莊上趕。

小兒穿得極多，被龐晉川包得跟個肉球一樣，圓鼓鼓的坐在他懷裡，父子兩人長得本來就極像，加之今天都穿著銀白色的箭袖袍衫，越發的吸引人目光。

「父親，您說只要我去太太就會回來嗎？」小兒睜著圓鼓鼓的大眼問。

龐晉川嗯了一聲，沒什麼心思和他聊天。

他再接再厲。「父親都沒接回太太，小兒去了有用嗎？」

「……」龐晉川沈默了，連眼神掃都不掃他一下。

來旺聽得一聲都不敢吭。這位小爺近來說話也越發犀利，真是哪兒不能戳，他就偏往哪兒戳，偏偏說完一點都沒膽戰心驚的覺悟！渾身上下都透著邪乎勁兒，也不知是像太太還是像了爺去？

「哎。」小兒自己也嘆了一口氣，剛想換一個話題，只見不遠處一侍衛行色匆匆趕來，面色驚恐無比。

龐晉川駐足，揮手示意後面的人停下。

那侍衛連下馬都不利索了，直接從馬背上摔下來，撲通一聲跪地，滿臉驚恐和淚痕。

「怎麼了。」龐晉川緊抿著嘴，目光冰冷。

來旺知道這是他緊張的前兆，他回過頭望向那侍衛。

他是派到前頭通稟的，不在莊子上等著，怎麼反倒先回來了？

來旺心下沈了沈，抬起頭望向別莊方向，只瞧那裡一股濃煙直衝上天。

不好！

侍衛驚呼。「別莊走水了……太太……太太和大公子還在裡頭！」

第二十五章

濃煙越來越密集，直衝九霄。

龐晉川身子一晃，雙目緊盯著別莊的方向。

來旺驚恐不已，不由看向他。「爺。」只是想到那樣的女人，連賊兵都不怕，一人連殺幾個，如今竟命喪在火舌之中！他越想越覺得一股冷氣從脊椎直竄而上，天地都晦暗了一般。

「看好小兒。」龐晉川將長汀丟給他，勒緊轠繩，駿馬前蹄翻騰，人與馬似整個立起一般，還不待眾人反應過來，他身子一探，高頭大馬飛快向別莊方向疾奔而去，只留下滾滾的青煙。

來旺連忙抱住長汀坐在自己的馬上，對著後頭的侍衛大喝。「快，快跟上！」

剛來報信的侍衛臉色極白，飛快翻身而上，緊接著衝了出去。

眾人不知道別莊情況到底如何，心底都存了一絲希望，可越是接近，越發現那濃煙竟衝天而上，把整片天都染成了黑幕。外面陽光明明那麼大，可踏入別莊地界，就猶如進入阿鼻地獄一般，恍若隔世。

只瞧著整棟大宅燃燒在火海之間，熊熊烈火把能燃燒的所有東西都吞噬了。火舌洶湧的蔓延，熱火烤得人都無法靠近。

噼哩啪啦，燃燒的聲音，火的聲音，卻連一點人呼喊的聲音都沒。

眾人心想恐怕連人都燒成了灰燼？

龐晉川一人獨站在寒風之中，幽深的雙眸倒映著熊熊烈火，他緊抿著嘴，下顎高突，整張五官扭曲不堪。

小兒從馬上被來旺抱下，邁著小短腿跑上前，一把抓住父親的大掌。「哇——」的一聲哭出聲。

「爺。」來旺看得膽戰心驚，這定是沒有生還的機會了，太太肚裡還懷著小主子，大公子也在裡頭，爺恐怕受不了。

來旺叫了一遍，小兒哭得撕心裂肺要往裡頭闖，龐晉川似乎聽都沒聽見，雙拳緊握凸出了無數道青筋，一句冰涼涼的話從他口中迸出。「生要見人，死要見屍——滅火。」

他不信顧容盼會這麼輕易就死，就算死也得死在他跟前！

來旺立馬躬身，朝著後頭的侍衛大喊。「快，快，滅火！」

跟著龐晉川的侍衛都是從錦衣衛中精挑細選而出，他們訓練有素，直接翻下農田將農田中開鑿出一條道兒，到離別莊極近的地方挖出了一個坑，潭中水沿著小道飛快沖下，一桶桶木桶很快就接滿了水。

火勢太大了，他們動作再快都快不過別莊被侵吞的速度，眾人眼睜睜的看著一座閣樓轟然倒塌，發出砰的一聲巨響。

龐晉川回頭稍望一眼，轉過頭接過木桶衝著大門瘋狂澆上。

一桶、兩桶、三桶……無數的水不知在火中蒸發成多少水氣後，總歸是滅掉了正門處的火。龐晉川踏步向前，來旺忍不住拉他。「爺，危險。」火還未滅盡很有可能會反噬，燒過了的樓層也極易倒塌。

如今一句話對他而言都是多餘的。

顧容盼死了沒？他早該帶她回去。

因為龐晉川的進入，猶如在眾人心中注入一支強心針，侍衛越發賣力撲火。

直到了申時，嘩啦啦一聲，冰冷的雨水從天澆下，灌入厚重的冬衣之中，磅礴的雨勢讓烈火都難以抵擋，眾人打著哆嗦往裡走去。

離大門最近的是一具已經燒焦的屍骨，身材高大，痛苦扭曲，一隻手蜷縮著，一隻手還奮力向前爬，只依稀辨認出是個男人。

繼續往裡走去，零零散散又見到許多燒成黑炭的屍骨，一個個姿態皆是痛苦萬分，有的三、兩蜷縮在一起，有的一個獨自靠在屋角，有男人的有女人的。

龐晉川閉上眼，對來旺說：「厚葬他們。」

來旺沈聲應下。

別莊已經燒得什麼格局都看不出來了，燒焦的木頭一地都是，龐晉川就拉著小兒一步步往容盼住的院子走去。

小兒的神經已經麻木到了極點，他看到了一個東西，蹲下扒開木頭。

龐晉川問：「是什麼？」

小兒看著他，眼淚唰唰流下。「爹，是鸚鵡。兒子送給太太的鸚鵡。」

龐晉川默然，朝他伸出手，小兒哭著從地上爬起，滿臉都是淚，昂著頭問他。「娘會沒事嗎？」

「會。」龐晉川道。

侍衛已經翻查了一遍，飛速奔過來，跪地。「大人，沒有發現太太和大公子。」

龐晉川陰沈的目光猛地閃過一道明光，飛快的回過頭，激動問：「你們確定？」

「是，大人。」

這時候在四處查找的人也都回來了，手提金刀對他抱著雙拳。「屬下已將屍首都安置在別莊外，清點了下並無發現太太和大公子。」

小兒趕忙擦掉眼淚，跟著其中一個回話的侍衛往外跑。

他要親眼看看！

龐晉川快要繃到了極點的神經猛地鬆下。「會去了哪裡？」他問。

侍衛搖頭。「屬下尚且不知，但發現幾處門房都是由外向裡緊鎖，在各處牆角裡發現火油和燒成簇堆的木柴，應是蓄意放火。」

龐晉川幽深的目光微微一凜。

蓄意！是誰，好大的膽子，敢動他的人！

「你留下，仔細勘察，一有消息立刻彙報給我。」龐晉川腳步不停，直往外走，小兒在痛苦和驚恐中看著那些燒得扭曲的屍骨。

來旺緊跟其後唉聲嘆氣。「您還小，別看了。」他正說著，龐晉川大步走來，二話不說就撈起小兒丟上馬背，自己也翻身上去。

兩人剛來時都穿著銀白色的袍衫，現在全身都已經灰溜溜的了。父子兩人臉上、手上、身上竟沒一處乾淨。

龐晉川正要勒繩，忽遠處跑來一輛馬車，馬車飛快，差點就要滾出到農田之中。

來人正是李管事和幾個外出採買的小廝。

他急匆匆跳下馬車，雙手高舉，大叫。「這、這、這是怎麼回事！」

來旺喝問：「來者何人？」

來旺不認識李管事，李管事卻認得來旺這張臉，因為每年年底時各院的總管都要回公府彙報，府內秦總管對這人極是恭敬。

聽說是爺身邊侍候的。

李管事連忙上前朝來旺作了一個揖。「小的是李忠，別莊的管事。」他正道，話音未落，一旁靜默的龐晉川問：「太太去哪兒了？」

李忠愣了愣，見眼前這人氣勢不凡，身前還坐著一個玉面小兒，連壓低了頭。「太太午膳後帶著大公子回府了。」

龐晉川沈沈的呼出一口氣，對來旺說：「賞。」又道：「你留在這裡善後。」

身後侍衛一一翻身上馬，龐晉川領頭雙腿輕輕夾住馬肚，一行人飛快地消失在望去的路的盡頭。

目的直奔回府。

一路上沒有任何的停歇，小兒的臉被冷風吹得非常白。

門口的小廝沒想到爺會在這個時辰回府，連忙下臺階牽韁繩。

秦總管手上還抱著帳本，鼻梁上還戴著洋鏡，在帳房裡聽說爺回來了，匆忙趕來。

龐晉川已經到了二門外，見到他，連問：「太太可回來了？」剛才遇到幾個，都說不清楚容昐到底回沒回來。

「沒，爺。」秦總管還鬧不清楚是怎麼回事，連忙跟進去，侍衛則紛紛停在二門外。

龐晉川一路抱著小兒飛快地走，路上的奴僕才剛剛低下頭，他已經走出了許遠。

待到了朱歸院，院門緊鎖。

秦總管連忙叫人去敲門，守門的婆子開了門，龐晉川劈頭蓋臉就問：「太太回來了沒？」

「給爺請……」婆子慌忙之間連忙道：「沒，太太沒回來。」

龐晉川心咯噔了一下，三步併作兩步朝裡飛走，對著門就是一踹，容昐平日所住的臥室被踹開。

裡頭只有兩個小丫鬟在打掃，見著他嚇了一跳紛紛跪下。

龐晉川放下小兒，甩開隨著清風緩緩飄動的墨綠色紗幔，書房沒人，廳內沒人，隔間也沒人，寢室也沒有！

去哪兒了！她顧容昐到底去哪兒了！

龐晉川面色已經暗沈到了極點。秦總管何時看過他這樣，心頭跳得飛快，但太太到底是出了什麼事？他也不敢問，連大氣都不敢喘地站在他身旁。

屋裡幾近死寂，靜默得似乎都能聽到外頭呼呼而過的風聲，這風聲吹得人遍體生寒。

「顧府。」龐晉川突然站起，重重捶桌。

對，顧府還沒找過。

他快步出屋，外頭溫暖的陽光灑在他身上，明明只是那麼短的時間，卻猶如一天一夜都過去了。

他剛走下去，就聽得外頭有人在喊：「太太和大公子回來了。」

他猛地抬頭，腳步一頓……

容昐下了馬車，長灃睡著了，睡得極熟。

她站穩後，朝秋香伸出手，笑道：「給我抱吧。」

秋香嘟著嘴：「太太，您肚裡還有一個呢。」

容昐恍神了下，笑了笑，入府。

「小公子知道太太回來該高興壞了吧。」秋香一邊抱著長灃一邊對容昐說。

長灃剛從溫暖的車廂中下來，猛地打了個寒顫，容昐見狀連忙將身上的斗篷揭下披在他背上，笑道：「應該是，估計今晚又得鬧我沒帶他去。」

秋香彎目笑道：「那下次就帶小公子一起去？」

容盼點點頭：「嗯。」正說著，她坐進軟轎之中，待她坐定，秋香小心的將長澧放在她腿上，撂下轎簾。

冬卉查看了下轎子，見四周安妥這才喊道：「起。」

由大門走二門，容盼聽得冬卉呀的叫了聲，她撩開簾子只瞧二門外兩旁各佇立著六人，這六人都穿著一色的侍衛服，身材高大，面容嚴肅。

龐晉川回來了？

容盼撂下簾子，安身背靠在後。

剛站了會兒，腰部痠軟得很。

也不知走了多久，等她都快昏昏欲睡時，轎子停了，容盼順手就將長澧先遞出去。有人來接，轎子隨後被壓低了。

容盼緩緩從昏暗的轎內走出，就聽有人問她：「妳去哪裡了？」還不待她反應過來，整個人就被對方擁入懷中。

他的氣息極其強烈，鋪天蓋地襲來，鼻間滿滿的都是他的味道，整個天都被他頂住，她被籠罩在他的陰影之下。

「去哪兒了？」他問。

容盼一怔。「詔獄了。」話才剛說完，她被他摟得更加緊密，他要把她整個人都摟進骨血之中，抵死的感覺。

龐晉川長長的呼出一口氣，溫熱的氣息在冰冷的空氣中化作一團白霧。容盼聞到他身上有股燒焦的味道。

她欲要掙脫，龐晉川噓了聲。「等會兒。」他將頭埋入她白皙的頸部，嘴角微微向上挑起。他五官透著剛毅，長久的官宦生涯將他的心性磨得越發堅毅，多半時候不苟言笑。

只是這樣的笑容透著滿足，忽然之間平復了他身上所有的戾氣。

不得不說，龐晉川是個很複雜的男人。

容昐背對著他，並沒有看見這個笑容，只是在心中問：等什麼？

她有感覺，今天的龐晉川好像承擔著很重的重擔。

她從未見他這樣過，這樣的龐晉川是陌生的。

夜幕逐漸籠下，院子中溫度越發低，容昐身上的斗篷給了長灃，此刻不由打了寒顫。

他這才放開她的身子，摟著她的細腰往裡。他身上也沒披斗篷，一身銀白色的麒麟袍衫已經成了灰色。

容昐被他放開了，才見院子早已是華燈初上，跟她來的幾人已不知去了哪兒，連長灃也被抱下去了。

龐晉川拉住她的手，兩人一前一後往屋裡走去。

「今天發生什麼事了嗎？」快到屋裡時，容昐問。

龐晉川斂目，眼中光亮一閃而過，下一刻所有的神色皆已歸於平靜，他很是專注地摸著她細軟的長髮，輕聲道：「不是什麼大事。」

容昐一聽便知是有事，但心下也是疲倦，今天從別莊回到京城，又去了詔獄一趟，如此下來哪裡還有太多的精力去打聽太多的事？於是她便點頭隨他進去。

但是進了屋，龐晉川告訴她要共浴！

「……」容昐看著秋香等人曖昧的目光，臉色不紅也被她們想笑又不敢笑的樣子給看紅了，她瞅著眾人，目光閃爍，在燈下似一汪柔水微微閃動，她忐忑道：「這樣不妥吧。」

龐晉川冷冷一哼，挑眉，一屋子的侍女立馬低頭快速退下，只留下兩人在隔間內。

她的浴盆一向極大，已經倒好熱水，熱水騰騰冒著熱氣，兩個人一起洗不但不擠，還寬得很。

龐晉川目光一掃，滿意極了，自己這邊已經脫下了衣服，袍衫黑得不行，和鮮亮的屋子形成鮮明對比。

容昐已經記不得有多久沒和他一起共浴過了。

曾經愛他時，想盡了辦法留他在自己屋裡，鴛鴦浴也是常洗的，兩人鬧起時顛鸞倒鳳無所不及，往往出來又得再換一桶。

侍女們探究又帶著羨慕的目光也不是沒見過。

只是如今，這場景已經陌生，應該說她對他的感情已經陌生了。

容昐拒絕道：「我肚子有些餓了。」

他朝她走來。「沒事，等會兒叫人捧一碟甜食進來。」

容昐皺眉，他步步緊逼，最後逼到無路可退，容昐知道他勢在必行。

他想要的，從來就得得到，不管她要不要。

哎。容盼微微嘆了一口氣，自行褪下衣物。

孕中才兩個月，兩團圓潤比之前更加飽滿，一隻大掌都盈盈不可一握，然她的小腹依然平坦，從雙乳而下至她光潔的腳踝，龐晉川的目光早已移不開了。

他的讚賞體現在他勃發的慾望之上。

容盼雙手捂住雙乳，雙頰羞紅。「我有孕在身。」這簡直就是一道免死金牌，一起沐浴就一起沐浴吧，反正也不能拿她怎麼樣。

「我知道。」龐晉川啞聲道，目光卻如狼似虎，幾步上前跨到她跟前，側身一俯彎腰將她抱入懷中，而後兩人一起沈入浴桶之中。

水溫正好，在兩人的衝擊下蕩出了浴桶，他和她靠得極近，近得只要一個不小心的摩擦就能感受到他的炙熱。

「容盼。」他低聲呢喃，溫熱的雙唇低低摩擦過她白皙的脖頸，熱水下那雙大掌已經悄悄覆上她的圓潤，一下又一下隨著水波輕輕揉搓……

溫熱的水攪動得人心都變得浮躁。

容盼雙頰在水霧之中被暈染得帶上一層淡淡粉色，龐晉川憐愛之至，摟住她的腰身，一點一點吻上，又像一口一口要吞進腹中一般。兩人間除了水就沒有任何可以阻隔的東西。

他的吻來得太過霸道，幾近要吸走她口內所有的氧氣，她閃躲他步步逼近，逼到無路可退時，他才稍稍放過她，拉過她的柔荑覆在自己兩腿之間。他的目光極其明亮，烏黑的長髮披攬著水珠。

容盼皺眉，要抽回，龐晉川閉眼，微嘆一聲。

兩人一來一回摩擦著他的碩大，頂端腫脹得越發碩大。

容盼惱怒，瞪去。

他愛極了她這模樣，心下越發捨不得放開手，便撥開水波靠在她耳邊，輕咬住她白皙的耳垂，壓低了聲呢喃：「幫我。」說著，一隻手緊抓住她的右手，裹在他分身上上上下下摩擦滑動。

那裡腫脹熱燙得很，她感覺自己整隻手都要燒起來了，她連忙頭往外轉，心下又是氣又是羞的叱道：「快放開！你，你自己來……」

龐晉川只是微挑眉看她，半瞇著雙眸，眸色暗沈似有流光浮動。

此刻在他眼裡、耳中，那呵斥聲也猶如嬌嗔，越發助長了他的淫性。

一個澡洗到水都快涼了，他才肯放過她，他只洩了一次，仍不饜足。

在經歷了下午的膽戰心驚後，換來她的服侍，龐晉川吃起來毫不客氣。容盼被他抱出來時，雙手都在打顫，連扣起衣服都哆哆嗦嗦，秋香等人要進來侍候，她不肯，那渾身上下都沒處瞧了，全部都是密集的吻痕。

鬧了一次，又重新再洗了一次澡，兩人才終於喘了口氣躺在床上。

容盼往裡滾了滾，累得眼睛都睜不開了，龐晉川換好寢衣出來，瞧著她把自己裹成麵團一樣，不覺得有些好笑。

「睏了？」他扒開被子，看著她的粉嫩小臉問，容盼閉著眼，沒回。龐晉川也不惱，撩開她的被子躺進去。

這還讓不讓人睡了？容盼猛地坐起，俯視他。「還有一床被子。」她將被子往自己這邊一拉，龐晉川半個身子都露在了外頭。

他只穿了一條銀白色的綢褲，上身不著一物，裸露在空氣中的結實臂膀在燈火下泛著幽幽的光澤。

容盼又想起剛他在浴桶內折騰自己的行徑，越發覺得氣惱。

「怎麼不成？」他反問，緊緊盯住她，兩人拉鋸著，容盼義正辭嚴，眉目之間透著剛正不阿，她挺起胸膛大聲道：「我如今有孕，輕易不可再得風寒了。」

龐晉川的目光從她的臉慢慢移到她的小腹，喉嚨結上下微微滾動。

從剛剛開始她就一直用孩子拒絕，孕中不得親近、孕中不得同睡一個被褥，明明是他的人，就在跟前，還香得讓人忍不住狠狠欺負她，可就是不行。

龐晉川覺得自己快被她肚裡這孩子給憋死了！

容盼看他盯著自己的小腹看了半天，也不覺得冷，當下也不理他，將被子重新裹好躺在裡頭。

羅漢床大得很，兩人睡綽綽有餘，龐晉川盯著她凌亂的髮絲沈思了下，轉過身將她連人帶被抱入懷中，隨後打開另一床被子蓋在兩人身上。

雖沒有軟玉貼身在懷，但這般也是夠了。

而容盼這邊緊繃了一會兒神經，見他的確沒有下一步的動作，才悄悄的轉過頭看他，龐晉川微瞇著眼，涼涼道：「不想侍候就不要撩撥。」
容盼連忙縮回頭，扭了扭，拉好被褥這才安心陷入沈睡。
真會磨人。
待她的氣息漸漸沈穩後，龐晉川幽幽睜開雙眼，才輕輕的拉開她的被褥將她整個人拉入懷中。溫熱的大掌燙在她的小腹上，孩子才兩個月，小得好像完全不存在一樣。
可就是這個小東西，如今還成了她的護身符。
呵，龐晉川摟緊她，聞著她髮間的清香漸漸也沈入夢鄉……
他身處的地方到處都是大火，火燒火燎把人都烤得火熱。容盼在大火中叫他救她。
龐晉川疾步奔跑過去，就要拉住她的手時，頭頂上那個被火燒成團火球的頂樑柱突然分崩離析，朝她直直砸下。
「容盼！」龐晉川猛地睜開眼坐起，轉身看去，她還安安穩穩睡在那裡。
呼──是夢，他抹了一把，額上都是冷汗。
他捏了捏她的被角，從床頭掛鈎上取了斗篷披在身上，下了床，側坐在圓凳上，倒了一杯茶。
茶水剛換過，倒出來熱氣騰騰，龐晉川瞇著眼盯著床上的人，一口一口喝下。
他的眼神有些陰鬱，濃密的睫毛在昏暗的燈光下投下一層淡淡的陰影。
外間冬卉聽到聲音，連忙披衣進來，見他一人獨坐，連忙上前問：「爺。」說著目光不由望向床幔中的那位，錦被將她團團裹住，只露出半張酣睡的粉臉，看著睡得極熟。

冬卉嘴角不由咧起一抹笑意，待回過神卻見龐晉川冷冷盯著她，目光極其陰冷。她連忙肅手低頭，眼觀鼻，鼻觀心。

兩人之間流動著一股怪異的氣氛。

「下去。」他陰沈沈道。

冬卉看她的目光讓他很不喜。

「是，爺。」冬卉連忙碎步出去，門簾撩開，外頭一陣寒風吹了進來，燈火被撩撥得明明滅滅，龐晉川隨手取下銀針撥弄了下，眼睛又停在那團跳躍的燭火上。

午時，侍衛的話還歷歷在耳。

有人故意縱火燒別莊。若不是她臨時改變主意去了詔獄，只怕如今和長灃已是屍骨無存。

如今還敢動她的人會是誰？誰敢動她？龐晉川合眼，重重的呼出一口熱氣，熱氣在冰冷的空氣中結成了白霧，一個清楚的訊息飛快地闖入他的腦海。

別莊失火，意圖明顯是容昐和長灃，一個是他嫡妻，一個是他嫡長子，想要他們命的，除了雍王這普天之下還作何人選！

當初早該趕盡殺絕才是！

「來旺。」

來旺守在廊下，聽到他的聲音快步走進，龐晉川正要說，忽看向床上睡得正酣的妻子，眉頭微擰，踏步出去，來旺雖不解為何，但也跟了出去。
此刻夜色已濃，寒風略蕭瑟，龐晉川雙手負於後，目光中帶著陰冷。「你仔細清查太太身邊帶去別莊的人，以及別莊的管事、小廝、丫鬟，且注意是否有雍王那邊的人。」
來旺一怔，望向他，低聲問：「爺懷疑是雍王？」
龐晉川合眼，微微頷首，緊抿的單薄雙唇冰冷挑起，卻透出濃濃的殺機。
誰都不許動她！

黎明前的黑暗籠罩著整片大地，直到破曉的旭日緩緩東昇。
容昐醒來，龐晉川已經離去。
新帝勤政，往往早朝不夠還設立了午朝。
聽說龐晉川上朝去了，容昐就知他今天一時半刻也不會回來，於是便窩在炕上捧著牛乳看冬卉和秋香她們刺繡。
直到小兒吭哧吭哧提著一個鳥籠跑來。
「太太，太太。」小兒還在外面，隔著窗戶急促喊她。
容昐回過頭一見是他，連忙招手。「快，快進來。」
小兒朝她露出一個燦爛的笑容，邁著小短腿哧溜了下就竄上了階梯。
「今天沒讀書嗎？」他腿剛邁進門檻，容昐就問。
「父親准許放兒子一天假。」小兒興高采烈地說道，又指著籠子裡頭的鳥說：「兒子又給太太尋了一隻鸚鵡，是藍嘴的，比之前那隻白羽的還能說。」

容盼低頭，母子兩人一起往裡頭探去，果真見著一隻雄赳赳氣昂昂的紫藍金剛鸚鵡，骨碌碌轉動著靈動的眼睛，嘎嘎直叫。「快，快放我出去。」

小兒捂嘴呵呵偷笑，容盼問：「怎麼不放在鐵枝上？」

小兒道：「來旺說這種鸚鵡極難尋，至今還沒剪掉正羽，兒子怕牠飛了。」

「哦。」容盼點點頭。

小兒問：「得把正羽剪掉，牠才不會飛走。太太，妳要嗎？」

「你覺得呢？」容盼反問。

小兒嘟嘴道：「這麼好看的鳥兒剪掉正羽可惜極了，放在鳥籠裡時常看也好。」

秋香聽這對母子談話，實在樂得不成，笑道：「哪裡有不剪掉正羽的道理？」

小兒說：「這隻不能剪！」

「好好好，我的小公子。」秋香放下繡品，起身對他們娘倆問：「可要吃什麼？」

容盼一大早吃了早膳，又滿當當塞了幾塊糕點，喝了一杯牛乳，實在吃不下，搖頭。

「我不要。」說著看向小兒。「你要吃什麼？」

小兒嘟嘟嘴，頭瞥向別處，滿不在乎道：「我聽說有人在別莊裡天天下廚。」

「……」

真是睚眥必報的小人。

她轉念一想，可不就是個小人兒嗎？

容盼朝秋香眨眨眼，下了炕挽起袖子問他。「你要吃什麼？」

「咦？」小兒疑惑了聲，用力拉了她的袖子，容盼不解地蹲下身與他平視，小兒撥開她的領口，越發往下問。「冬天也有蚊子嗎？」

這小孩！容盼臉轟地一下，一股熱氣直衝臉龐。

小兒緊追不捨。「為什麼太太的脖子上花花綠綠的？」

「你要吃什麼？」容盼連忙站起，要走。

小兒追在她後頭。「炸番薯。」

「好，我就給你做，你在屋裡等著。」

「哎哎哎，可是太太為何您脖子上都是奇怪的紅痕呢？」

容盼幾乎都要忘記，小兒是個十萬個為什麼了！真是鬧騰的小屁孩，她的臉都丟盡了！

一個上午，小兒都在容盼這邊度過，在冬卉成功用糖葫蘆轉移他注意後，容盼飛快的回去補妝。

到炸番薯出來時，她叫人各給大夫人和長灃處都送了一碟。

長灃特別喜歡番薯。

等秋意回來時，她還帶了一幅畫。

容盼正陪著小兒有一搭沒一搭的聊天，秋意道：「太太，這是大公子給您畫的。」

容盼瞄了一眼一旁明明豎起耳朵認真細聽，可卻裝作滿不在乎的小兒子，道：「先放裡頭吧。」

秋意點頭要走，小兒攔住。「既然是大哥哥畫的，何不一起觀賞？」

「嗯，也好。」容盼點點頭，後面自個兒走來兩個丫鬟，一個打開盒子，一個取出緩緩展開。

畫像大概有一米左右，已經裱好了，不是容盼想的別莊圖，而是她的畫像。

畫紙上獨畫她一人憑廊而坐，嘴角輕勾，眉眼間似透著喜氣。容盼發現短短時間內長澧對人物畫像雖還稚嫩，可卻越發精細。她不由起身上前，如獲至寶。

小兒醋了，但是他又不能表現出來，從別莊開始他就嫉妒大哥。

待到用午膳時他都不愛講話。

午休時，容盼正躺在床上，他自己一人悄悄的爬上來，掀開她的被子，趴在她懷裡。

容盼能感受到他情緒的低落，她輕輕撫摸他小小的脊背，問：「怎麼了？」

他委屈問：「太太喜歡誰？」

「都喜歡。」容盼笑道。

小兒卻忽然生起氣來，從被子裡探出頭，兩頰氣鼓鼓的嘟起。「不是最喜歡我嗎？」

大哥哥不在的時候，太太都是他的，現在大哥哥回來了，太太……

容盼把他的小手安放在自己的小腹，對他笑道：「你不是最小的，以後太太肚裡的小寶寶出生了，太太還能疼你嗎？」對於小兒的霸道容盼也時常覺得頭疼，可龐晉川卻很少去制止他這一點。

「小寶寶不一樣。」小兒扭動屁股，自己坐在床上，背對她。

「你呀。」容盼長嘆一口氣，將他扭過來，平視他的目光說：「你是弟弟，所以我不可以疼愛哥哥。那等哪天小弟弟、小妹妹出生了，他也不許我疼你，你高興嗎？」

小兒終於肯再看她了，只是眼神有些受傷，他搖頭。「不高興。」

「是了。」容盼將他摟進自己懷裡，滿足道：「你是個乖孩子，好多事情不用我說，你自己都知道。大哥哥以前都不在我們身邊，現在他回來了，咱們是不是得一起好好疼大哥哥呢？」

她不要自己單方面的參與，小兒和長灃的感情不能再像龐晉川和龐晉龍那樣兄弟反目、禍起蕭牆的事她不想在兩個孩子身上重演。

她從未問過龐晉川對他們兄弟之間的看法，問了他也不會和自己說實話，可長灃和長汀不一樣，這偌大的家業多少人的目光都盯著？她可以保證現在，但是不能保證以後會不會有人在兩兄弟之間挑撥。

小兒對她的話只是依稀能明白，但是落差感還是讓他有些不能接受。

容盼摸了摸他鬆軟的髮絲，長嘆道：「你不可以這樣任性，不是所有好的東西都只是你一個人的。」

「我想要。」小兒的聲音有些哽咽，使勁鑽進她懷裡撒嬌。

龐晉川給他設置的環境太過優越，她也能理解，面對最喜歡的小孩，大人總是想給他自己最好的。但這樣不對，長汀受的教育縱然再優越，可沒有挫折就受不住風雨的侵襲。

容盼對他說：「我不喜歡你這樣。」

小兒小小的身子一僵，悄悄將自己的頭移到她肚子上，緊貼著。「那我要一個妹妹陪我。」

「也可能是個弟弟。」她輕聲說。

小兒緊咬住紅潤的小嘴。「那，那等我長大了保護妹妹和弟弟。」

「嗯。」容盼心口一鬆，又聽他道：「妳要等我長大，不許再走了，不許再丟下我一個。」

「好。」容盼低下頭，在他柔軟的髮絲上落下一個個吻。

是夜，書房內。

龐晉川坐在太師椅上，雙手交攏放在黃花梨書桌上認真的聽來旺彙報今天母子兩人發生的事。

來旺見他眉頭舒展，輕鬆的模樣，不由問：「爺，今晚去太太屋裡嗎？」

龐晉川捏著鼻梁，靠在椅上看向一堆的公務。「不了。」

來旺低頭要走，龐晉川忽然叫住他，停了一會兒，道：「把那隻鸚鵡的正羽給剪了，放在鐵枝上送去給太太。」

來旺低頭道：「可太太……」

「會飛的鳥兒留不住。」他冷漠道。

來旺剛還不知這話的意思，後連忙低頭躬身退下。

第二十六章

從那日起，兩人的關係變得很微妙。

龐晉川夜裡多半是宿在朱歸院，兩人同躺在一張床上蓋著一張被子，偶爾也會為長灃和長汀鬧得不歡而散。但是翌日他照樣還得來，忙時來她屋裡喝一杯茶，逗逗鸚鵡。

空閒時，也會帶她去府裡閒逛，他話很少，容昐卻沒辦法一整天憋著一言不發，這個時候她就會和秋香、冬卉幾人聊天，她在說的時候龐晉川會認真的聽著，偶爾也會插上幾句。

容昐和冬卉說起長灃喜歡番薯時，龐晉川就會問：「妳喜歡吃什麼？」

容昐說：「待到明年冬天，可以去雲頂觀賞杜鵑花。」龐晉川會道：「下一次帶上小兒。」

他在討好她時，極少提起她肚裡的孩子。

那日的爭吵好像從來沒有發生過。但容昐偶爾幾次半夢半醒之間，都會感覺到一雙大掌極輕柔的撫摸她的小腹。

他的刻意隱瞞，容昐只當不知道，但這時他們至少是一起共同期待這個孩子的。

從剛開始對孩子的排斥，到進入第二月的孕期後，她的情緒緩和了不少，對孩子也慢慢期待了起來。

她很少吐了，每天能吃能睡，身體也好了許多。為此小兒每天都跑來，對著她的小肚一說就得說一大車子的話。長灃睜著亮晶晶的大眼，期待的問她：「小妹妹什麼時候出來？」秋香女紅極好，悶聲不響的就做了一套小虎帽、小肚兜、小襪子還有小繡鞋。

那些東西可愛得不行，小繡鞋還不夠小兒巴掌大的，小巧可愛的模樣讓人一看心都要化了。到了後來，冬卉、秋意等人也接二連三的冒出孩子的小衣、小褲。整個屋子的人，都在期待這個孩子的降生。

孩子也爭氣，自己好好的慢慢長大。

太醫診脈時，笑著對龐晉川說：「太太已無大礙，只是保胎藥還得繼續用。」如此，眾人都放下心來。

顧府也送了小孩的玩意兒過來，連宮裡都賞下了。

到二月初一，皇后親下懿旨封容昐為二品誥命夫人。午後，龐晉川和容昐進宮謝恩。

初入內廷，容昐有些侷促，龐晉川卻極其平靜，這個誥命夫人的背後付出了什麼，他很清楚。

皇后久居深宮，難得見到親人，如今一見容昐只覺得有說不完的話，直到宮門快宵禁了才放容昐離去。龐晉川已經等了許久，見她出來快步上前，將身上披著的斗篷蓋在她身上。

容昐道：「皇后娘娘新賞的斗篷。」

龐晉川上下打量了會兒，抿嘴道：「雖華美，但並不能禦寒，披上。」宮門口前頭正是一片空地，冷風呼呼迎面撲來，容昐也不勉強，讓秋香給她繫上。

龐晉川身上只著一件單薄的朝服，可他的手卻極其炙熱，他用力包裹著她的小手，小心的護在手心，一步一步堅定地走出宮門。

二月初五，龐國公府開宴。

容盼頭戴七鳳銀鎦金鳳冠，身穿正紅盤金霞帔，在眾人的簇擁下走進東廳。

東廳是龐國公府數二的大廳，平日極少打開，也就娶進新人和內宅女眷大喜時才打開宴請賓客。

如今她冊封誥命，誰敢不來？便是看在皇后、顧家的臉面，眾人都巴不得湊上去在容盼跟前露個臉也好。

她之前已經用了一點小米粥墊底，所以跟在大夫人身後迎接各府來訪的女眷倒也穩妥。

「吏部員外郎夫人到——」

「龔南王妃到——」

「伏公府夫人到——」

華燈初上，人來人往越發的密集，這些夫人容盼也都認識，各家娶妻、滿月、生辰、大人升遷都得去吃酒拜賀。

大夫人拉著她應酬完龔南王妃後，大夫人對她道：「妳腹中有孕，等會兒入席可得少吃酒。」

容盼點點頭，輕聲道：「謝母親。」

話音剛落，只聽得嬤嬤高聲喊道：「刑部尚書夫人到——」

容盼連忙看去，眉頭不由得一皺，那金夫人身後赫然還跟著一個熟人——姚梅娘。

只見她頭戴時樣扭心鬏髻，青黑的髮間插著玲瓏點翠草頭蟲鑲珠銀簪，一身粉色遍地錦褙、柳黃遍地金裙，腹部高高隆起，低著頭，滿臉笑容邁著小細步走著，旁邊一個綠衣小丫鬟小心攙扶。

嘈雜的大廳忽地安靜下來，眾人的目光紛紛落在容盼和姚梅娘身上。

姚梅娘肚裡懷的是誰的種，在場的各位都心知肚明。好心的，略微擔心容盼，心中暗道這金夫人鬧什麼么蛾子？壞心眼的幾個聚攏在一起，滿臉的諷刺等著看好戲。

大廳內忽然安靜下來，金夫人亦有些尷尬，她想快步上前打個招呼，但奈何姚梅娘越發走得穩重。

容盼柳眉微的一挑，目光冰寒，大夫人心下擔心，想去拉扯她，只看她嘴角還掛著笑，便放心了一些，心想總歸是大家出身的小姐，錯不到哪裡去，只這金夫人今日這做法也太過打人臉！再瞧去，那姚梅娘扶腰捧著小腹，一段路生生給走了許久。

又是個不安分的。

大夫人面色拉了下來，金夫人嘴角上的笑容也有些僵。「龐夫人好福氣，這二品誥命夫人實至名歸，我代我家老爺給龐夫人賀喜了。」

容盼頷首，和她對著行了個萬福。

姚梅娘緊跟在金夫人身後，她悄悄抬眼去看這個龐夫人，可當她抬頭時，卻驚訝地發現竟是自己那日在榮寶齋見到的太太。

她想起那日自己的無禮，臉色微白，但很快又回過神，朝容盼行了個萬福。「妾身給夫人道喜，夫人萬福。」

容盼點點頭，笑道：「姚小姐好久不見。」

眾人一聽，原是見過的，不由豎起耳朵。

一屋子的目光都落在姚梅娘身上，有些人猜測這位是不是已經過明路了？正想著，大夫人已經問：「妳和她見過？」

「是。」容盼朝姚梅娘微微一笑。

金夫人心下也是奇怪，轉頭看向姚梅娘問：「妳與大太太是舊識了？」

容盼接話。「曾在榮寶齋見過一面，當時我正買玉扣，姚小姐正好喜歡，問我可否割愛。」

金夫人不悅地挑眉，如此就太放肆了。姚梅娘臉色跟著就白了下來，強撐著，撲通一聲跪下。「謝謝太太割愛，太太的恩情沒齒難忘，以後只求能侍候在太太身旁。」

廳內有人倒吸了一口氣，紛紛看向容盼。

冬卉已是極氣，上前一步走到容盼跟前，剛要開口，容盼卻輕輕拍了拍她的手背，微微使勁地示意她站在自己身後。

這是她自己的事，就算要解決也是她自己來。

姚梅娘本來做好了挨打的準備，可見容盼突然朝她走來，眉頭皺都沒皺一下，嘴角含笑扶起她。

金夫人正懊惱著，想著今天要丟臉了，可見容盼這般動作，心下不由又喜了起來。

容盼扶起姚梅娘，待她站定了，才不緊不慢道：「那玉扣不過是個小玩意兒，不足掛齒，妳我同是官家的小姐，哪裡有見著人就動不動跪下的道理？如此這般讓人看去了，豈不是讓人笑咱們無禮了。」一句話四兩撥千斤便把剛才的話題帶了過去。

許多原本還等著看笑話的人，也覺得寥寥，又四處散開各自玩笑。

姚梅娘心下暗急，不想自己這話就輕易被她挑了過去，剛要開口，容盼已轉頭對金夫人道：「夫人舟車勞頓，還請往裡坐去，等會兒就要開席了。」

金夫人被她這輕聲細語也說得不好意思，原本還道她是個善妒的，但細想一下自己年輕時候也未必有她這般的涵養。

再說今日日子也特殊，便是要討個說法也不是這個時候，便拉住姚梅娘的手往裡走。

姚梅娘如何肯甘願？又是氣又是急，等她轉過頭，只見顧容盼正抽出帕子捂嘴微咳了兩下，抬起頭也看向她，目光淡漠。

身後又有來客，有婢女過來請她。

容盼重重的呼出一口濁氣，緊跟著秋香走過去，臉上依然是不動的笑容，賓客酬歡之間，剛才那場硝煙好像從來沒有發生過一般。

容盼作為今天宴會的主角，不免得喝一些酒。

秋香私下裡將白梨酒換成白水，跟在容盼後面一一敬過去。

因廳內人極多，她雖沒喝酒但一輪走下來，兩頰亦是帶著粉紅。

「母親，我需去換衣。」容盼笑著對大夫人道，她身上也被染了酒氣，眾人只當她喝醉了。

「去吧。」大夫人頷首。

容盼步履蹣跚地由秋香扶著出去，出了東廳，過了假山，回到朱歸院，換了一套大紅雲紬妝花衫，同色的裙，只休息了一會兒，喝了一杯牛乳，前頭丫鬟就來叫：「太太，夫人讓您過去。」

若是旁日能推就推，但今日不同。

容盼稍整頓了下，跟著丫鬟出去，路過湖邊時，冬卉道：「太太，等等，湖邊種著紅梅，您頭上再簪上一朵便大全了。」

「嗯，妳去吧，我在這兒等妳。」容盼道，便帶著眾人往亭中走去。

時值二月，亭中涼石凳早就鋪上暖墊。

她坐了一會兒，閉目養神，想著姚梅娘的事。

姚梅娘等不及了，可她摸不透龐晉川的心思。

冬卉去得快，回來得也極快，只一會兒的工夫就折了一朵紅梅進來，容盼低下頭，她輕輕插入她髮髻之間，火紅的梅花瓣加之透著一股淡淡的幽香，比絨花還來得得趣，竟一下增色了不少。

「太太真好看。」冬卉不由看呆。

容盼捂嘴偷笑：「休要唬我。」

「沒呢。」冬卉緊跟其後，難得的喋喋不休，秋香等人不由哄堂大笑。

一群人正從亭中走出，一個小丫鬟眼尖地指著前頭道：「太太，是姚小姐。」容盼看去，只見姚梅娘捧著小腹，帶著一個婢女等在那裡，黑燈瞎火也看不清她的模樣。

「太太。」姚梅娘連忙上前。

容盼心下有些惱怒。「怎麼不在前廳？」

話才剛說完，姚梅娘就撲通一聲跪下，朝她哭道：「求太太開恩讓妾身進府服侍爺和您。」

她哭泣著，身後丫鬟也跟著跪了下來。

容盼往後退了一步。「妳起來吧，這事妳和爺說，我沒有不讓妳入府。」

秋香上前扶姚梅娘起來，卻被她猛地一推，趔趄了數步，背部撞到了亭子中的石凳才堪堪停住。

姚梅娘卻是一點不信，拖著雙膝上前，整個身子都撲在她眼前，妝容已是哭花。「太太，爺聽您的，求您看在我有孕在身的分上可憐可憐我們母子兩人……」

容盼只覺得自己深陷泥潭之中，煩躁得很。

姚梅娘斷斷續續抽噎道：「那日……那日的事妾身不知是您，若是知道，是萬死不敢和您搶玉扣的。」

「太太，大夫人找您呢。」這時又來一個丫鬟催道，容盼知道若不是頂要緊的事，大夫人不會這樣催促，當下也顧不得姚梅娘，問道：「是何事？」

小丫鬟笑道：「是顧老夫人找您呢。」

容盼回道：「我即刻就來，妳先去，就說我已經到湖這邊了。」

小丫鬟連連點頭，快速離去。

她轉過頭對姚梅娘道：「妳要不要入府就要看妳自己的本事。」

姚梅娘一怔，猛地站起，拉住她的袖子，厲聲道：「太太，您連我母子倆的棲身之地都不肯給嗎！」

容盼腳步一頓。「路是妳自己選的，不是我強著妳給男人懷孩子。如今，妳又來找我做什麼！」她拽回袖口，姚梅娘順勢往後一倒，身後一個扶的人都沒，直瞧她整個人往石桌上撞去，小腹正好磕在尖角。

「啊——」姚梅娘慘白了臉，冷汗突突從她臉上直滴而下，容盼連忙上前想扶起她，卻見她伸出手，尖聲哭道：「爺，爺，救救孩子——」

容盼身子猛地一震，轉過頭，只見龐晉川不知何時負手站在她身後不遠處，目光深不可測，容盼挺直了脊背回視他。

不是她幹的，她沒必要害怕。

兩人神色複雜，四周婢女跪了一地，來旺擔憂地望向她，長嘆一口氣。

身後姚梅娘尖聲大哭。「太太、太太，求您放過我們母子倆……血，血……」一股熱流從她下體冒出，淡淡的血腥味在空中瀰漫。

龐晉川濃眉微皺。「將她扶去竹園，叫太醫。」來旺連忙應下，叫人去抬春凳。

只不過一會兒的工夫來人就回來了，將姚梅娘扶上，姚梅娘此刻已是昏昏沈沈之際，還不忘低低呻吟。「爺陪著妾身……妾身怕。」

龐晉川低頭看她，許久微微頷首，姚梅娘嘴角露出一抹微笑，僕婦這才飛快地抬她進去。

這時龐晉川突然回過頭，朝她道：「等會兒，我要聽妳解釋，想好了來告訴我。」

來旺猛地抬頭，心下竊喜，爺這是給太太留後路了。

「好。」容盼倒退一步，點頭應下。

左歡右愛，她不稀罕。

直到一行人離去後，容盼才緩過勁來。

秋香上前說：「太太，我去和爺說，明明是她自己往石桌上撞去的！」

容盼拉住她的手道：「現在別去，不要火上澆油。」

冬卉心疼地拉住她的手。「爺這般寵愛太太，也不成嗎？」

容盼望著湖面，月色照在水波之上，泛著幽幽銀光，她道：「妳還不明白嗎？」她嘆了一口氣。「那是他兒子。」

「可是太太……」冬卉想繼續道，容盼拍拍她的手。「我知道，這事交給我處理，東廳那邊沒影響到吧。」

「是。」秋香點點頭。「我讓秋意守住了來往的道。」

「做得好。」容盼誇讚道。

容盼扶著疲軟的腰肢，長長嘆了一口氣，秋香連忙上前輕輕的替她撫摸後背。「太太要去哪兒？」

容盼飛快道：「我得回東廳，我若不出現，總要讓人懷疑的。至於竹園那邊妳叫林嬤嬤過去，再則竹園那邊一律不許放咱們的人侍候，否則到時她若出了什麼事，這黑鍋我豈不是背定了？」

「是。」

姚梅娘用孩子的安危博取龐晉川的同情，此舉雖然凶險但勝算卻是極大。

容盼知道，但也沒有讓她背黑鍋的理兒！

整整一晚，龐國公府爆竹聲響了徹底，到宴會進入高潮時，黑暗的夜空中更是點燃十二朵大禮花。

待送走賓客時，容盼嘴角都笑僵了，有的讚她好福氣，有的讚她大度賢慧。容盼一一回笑過去，那些話也都是錦上添花的，保不齊明兒個她就成人家口中的妒婦了。

那姚梅娘還真是不遺餘力給她身上抹黑呢。

到送走顧母時，顧老夫人拽住容盼的手囑咐道：「我的兒，再過幾天就是妳爹大壽，妳帶著我兩個孫兒早早回府，可知道了？」

容盼親自將她攙扶上馬車笑道：「知道了，娘放心。」

「好，好，好。」顧母連應三聲，看她過得還不錯，心裡舒坦極了。

院門外燈火闌珊，空氣中還瀰漫著炮竹的香味，十幾個僕婦已經開始清理路面，容盼揉搓著雙臂咳了一聲，轉過身對大夫人眉開眼笑。「母親，咱們回去吧，天冷得很。」

大夫人點點頭，由著她攙扶，走著走著她忽然道：「妳莫要瞞我，剛才妳去後院那麼長時間可是出了什麼么蛾子了？」

身旁的蔡嬤嬤給容盼遞來一件斗篷，容盼接過，一邊替大夫人繫上一邊笑道：「哪裡有什麼事？不過是幾個奴才不懂事拌嘴了。再說了，您今天都忙了一整天，也該歇著，若是為了一點小事就驚動您，我心裡也不安。」她笑起兩頰兩邊會露出酒窩，看著便讓人舒心極了。

大夫人停下腳步，氣道：「妳性子就是這樣，只報喜不報憂。上次和晉川吵了一架才去的別莊，還與我說什麼養胎，養胎府裡養著不成嗎？」

容盼聽她這麼說，也知她是聽說了，於是乾脆就敞開了話題說道：「姚梅娘拉扯我衣物，我要走，她順勢一跌，撞到了石桌上了。」

大夫人沈下臉。「有這般事怎麼不與我說？如此的人就算生下個小子也不許留在咱們府裡。」

蔡嬤嬤對容盼解釋道：「當年東瑾小姐的姨娘便是這般，鬧得當時連老太太都驚動了，讓人看了不少大房的笑話去。」

容盼心裡暖暖的，不由收起臉上的笑，緩緩問：「母親相信我？」

大夫人嘆了一口氣，拍著她的手傷感道：「妳的心性我還不瞭解嗎？若是妳善妒，晉川哪來的那些庶子？只是今兒個我要問妳，這事妳要如何解決？」

「我與他說清楚就是了，別替我擔心，這點小事我若是不能解決好，便真真是飯桶了。」容盼笑道，說著說著兩人已走到湖邊，湖邊連著竹園，只有一條黑漆漆的小道連著。冷風從那小道中呼呼的灌出，嘩啦啦吹得人的衣袍都響動得厲害。

大夫人點點頭。「妳是個好的，只是還得叫蔡嬤嬤陪妳去，我擔心晉川那孩子誤會妳了。」蔡嬤嬤上前朝容盼行了個萬福，對於這個太太，她和大夫人一樣也極是滿意。

容盼當下就扶起她，心想多個人也好，於是便答應了下來。

兩人一個往右一個直走，分道揚鑣，冬卉、秋香、秋意、秋涼在前打著宮燈。

容盼一路直走，才剛進竹園就聽得斷斷續續的尖叫聲。在這伸手不見五指的黑夜，加上寒風呼呼，不由得讓人心底直發毛。

「許是難產。」蔡嬤嬤扶著容盼突然道，她的聲音透露出一股滄桑，這是經歷過許多內宅爭鬥後的從容。在這個繁花似錦的龐國公府後，許多人性早已掩蓋，要想活，要想活得最好，有些東西注定要捨棄。

容盼將最後一絲同情心都掩埋在心底，輕聲道：「那也是她自找的。」

「是。」蔡嬤嬤應下聲，攙扶著她往前走。

終於到了竹園最深處的一個閣樓，那裡守著一群人，眾人一見是她紛紛讓出一條道，跪下請安。「太太萬福。」

容盼頷首，虛抬一手，林嬤嬤從閣樓裡快步走出，到她耳邊低聲道：「難產。」容盼微微挑眉，望向蔡嬤嬤，果真是老狐狸。

「多久了？」

「一個多時辰了。」

容盼道：「爺呢？」

「去了書房，剛才吩咐說讓您去書房找他。」林嬤嬤剛說完，一個產婆滿手是血的跑出來，急得冷汗直流。

「太太，胎位不正，這是保大還是保小！」她的聲音很足，連風聲都沒壓過，眾人的目光紛紛落在容盼身上。

「保大。」容盼堅定道。眾人一驚，疑是聽錯了，連產婆都不敢相信。

突然聽得一聲撲通，姚梅娘帶來的綠衣小丫鬟跪在臺階上，朝她猛磕頭。「太太，求您，求您救救我們家小姐和小公子啊。」

容盼冷漠望去。「我要大的。」她姚梅娘連自己的兒子都不要了，她一個外人憑什麼要替她保護？

可她姚梅娘得活著。

產婆還想再說，蔡嬤嬤低聲喝道：「哪裡這麼多話？太太說什麼就是什麼。」

「是，是，奴婢踰越了。」產婆連忙俯身退下。

容盼交代林嬤嬤道：「妳在這兒幫我看著，我去去就來。」

「太太放心。」

蔡嬤嬤在前頭親自給容盼打燈。「太太，忍字頭上一把刀。」

容盼一怔，明白她的意思，笑道：「刀下是個心？」擔心她心口難耐？

「太太聰慧。」蔡嬤嬤點到為止，便不再多說。

龐晉川的書房離竹園說遠也不遠，說近也不近，容盼坐轎去的。

待她到時，來旺親自給她打簾，討好道：「爺在書房裡等您許久了。」

「嗯。」容盼走上臺階。

龐晉川的書房內一向不點火，進入裡間猶如進入冰窖一般，冷得讓人直打哆嗦。他做事時一向不讓人在跟前侍候，於是此刻走進去，屋子裡一個人影也看不見。

「來了？」裡間傳來他的聲音。

容盼應聲。「嗯。」

「進來。」說著他已經放下毛筆，起身站起，容盼自己撩了簾子進來，龐晉川正點一爐香。

是沉香，味道清遠厚重。

他一向不喜這些味道，今日卻點，看來心神並沒有他表面那般波瀾不驚。

「今晚怎麼回事？」他直接開門見山就問，容盼實在冷得受不了打了個寒顫，他倒了一杯熱水給她。「別病了。」

容盼全喝下了，才感到活了一樣，揉搓了下肩膀道：「她沒站穩，倒了下去。」

龐晉川望了她一眼，又給她倒了一杯，沈思了會兒道：「我信妳，妳沒有必要出手。」

容盼鬆了一口氣。

兩人坐在榻上，龐晉川對外喊。「來旺進來。」

不過一會兒的工夫，來旺躬身問：「爺叫小的？」

「嗯。」龐晉川說：「去燒一個爐子進來。」容盼怕冷他知道。

對於他的細心，容盼表示感謝，禮尚往來也替他倒了杯熱水，龐晉川慢慢飲下一口。

「姚梅娘的事妳想怎麼處理？」

「您的意思？」容盼反問。

龐晉川笑道：「我問的是妳，妳如何又問我了？」

「因這事我的確不好說。」容盼道，重新把球踢回到他那邊。

龐晉川點頭，深思了下。「我從來沒有打算把她納入府中。」

「為何？」容盼問。

龐晉川重重捏住她白嫩的小手。「姚梅娘心思太大，入府勢必不安分。」

「孩子怎麼辦？」容盼不想過多關注他們兩人以前的是是非非。

龐晉川問：「妳要養嗎？」

容盼搖頭。「我肚裡還有一個。」

他低頭想了想。「如此，就讓她帶出府養著吧。」

容盼點頭應好，來旺正好帶著兩個僕婦抬著暖爐進來，容盼起身要走。「我先走了。」

來旺驚訝道：「太太不多坐一會兒？」

「不了。」

龐晉川也站起來。「我送妳。」

夫妻兩人並肩出了屋子，蔡嬤嬤連忙迎上，替容昐繫好斗篷，正在這時外頭急匆匆來了一個婆子，朝龐晉川和容昐磕頭跪下。「恭喜爺，姚小姐生了一個兒子！」

龐晉川望了一眼容昐，見她面色平靜，這才道：「有賞。」

婆子大喜，容昐低頭笑了笑。

「今日妳也累了，竹園也不用去。」龐晉川送容昐到門口時囑咐道。一粒雪花正好落下，兩人同時抬頭，只見夜色之中越來越多的白粒往下墜，為黑夜增添了一抹極亮的顏色。

「好。」容昐伸出手接住雪花，小小的一粒遇到她的手立馬融化成雪水。

來旺送來了傘，龐晉川打開遞給容昐，他悄聲說：「這幾日雍王那邊動作頻繁，我沒什麼空，府裡就靠妳了。」

容昐應是，朝他行了個萬福離開。

待走出了院子，那雪越發落得大了，容昐覺得身上涼得很，抽出帕子低咳一聲，側臉吩咐說：「叫那婆子去朱歸院候著。」

「是。」冬卉立馬離開。

待容昐回到朱歸院時，那婆子果真已經等在了那裡，她一見容昐就行了個跪禮。容昐將斗篷接下，秋香上來接過，秋意已經準備好了熱水，容昐覺得自己的手都快凍僵了，連忙探進去。

一股熱流從指尖遊走全身，她打了個抖，問：「妳是做什麼的？」

婆子壓低了身子。「奴婢是竹園的管事姑姑。」

「嗯。」她來傳話也對，容盼又問：「我剛才見妳面有異色，可是哪裡出了問題？」

婆子渾濁的雙目一轉，呵呵笑道：「還是太太眼尖，那孩子不足月，生下渾身青紫，哭的聲極小，太醫說甚是凶險。姚姨娘一聽，差點岔過氣，下體嘩啦啦的瀝血。」

「哦？」容盼挑眉。

婆子笑道：「奴婢哪裡敢瞞？產婆說孩子腳朝下生出的，若不是才八個月還不太大，今晚定得死。只是這一胎實在有傷母體，以後再也不能受孕。」

「嗯。」容盼細聽了會兒，從熱水中抽出燙得通紅的手，秋香從盤子上拿了一方軟布替她擦乾，又上了香膏。

容盼走到炕上躺下，一個小丫鬟掀開被褥輕輕蓋在她身上，婆子拿著眼偷偷瞧著，只見太太合眼，丫鬟將她頭上鑲著紅寶石的抹額取下，頭上其餘珠釵也不剩，一頭烏黑長髮頃刻間披散下來，說不出的好看。

「妳拿了她多少錢？」容盼忽然開口問。

婆子嚇了一跳，心虛低頭。

「我知道妳們這群人眼睛都鑽錢眼裡去了。姚梅娘若沒給妳錢，妳在爺跟前怎麼就說生了兒子不說母體受損呢？」容盼笑了笑。

這時冬卉捧著熱騰騰的牛乳進來，喝道：「妳們這群老不修的，在太太面前也敢耍心眼，小心明兒個回了大夫人，把妳們一個個都打發出去了。」

婆子被她罵得一愣一愣的，連忙俯身。「是，是，奴婢不敢隱瞞，姚小姐給奴婢打賞了十兩。」

「她出手倒闊綽，知道要塞錢給報消息的。」冬卉翻了個白眼，容盼取了牛乳坐起小口小口喝著，待喝到半碗時便不喝了，揮手叫冬卉拿下去，她說：「我今天不追究妳這個事，但有一事妳得替我辦好。」

「太太請說。」婆子正缺一個表忠心的機會，哪裡有不應的理？

容盼笑道：「也不難，她賞妳的錢妳就照收，可這幾日竹園那邊有什麼事妳派人快來通告。」

婆子哪裡碰到過這樣的好事，當下立馬應下。

容盼見她走了，嘴上的笑容才放下，靠在引枕上長長舒了一口氣。

姚梅娘的運氣不太好。

「太太要睡了嗎？」冬卉問，裡間已經鋪好了被褥。

容盼今天實在累得不成，一躺下就陷入夢鄉，直到迷迷糊糊聽到有人叫她。

「太太。」冬卉的聲音。

容盼打了個哈欠。「幾時了？」

「才辰時。」冬卉輕聲說：「那邊傳來消息，奶娘半夜餵奶，孩子卻沒了聲息，如今太醫已經趕過去了。」

容盼閉著眼緩了緩。「可有錯？」

「沒錯，是個不健全的孩子。」冬卉道，才八個月就生生被撞得早產，又折騰了一晚上才生下，哪裡能好？

「太太，您看怎麼辦？」

能怎麼辦？

只能說是因果報應不爽了。

第二十七章

在容盼梳妝時，秋香快步走進來，湊到她耳邊低聲稟告。「太太，金夫人一早就到了，現在正在偏廳。」說著靠在她耳邊低聲道：「孩子死了。」

容盼正整理高領，手上動作一頓，過了一會兒面色才回復寧靜，問：「怎麼死的？」

「孩子喘不過氣來，渾身青紫，太醫施針也沒用。」

容盼哦了一聲，雙手打開，丫鬟替她穿上紫色鑲金馬甲，屋裡安靜得很，眾人有條不紊地忙碌著自己手上的活兒，容盼咳了一聲。「妳安排下，待會兒我去看她。」

「是。」秋香行了個萬福，起身給她整理袖口。

早膳容盼用得不多，只帶了冬卉、秋香二人去了竹園。

老婆子早早就候在那裡，一見是她連忙上前請安。「太太萬福。」她露出一口米牙，目光渾濁，透著世故。

容盼抽出帕子掩嘴，笑了笑，待她在前頭領路時，容盼才轉頭對秋香小聲道：「事後把她打發到莊子上做苦役，府裡不用這樣的人。」

「是。」

一行人轉過蜿蜒的小路，往裡走去，四周除了竹子再無種其他植被，高聳入雲的竹子遮天蔽日，冬日裡透著一股森然。

「太太，就是這兒了。」走到一個閣樓前，婆子哈腰笑道。

容盼只道：「秋香、冬卉跟著，其餘人在外等著。」

婆子努努嘴，心下有些不願，但被冬卉一瞪，也不敢多說，只得上前打開了門。才剛打開竹門，迎頭蓋面就是一股濃重的血腥味。

容盼捏起裙角跨進，屋裡掛著簾點著燈，幾個老嬤嬤侍候在那裡，見她來，紛紛迎上前。「哪裡還勞煩您來一趟。」

「姚梅娘呢？」她問，目光巡向床頭，只瞧著翠綠色的被褥下高高隆起，那個綠衣小婢侍候在跟前。

「那兒呢。」老嬤嬤指了指，埋怨道：「真把自己當個金貴的主兒，昨兒個廚房給燉了老母雞湯她偏生說沒味，潑了咱們老姊妹幾個一身，又使了錢去買。」

「可是煮得不好了？」容盼一邊問一邊往前走去。

綠衣小婢起身推了推自家的主子。「姨娘，太太來了。」

得了，已經換稱呼了。

容盼自顧自的搬了一個凳子來，坐下。

姚梅娘許久沒動，似睡著了一般。綠衣小婢也覺尷尬，朝容盼一笑，又輕輕推了下，卻不料姚梅娘猛地坐起，迎頭就給小婢一巴掌，破口大罵。「作死的賤人，連妳也作踐我，真當我娘家沒人了！」

說著好像才看見容盼，驚訝喊道：「太太來了。」

「裝什麼裝。」冬卉冷笑。

姚梅娘臉色一變，對著小婢罵道：「妳不過是個丫鬟，哪來的膽子也沒跟主子請安！我是教妳不懂尊卑貴賤的！」說著又給了那婢女一巴掌，惹得她跪下就哭。

指桑罵槐，這屋裡誰聽不出來？

冬卉氣急，上前。「妳……」

容盼拉住，淡淡道：「冬卉，下去吧。」

姚梅娘冷冷一笑，吐出一口氣靠在暖枕之上，微瞇著目光打量起她。

只瞧容盼梳著尋常的髮髻，身上穿著一套軟黃棉紬的衣衫，外頭套著紫金馬甲，不施粉黛，和昨日那個高高在上的夫人相比，竟換了兩面一樣。

雖長得秀麗，卻和那些高門大宅院中的太太有什麼區別？何況自己如今有了兒子，她輕易也動不得自己。

姚梅娘臉上多了幾分得意。「妾身身上不便，就不給太太請安了，勞煩太太原諒則個。」

容盼低頭笑了笑，平靜看向她。「這都是虛禮，我不介意，只是那天妳借我的手撞到石桌早產，妳可曾後悔過？」

姚梅娘目光閃了閃，不甚在意道：「妾身不知太太何意。」

「好。」容盼右手放在嘴邊，呼出一口熱氣。「那我就這樣和妳說吧。內宅之間爭鬥從來沒有停止過，妳不是第一個也不是最後一個。之前有宋芸兒，在妳之後還會有其他的女人，妳為了進府賠上妳兒子的性命，如今可如願了？」

姚梅娘一怔，緩緩轉過頭，不敢置信。「什麼？什麼賠上性命？」

容盼和冬卉對視一眼，看來她還不知道。

眾人的目光都落在小婢身上，姚梅娘猛地抓住她的手，指著容盼，面色猙獰，大喊。「掬惠，妳說，她這話是什麼意思！」

「姨、姨娘……」掬惠瑟瑟發抖，豆大的淚珠滾滾落下。

姚梅娘突然掙扎起身把她拉過，瘋狂的拍打她的臉蛋，吼道：「我兒子怎麼了？你們把我兒子怎麼了！」

掬惠被她搖晃得一句話都說不清，最後還是冬卉上前把她拉出來，她才猛地一跪，大哭。「小、小公子哥夭折了！」

姚梅娘身子一晃，半晌沒了動靜。

「死了？」她哽咽了下，淚水滾落。「我不信！我要看孩子！」

一個老嬤嬤為難地看向容盼，姚梅娘也盯著她。

容盼點點頭。「抱過來。」

長久的沈默，姚梅娘已是死寂，掬惠扶住她哭道：「姨娘，您哭出來，哭出來就沒事了。」

姚梅娘推開她，直到嬤嬤抱著孩子來了，她才猛地一把撲上去，打開襁褓，盯了許久。

「寶兒、寶兒，娘的寶兒……醒醒看看娘。」

容盼嘆了口氣，起身，姚梅娘卻突然抓住她的手。「妳來，妳來叫他，妳也是他娘！」

「做什麼！妳這個瘋婆子！」冬卉推開她。

姚梅娘晃動了下，瘋狂反撲上來，打了她一巴掌，大叫。「要不是妳，我的寶兒怎麼會死！都是妳，都是妳害死他的！」

門外忽啪的一聲，眾人的目光紛紛望去，姚梅娘驚覺。「是誰在外頭！」

容盼面色一僵，嗤笑道：「還不是妳自己害死的。」

「不對，是妳！是妳！」姚梅娘瘋狂指責容盼。「妳嫉妒我，嫉妒爺疼我！」

「是我害死的嗎？」容盼快步上前。

姚梅娘睜著一雙血紅的大眼死死地瞪向她，雙目之間淬出滿滿的怨毒。容盼撥開孩子的襁褓，把他抱起就放在姚梅娘的跟前，按住她的頭往下看孩子的屍體。

那個已經脹得青紫、連眼睛都不曾睜開看這世間一眼的孩子。

她問姚梅娘。「孩子怎麼死的，妳我心知肚明。咱們如今當著他的面起誓，若是我這個嫡母害死他的，那就讓他生生世世纏著我不放！若是妳這個親生母親為了爭寵強行將他生下，那妳生生世世都不得好死！」

姚梅娘打了個冷顫，想要起來，容盼越發抓住她的脖子，將她按下。

孩子醜陋極了，滿臉都是摺皺。

姚梅娘眼中滿是恐懼，記憶不斷重播，昨晚……昨晚是她做的！為了進龐國公府，為了爭寵！為了爺！

孩子死了！

姚梅娘不知哪來的勁猛地掙脫開她的手，顫抖地倒在床角。

容盼被她一甩，差點摔倒。

冬卉來扶，她掙脫開，逼近角落裡的姚梅娘。「妳是害死孩子的凶手！是妳，是妳不擇手段，他本來還可以在妳肚裡好好長大，他還差兩個月就可以見到這個世界了，是妳害死了他！」

姚梅娘捂住耳朵，不斷向後躲避。「不要說，妳不要說了！不是我，不是我！」

容盼冷冷一笑，抓住她的手按在孩子冰冷的皮膚上，詭異笑道：「那妳好好摸摸他，疼疼他啊。」

「不要，不要！」姚梅娘驚叫一聲，閃躲開來，渾身瑟瑟發抖得厲害。

容盼上前伸手抓起她的頭髮，一路將她拖到孩子跟前。「看清楚，最後給妳看一眼！」

「我不看，妳走開，妳這個瘋婆子！」姚梅娘極力推開。

容盼反手給她一巴掌，厲聲道：「那事後不要怪我把他燒了。」嬤嬤立馬上前抱走孩子。

姚梅娘緊盯著嬤嬤，直到孩子離開這個屋子，她才猛地喘了一口粗氣，情緒漸漸平復下來。

容盼目光冷然轉向婢女。「照顧好她。」

掬惠嚇了一跳，不敢看她的眼睛。

姚梅娘卻突然喊住她。「我不要住這裡。」她的目光帶著驚恐，四處轉悠。

容盼回過頭對冬卉道：「給她在東院安排一間屋子。」

「以、以後你們要怎麼安排我？」她哭道。

「閉嘴！」容盼嚴厲呵斥，她厭惡姚梅娘的眼淚，姚梅娘很懂得博取人的同情。

她抽噎，抱住雙膝可憐兮兮地望向容盼。「求求您開恩，我現在除了他我什麼都沒了。」

容盼道：「自然有地方給妳安排。」

「妳別走。」姚梅娘痛哭。「我要見爺！我要見他。」

容盼已經走到門口，她幽幽回過頭。「見吧，只要他如今還願意見妳這個樣子。」

姚梅娘面色一僵，摸上自己的臉，回過頭就搜掬惠身上，掬惠受到驚嚇，哭問：「姨娘找什麼？」

「鏡子，鏡子。」

容盼鬆了口氣，走出屋，前腳才剛跨出門檻，就聽得裡頭一聲尖叫。

說到底，姚梅娘只是一個爭寵失利的人。

她的人生和她的孩子一樣，在這一刻注定走到了終點。龐晉川的恩愛來得快，去得也快，女人連姿容都沒了還有什麼能吸引住男人的腳步？

只怕此刻，姚梅娘在他眼中也已是過眼雲煙，而這偌大的龐國公府內誰會去注意一個名不正言不順女人生的兒子？沒有地位，什麼都沒有，姚梅娘為之奮鬥的目標也終於隨之煙消雲散了。

怪只怪她時運不好，心太急。

「送出去了？」從竹園出來，容盼問秋意。

「是。」秋意道：「金夫人無顏面對太太，說是姚小姐自己做錯了事，是打是罵全由著您。」剛容盼讓秋意帶著金夫人在屋外偷聽。

「啪的那聲是怎麼回事？」

秋意低下頭。「金夫人站起來時，不小心撞到了椅子。」

「哦。」剛才真險，若是姚梅娘發現金夫人在外頭，定是不肯實話實說了。

一直跟在身後的冬卉問：「太太為何要這般激她？不怕她自縊嗎？」

容盼看向遠處平靜的湖面，冷風能讓她冷靜下來，她道：「妳沒發現她扣上的那個佛牌？」

冬卉搖頭。「今天不曾見到。」

秋香道：「是昨晚那件粉色遍地錦襖的玉扣上別著一塊佛牌。」

「是。」容盼點頭。「她信佛，我若不用孩子擊破她的防線，用賭咒來起誓，她不會輕易就範。」

姚梅娘說來說去也不過是權力鬥爭的犧牲品。她沒有自己想的那麼重要，她的兒子在龐晉川心目中也沒有那麼重要。

重要的是她身後的姚家，金夫人既然昨夜把她帶進來，就是示意要讓姚梅娘入府的意思。

至於龐晉川那邊為何沒動靜，而姚梅娘為何會孤注一擲，容昐已經不想去想。她今天所作所為不過是給金夫人有個交代，龐府和姚家依然交好，不好的只是她姚梅娘一個而已。

「太太，您要如何安排她？」冬卉走過長廊時問。

容昐想了想道：「給她找一個適宜養病的別莊，吃住與府裡一樣，若……若是她以後想嫁人了，就讓她走吧。」

「可是爺那兒？」冬卉有些猶豫，她還是氣不過姚梅娘的栽贓陷害。

容昐回頭看她。「冬卉，不要趕盡殺絕。若是一個人活著連希望都沒了，那就是我們把她往死路上逼。」

冬卉看著她許久，點頭應下。

「我不想做這樣的人。」容昐心中一塊沈重的大石終於落地。

寒風蕭瑟，吹起眾人衣袂飄飄，湖面在風吹的蕩漾下，又漸漸恢復了平靜。

在忙碌的誥封大禮之後，容昐迎來了顧老爺的五十大壽。

龐晉川忙於清剿雍王的殘餘部隊，並沒有空和容昐一起回顧府，只交代到壽辰那天定然前去。

而顧老爺這麼多女婿之中，對龐晉川最是滿意，在接到龐晉川的書信後老爺子反反覆覆閱讀了數遍，對容盼說：「妳不知如今他這字可是一字難求。」

容盼笑了笑，沒有在意。

夜裡龐晉川回來，先是溫柔的撫摸了她的小腹，笑問：「岳丈可曾惱怒於我？」

容盼搖頭。「未曾。」

「是了。」龐晉川笑笑。「明日妳去顧府時，不要忘記去趟榮寶齋。岳丈喜歡什麼，妳都挑上送去。」

「好。」容盼站起去洗漱，龐晉川突然拉住她的手，沈默了會兒問：「容盼，妳這幾天對我很冷淡，是因為什麼？」

他的眼中全是她的倒影，容盼回視他，許久問：「有嗎？」

「有。」龐晉川追根究柢。

容盼道：「沒有，我只是這幾天忙於顧府的事所以有些累。」她的目光極度平靜，沒了一絲波瀾，龐晉川只覺得心口被這堵得擁擠不堪。

「是嗎？」龐晉川回問。

容盼肯定的點頭。「是。」

他低頭苦笑了一番，放開她的手，容盼朝他行了個禮，離開。

當夜兩人不再多話，用過膳便睡下了。

翌日，天才剛濛濛亮，容盼去看過長灃和小兒，小兒還在睡中，嘴角流了唾涎。她親親小兒的小臉，給他捏好被角，出門去。

若說她留在這裡的意義，便只剩下孩子了。

長澧起得極早，一大早就在院中作畫。

見她來，連忙迎上前去。「母親怎麼起得這般早？」

容盼笑道：「得去你外祖父家，你這麼早起來便是為了作畫？」那畫只畫了一半，是一個老壽星捧桃，原型勾勒出來了，只差上色。

「畫得真好。」容盼誇道。

長澧紅著臉笑道：「快畫完了，畫完後讓人送去裱起來就可以了。」

正說著，一個紅衣丫鬟正捧著筆洗上來，容盼瞧著眼生問：「怎麼新來了丫鬟？以前沒見過。」

長澧道：「我屋裡的翠濃病了，所以先撥了阿霞來侍候。」

「嗯。」容盼摸摸他的耳朵。「好好畫，我得走了。」

「兒子恭送母親。」長澧伸出手朝她作揖，待容盼走遠了，他回過頭見阿霞還在瞧著，便問：「我娘好看吧。」

阿霞捂嘴，依舊看著容盼的背影，笑道：「定是極美的。」

卻說容盼這邊去了榮寶齋，挑了一件雲鶴延年圖和玉堂壽帶的玉雕。

曹掌櫃親自送上車，低頭哈腰。「太太慢走。」

容盼笑道：「你進去吧。看這天好像快下雨了，今日謝你了。」

「小人不敢。」曹掌櫃哪裡敢擔得起她這個謝字？當下連忙推讓。

冬卉撂下簾子，阻隔了外面，容盼才靠在車廂上小歇了一會兒。

因為忙著顧老爺的生日，肚子裡的孩子還鬧得不安生，容盼這幾日都沒有怎麼歇息，此刻眼底已泛著淡淡的青色。

冬卉輕輕的幫她放好引枕，蓋好毯子後，打開小桌上的盒子，這是太醫送的安神香，專門用於容盼難入眠時，顧府離榮寶齋有一段距離，這段時間可得讓太太睡一覺。

冬卉想著，挑起一些香粉倒入香爐之中，待一股青煙緩緩飄上，瀰漫在空氣之中的是一股極其陌生的香味。

兩人還來不及生疑，就已都陷入了昏沈的夢鄉之中。

容盼捧著頭，疼得厲害。

已經到顧府了？

她強撐起酥軟的身子：「冬卉。」沒人應她。

這地方不對。

顧府在辦大壽，哪來白幡靈堂！

容盼猛然清醒過來，飛快的往外走去，只見大廳赫然停著兩具棺材！

一個大的，一個小的，正擺在中間。

四周暗沈沈的白布飄蕩，靈堂正中間掛著一個「奠」字。左右掛著輓聯，祭幛懸於兩側，滿當當掛得密密麻麻的。

容盼捂著疼痛的頭，往前走去，昏暗中看不清牌位上寫的字，只瞧著供桌上兩邊放著手臂粗細的香燭，幽幽冥冥閃爍著燭光。

一陣不知哪裡來的冷風吹過，那燭火撲的閃動了下，牌位上的字赫然清晰起來。

左邊是：雍王先賢妻趙孫氏之靈位；右邊那位是：雍王世子趙宇之靈位。

容盼右眼一跳，膝蓋頓覺無力，癱軟在地上。

這時緊閉的房門忽然從外打開，一個男人低聲咒罵道：「從龐國公府還真不好搞人，阿霞竟弄了十天不止。」

「可不是，如今世子的冥誕就要到了，王爺這是要拿龐晉川嫡妻、長子的項上人頭祭拜王妃世子在天之靈。」

還不待容盼反應過來，大門已被推開，只瞧長灃從外被扔進來，撲通一聲砸到她跟前。

同時走進兩個男人，一個從右眼到左側臉劃下一道傷疤的男人啐了一口唾沫：「媽的，終於醒了！」他的目光猶如一匹黑狼，散發著陰冷和怨毒。

第二十八章

京都已經戒嚴十幾日，來往盤查比以往嚴厲了數倍。

龐國公府的大太太和嫡長子都被人擄去了，十來天裡竟無一點消息，直到通州來的一封信函才揭開了事情的真相。這份信函卻是由叛賊趙擴，即從前的雍王親筆所書。帶信之人是大太太的貼身侍女冬卉，事實毋庸置疑。

頓時朝野上下猶如炸開了鍋一般。

無極殿內，皇帝趙拯坐於九龍御座之上，皇后坐在右側珠簾之後。

龐晉川、顧弘然和顧老爺立於大殿中央，殿內只有一個總管大太監侍候，其餘人一概皆無，玉爐內龍涎香已經飄完最後一絲青煙，淡淡的香味瀰漫在整個大殿之中。

趙拯疲倦地將信件扔到御案之上，啪的一聲打破了沈悶的氣氛。

「皇上……」龐晉川出列，顧弘然望向他一同出列，顧老爺子擰眉撫鬚，不動聲色地望向皇帝。

「龐愛卿的意思朕都知道了。」趙拯擺手示意龐晉川停下，繼續道：「通州位在江南沿海，進可攻退可守，趙擴以此為據點意圖動搖朕的江山，朕勢必不會甘休。本是早定了你監軍，顧愛卿主帥，可現在尊夫人和大公子都在逆賊手中，你們兩個就只能去一個。」

「皇上。」龐晉川看了顧弘然一眼，猛地跪下磕頭。「微臣的妻兒如今都被逆賊所擄，且此次信件中點名道姓要微臣前去，若我不去，賢妻與愛子必然死於逆賊手中！還請聖上命臣隨軍前往。」

趙拯沈默了下，平靜的雙眸從龐晉川的臉上掃到顧弘然的臉，嘆了一口氣，負手回身望向左側壁圖之上掛的版圖。

通州之勢若不拔除，必危害他的江山。

龐晉川的能力他從不懷疑，可顧弘然在通州駐兵三年，對通州地形極其熟悉，是出征的不二人選，孰輕孰重，他心中早就有了人選。

那龐夫人不僅是顧家的小姐也是龐國公府的長媳，雖為一介女流卻也是極其重要的人。

顧龐兩家的聯姻對他而言極其重要。

若那龐夫人死了，可否再從顧家女子中挑選出賢良淑德的嫁於龐晉川？

趙拯的目光幽幽望向珠簾後的皇后，回頭溫和笑道：「龐愛卿，還是讓顧愛卿去吧。」

此話一出，已然決定了容昐的命運。趙擴在信中言明要龐晉川前往，龐晉川若不去，他就用容昐母子的血祭旗。

顧弘然亦是天人交戰，一方是通州之戰的輸贏；一方是容昐母子的性命，選擇哪個都要人性命，他有些憂慮的望向龐晉川，卻見他眉頭深鎖，眼中濃黑得看不見盡頭。

顧弘然想要上前勸慰，身後的顧老爺卻按住他的手，用蒼勁的聲音道：「他有主意。」

話音落，趙拯走向御座，撩開龍袍坐下。

龐晉川抿了抿嘴，上前一步，抱拳。「微臣不求監軍，只求管治後軍之職。」後軍保障糧草後備。

趙拯雙眸微瞇，在考慮這個提議的可行性。

後軍保障糧草後備，兵馬未動糧草先行，這職務於龐晉川而言並無難度，年初他奪權時龐晉川就是保障他的後方供給，現下也是內務府的總理大臣。只是他還需慎重考量。

屋裡氣氛驟然又冷靜下來，好像屋簷上的冰錐化了掉在地上，啪的一聲砸出清脆的聲響。

這時珠簾後許久未發一言的皇后突然道：「皇上，就讓龐愛卿去吧。」

趙拯不置可否地看向身後的皇后，龐老爺上前一步作揖。「臣附議。」

皇帝眸色越發濃重，許久開口道：「龐晉川……我許你後軍之權，可通州若是打不下來，你得連降三級。」

龐晉川眼中飛快閃過一抹亮光，撩袍跪地拜道：「微臣萬死不辭，定當竭心盡力為皇上效忠。」

「退下吧。」趙拯扶額，靠在御座之上，顧弘然隨之跟出去，趙拯捏著眉頭，對身後太監道：「傳兵部左侍郎劉世沖。」

「傳兵部左侍郎劉世沖！」

層層的宮門接連開啟，一個面色黝黑、體格強壯的中年男人提著官服往御前快步疾走數步，撩開袍衫一跪。「微臣劉世沖拜見皇上，吾皇萬歲萬歲萬萬歲。」

皇帝虛抬一手說：「愛卿，許你去通州剿滅叛賊監軍之權。」

劉世沖再拜。「臣萬死不辭。」說罷抬頭。「不知皇上欽點誰為主帥？」

「威武侯顧弘然為主帥，吏部尚書龐晉川掌管後軍。」

劉世沖心下琢磨了一番，此二人若合力定是無往不勝，當下不由欣然回道：「臣定當不辱使命！」

趙拯目光幽幽，輕聲道：「攻堅之日，不許龐尚書入城。」

劉世沖心下一驚，俯身。「微臣不解。」龐夫人和世子如今在叛軍手中，龐大人如何不入城？

皇帝笑了笑，平靜道：「龐尚書之妻，落入賊軍之手生還之機能有多少？你我心知肚明。他若入城，勢必屠殺俘虜。」

劉世沖聽聞過龐晉川對其夫人的看重，當下不由猶豫道：「龐大人位列百官之首，只怕到時臣人微言輕。」

「愛卿毋庸擔心，屆時朕手諭一封交由你，他不敢不從。」皇帝微瞇雙目。

劉世沖思量了下，這才放下心來，領旨謝恩。

待劉世沖出去後，殿內再無其他人時，皇后才從珠玉簾幕之後走出，走到趙拯身後，輕輕的幫他按摩痠痛的穴道。

皇上有風疾之症，犯病時總是頭疼難耐。

「皇后。」趙拯低低喚了一聲。

皇后笑答：「皇上有事要與臣妾說？」

「嗯。」趙拯依舊享受她的服侍，狹長的鳳眼張都未張，只道：「妳那堂妹如今成了紅顏禍水了。」他沒想到龐晉川那樣的人竟是情根深種，呵呵。

皇后目光幽幽，回憶著往昔，慢慢笑道：「除了已故的雍王妃外，如今這世上能是紅顏禍水的女人也不多。」

「哈哈哈……」趙拯大笑，也憶起那個弟妹。不得不說龐夫人身上有些氣韻與雍王妃有些相像。

但如何相像一時竟也說不清了。

這些早已沒什麼關係了，成王敗寇乃是兵家常事。

卻說通州城內，早已是風聲鶴唳。

容昐和長灃被關在靈堂整整有五日了，除了每日一壺水、一塊生硬的饅頭之外什麼都沒了。

在冷靜下來整理了思路後，容昐猜想自己是在馬車上被擄，車伕或許早已被換成雍王的人，而她那日覺得昏沈應該是聞了迷香的結果。

而長灃身邊的那個叫阿霞的則是擄走長灃的罪魁禍首！但讓她感到欣慰的是冬卉沒事，被他們作為報信的給放走了。

「娘……」長灃被靈堂內的棺材嚇得夜夜不能安睡，呻吟聲打斷了容昐的思路。

容昐連忙抱著他，低聲哄慰。「別哭，別哭，娘在這裡，娘在這裡保護你。」或許是母親熟悉的體溫和懷抱，也或許是長灃實在是太過疲憊，在第六日的傍晚，吃完半個饅頭後，長灃在她懷裡陷入了沈睡。

他生得本來就比一般的孩子還小，如今餓了這麼多天，小臉越發消瘦慘白。瘦下來才發現，這個孩子其實長得極像她。彎彎的眉毛、大大的雙眼、小巧紅潤的嘴巴，哪裡不是她的影子呢？

容盼紅著眼眶低下頭，撥開自己散落下的長髮，吻上他白得透青的眼皮，直到感覺他平穩的呼吸，容盼才將半塊饅頭掰了一半，小心的放在衣兜內，她擔心等晚上長灃醒來或許還會餓。

容盼拿了剩下的一點饅頭一口一口艱難的吞嚥。沒了公府的山珍海味、綾羅綢緞，現在只要給她一塊饅頭她也覺得極其滿足。

現在她只想著怎麼才能活下去？

她得活下去，活著把長灃帶出去，活著去見小兒，活下去了才能生下這個孩子。死了，死了就什麼都沒了。

饅頭生硬得得用水含著一會兒才能吞下去，容盼吃了幾日的饅頭，喉嚨已經被刮得生疼，說話都費力。

一小半塊她吃了一盞茶的時間，吃進肚裡，好像沒吃過一般。

肚裡這個孩子是個貪吃鬼，以前在公府就吃得極多，現在就這一塊哪裡夠給他的？

容盼抹掉眼眶裡的淚花，緊緊抱著長灃，望著靈堂上明明滅滅的蠟燭輕聲道：「你要和媽媽一起努力呀，要好好加油，咱們一起闖出去，闖出去就好了。」
說著，不覺眼淚又嘩嘩流下，容盼昂起頭擦掉，笑得燦爛。
龐晉川，龐晉川你怎麼還不來！
「啪嗒——」鐵鎖落地的聲音，容盼收起臉上的笑容警戒地望向門口。
只見一雙皂黑色大靴先跨進來，隨後門後出現一個高大的男人，濃眉大眼、鼻梁英挺，嘴角厚重有力，留著青黑的鬍渣，他頭戴玉冠，穿著一身白袍，束著白玉帶。隨他跟進來的是之前那兩個男人，一個臉上留著刀疤，一個高瘦右手殘廢。
容盼警戒地往後退去，退到白幡後。
刀疤男上前，點了三炷香遞給那領頭的男人。「王爺。」
趙擴目光冰冷地掃過角落裡的容盼，默然地點頭，接過香，面對牌位，原本平靜的面容忽然有些扭曲了。
他望了許久，親自上前插上香。白煙緩緩從香爐裡冒出，透過昏暗的燭光似直上九重，好像完成了某種重要的儀式。
在這種詭異的氣氛之下，容盼覺得自己都快掉入冰窖了，連忙將長灃護在懷中更緊。
「伏勇，顧氏何在？」趙擴問。
刀疤男上前三、四步從白幡後要拉容盼，容盼往後要躲，刀疤男乾脆就抓起她一隻手生拉硬拽的拖到趙擴跟前，厭惡道：「此為顧氏。」
趙擴的眼睛木然的在容盼臉上徘徊了一會兒，最後落到她懷裡的長灃身上，他看得極其認真。

突然門口一陣寒風侵來，吹得蠟燭明明暗暗，容盼從他的肩頭看去，那個小孩的牌位上寫著：生於辛丑年三月十一日。

三月十一日，三月十一日。

今天就是三月十一日！雍王世子的冥誕。

容盼猛地抬起頭，趙擴卻比她更快，上前一步飛快地將她懷裡的長灃給奪走，高舉在頭頂之上。

他有七尺多高，幾乎離房頂沒多少，長灃被他高高舉著，高得她看得眩暈。

容盼瘋狂地從地上爬起，跪在他腳下，渾身顫抖，雙手大張，赤紅著眼輕聲道：「求求你，把他放下，他睡著了。」

趙擴冷冷一笑。「讓龐晉川的兒子去地底下陪孤的兒子也好。」

容盼掙扎著上前，被伏勇抓住，迎面就是一巴掌蓋過來，那掌風極其凶狠，只一下把她打得長髮披散而下，左側臉迅速紅腫起來。

容盼回過頭，擦掉眼中不斷滑落的淚和唇角的鮮血，緊盯著趙擴的眼睛，依然輕聲道：「他什麼都不知道，你要發洩就朝我來，只求求你把他還給我，還給我就好。」

「孤的兒子又知道什麼！」趙擴青筋暴突，猛地朝她看來。

容盼神經質的站起身，搖擺著身體。「是，都是龐晉川的錯！求你放過我兒子吧，我求求你……」說到後面她的情緒已經快要接近崩潰的邊緣。

趙擴昂頭大笑，笑得她的心都顫動了，只見他雙手緩緩放低，力量全部蓄積在雙手之上，容盼猛地上前要抓他，卻被身後站著的伏勇抓住雙手。

「雍王。」容盼雙目赤紅，長髮被風吹得遮住半張俏麗的臉，她厲聲尖叫。「你若敢砸下，我便詛咒你兒子與愛妻生生世世不得輪迴轉世，死後下十八層地獄嘗盡抽筋扒皮之苦！」她整個人近乎瘋狂，伏勇抓都抓不住她。

趙擴雙手一頓，狹長的鳳眼危險一瞇，額上青筋全部暴突起來。「妳膽敢威脅我！」

「是！」容盼抬起頭，直視他的眼睛。「我兒子有什麼錯！對不起你的是龐晉川，和你有仇的也是龐晉川，你殺了長灃，他死後定下地獄找閻羅王哭泣，你今天所作所為必定報應在王妃和世子身上！」

眼見趙擴有一絲的愣神，容盼抽泣了下，咬住手指慢慢的靠近他，聲音變得緩慢下來，輕聲哄著。「王妃生前是個慈善人，世子更是天真無邪。您要給他們添上一筆孽債嗎？不要，千萬不要。您把長灃慢慢放下來，您只要把長灃慢慢放下來就好了，什麼事都沒發生過。」她的聲音溫柔安靜，帶著蠱惑。

她越來越接近趙擴，伸出手，貪婪的望著熟睡的長灃。

就在她只離長灃一臂距離時，趙擴突然回頭，望向兩具棺槨，血紅的瞳孔猛地一縮，雙臂用力高舉過頂將長灃朝堅硬的大理石摔去。

容盼驚叫一聲，在長灃落地時，撲向地面，長灃砸在她腿上，滾落下來，頭磕到地板，哇的一聲痛哭出聲。

「娘——」

容盼爬過去，將他緊緊摟在懷裡，輕聲撫慰。「娘在這兒，別怕，別怕。」

長澧哭了幾聲就沒了力氣，軟軟趴在她懷中，睜著大眼驚恐地看著外面。

容盼望向趙擴，目光哀戚。「求求你，別殺他，至少現在別殺他。等龐晉川來了再動手。」她已經不得不退到這一步，只要有一線生機她都要爭取！

「娘。」長澧虛弱地在她懷裡呢喃了聲，容盼低下頭，親親他的小臉，乾涸的雙唇破了皮，卻笑道：「別怕，娘在這兒，有娘在呢。」

她筋疲力盡的撐著，直等到屋外頭一個陌生男人進來，在他耳邊低聲道：「王爺，狗皇帝派了龐晉川做後軍，顧弘然為主帥，劉世沖為監軍。」

趙擴深思的看著母子兩人，一言不發，最後對伏勇道：「看好他們，龐晉川來之日就是他們喪命之時。」

「是，王爺。」

一行人終於走了，容盼聽到門外落鎖的聲音，心頭猛地一鬆，癱軟在地上。

「娘。」長澧趴在她胸口，輕輕的幫她撫慰亂跳不已的心臟。

容盼從衣兜之中掏出半塊饅頭，問：「餓了嗎？」

「不……不餓，娘。」長澧小肚打了個小聲的悶雷，卻用力的扶她起來，又跑到角落裡拿了水壺。

容盼將饅頭掰成一半遞給他，長澧接下，喝了一口涼水，他等著容盼吃了一口還沒動，容盼問：「怎麼不吃？」

「我不餓，饅頭等著明天和娘一起吃。」長澧小心翼翼的把饅頭藏在自己衣兜內。

容盼捂住嘴，背過身子擦掉眼眶中的淚，轉過頭笑道：「沒事，明天還有饅頭。」

「可是只有一塊。」他小聲道。

「娘親夠吃。快吃吧，要是你餓暈了，娘還得照顧你呢。」容盼將自己的饅頭遞給他，長澧搖搖頭，艱難的從衣兜裡掏出饅頭。

容盼伸過來，長澧也伸過饅頭來，母子兩人輕輕一碰，相視一笑。「乾杯，否極泰來。」

「乾杯，娘親！」

在長澧天真的笑容中，容盼明白要想保護好他並且活下去，龐晉川或許是她的後路，可現在她不能再傻坐著乾等。

三月十二日，朝廷的軍隊已經過了陝水。

三月十三日，雍王攻下臨近通州的棘州，派兵十萬駐守於內。

三月十五日，龐晉川派的隊伍已經入隨州，隨州和通州只隔著一個岷縣，此地因荒蕪且是少數民族聚居地，單獨又劃出一縣。

三月十九日，顧弘然率領的大軍全部在隨州集結。

三月二十日，兩軍對壘於岷縣。

在朝廷的軍隊駐紮隨州時，容盼的處境也隨之愈加難堪。

因為雍王的性格越發乖僻，他強制讓她和長澧為王妃和世子披麻戴孝，每天辰時一炷香，未時一炷香。也已經沒人給她和長澧送飯了，他們只能在奴僕進來替換供桌上的祭品時飛快的藏下幾塊點心在袖子中。

容盼知道，這是表示他們要下手的意思了。

終究都要撕破臉皮的，面對被死亡籠罩下的前路，現在也已經沒有什麼好恐懼的。衝出去，或許還有一條活路。

容盼餵完長澧吃下最後一塊玫瑰糕，摸著他的頭輕聲道：「還記得娘剛才囑咐你的嗎？」

「嗯。」長澧的小手緊緊護在她白皙纖瘦的手背上，鄭重道：「娘，兒子可以和弟弟一樣保護您。」

容盼感慨萬千，將他摟入懷中，細密的吻密密麻麻落下，笑道：「說什麼胡話，娘不需要你們的保護。」

長澧抬頭看她，雙眸晶亮有力。「我可以！」

「好。」容盼心下也跟著堅定下來。

等會兒長澧會裝作哮喘病發，在太醫問完脈時她要飛快的衝出去給太醫磕頭，到時肯定會有侍衛攔住她，在這個短暫的時間內，她必須快速的記清這裡的地形和守備嚴密情況。

這是他們離開的第一步，勢在必行！

容盼咳了一聲，朝長澧眨眨眼，長澧也朝她眨眨眼，母子兩人相視一笑。容盼起身從破布上爬起，走到門口，長澧朝她鄭重的點點頭，揪住胸口，大力的喘息。

他常年待在府裡養病，本來就瘦小，加之這幾日的擔心受怕，有一頓沒一頓的，臉色亦是很蒼白。

容盼心下一酸，將對兒子的愧疚感全部使在手上，砰砰砰——用了渾身的力氣往門上砸去，努力睜大雙眼，眨都不眨，等著眼睛極累了，流下了眼淚。「外面有沒有人！求你們幫我叫太醫快來！」

門外守著四名侍衛跨立按住刀，刻板的面容上毫無一絲的動容。

容盼繼續求道：「他身體從小就不好，現在哮喘病發了，若是死了你們如何跟王爺交代？我給你們磕頭了。」她使勁砸了四、五下，又擔憂的回頭看長澧。

門外侍衛忽聽得一聲尖叫聲，連忙打開門去，只見她跪在地上緊緊摟住孩子，渾身瑟瑟發抖。

領頭的侍衛這才發現問題大了，連忙上前。「怎麼回事？」

容盼哭道：「他哮喘病發了，剛一直在打擺，現在，現在……」她話說一半，哭得急咳。侍衛猶豫了下也不敢隱瞞，連忙去找伏勇。

只不過等了半盞茶的時間，只見伏勇親自帶了一名蒼老的太醫飛奔進來。

容盼一見是他，心下打了個哆嗦，伏勇俯下身子，探向長澧的脈搏。「太醫來瞧。」

長鬚都已花白的太醫哆哆嗦嗦上前，撥開長澧的袖口診斷，眉頭一會兒深皺一會兒又舒展。

伏勇發亮的雙眸帶著一絲殺氣緊緊盯住容盼，容盼咬住手指驚恐地看他一眼，又飛快的撇開目光，眼淚啪嗒啪嗒流下。

太醫足足把了半刻鐘的脈，才捋著長鬚，嘆道：「此子身體甚為虛弱，定是娘胎裡帶來的頑疾。不知他平日在府裡可吃的什麼藥？」

容盼恐懼地看了一眼伏勇，側身低頭道：「左歸丸和天王補心丹都是常吃的。」

「哎！」太醫道：「這些藥都是極好的，也利公子病情，只是這裡可沒有這些好藥給你們。」

伏勇大吼。「治不死就好！」

正對話的兩人被他吼得一愣，太醫連忙從藥箱之中取出一枚黃豆大的黑丸，塞入長澧口中。「這是調和肝脾的黑退遙散，公子先吃著……」

他話還沒說完就被伏勇提著往外面走去。「只要保他這幾天內活下來就可以了！」

他的腳步極快，三步併作兩步已經到了外頭，容盼咬緊牙關，一抹眼，衝出去。

「她要跑了！」侍衛在後大叫。

伏勇回過頭，正要抬腿踢去，卻見她猛地一跪，拉住太醫的袍衫哀求道：「求求您，救救我兒子吧。下輩子我當牛做馬、結草銜環都要報答您的大恩大德……」容盼接連磕了十幾個響頭，那土黃砂礫的土地不過幾下，就把她白皙的額頭磕得破了皮。

黃色的砂礫和鮮紅的血色夾雜，順著血水流下。

在斂目之間，容盼飛快打量四周的情況。

這個小屋正前方有一個小亭，左右兩邊分別通向花園和廂房。因是南方的緣故，眼下不似京都三月樹木凋零，大樹依舊蒼天聳立枝葉茂盛。與她想像一樣的是，這裡警衛極是森嚴，七、八步左右一個長矛侍衛，再有十個親兵組成的哨衛輪流把守。

若是這樣，要逃生就必定得往花園方向去了。

太醫到底年紀大了，心下很是不忍，連忙攔住。「哎，不是我不替妳救，而是現如今沒有京都那些好藥，況且公子雖羸弱，但脈搏跳動還是極有力，短時間並不會有生命危險。」

容盼目的已達到，便不再多作強求，只是哭著不肯放開他的袖子。

伏勇哪裡還有好脾氣，大吼一聲。「閉嘴！」將她提起往屋裡扯去。

容盼在他要放手時連忙抱住門檻，才不至於摔在地上。

伏勇齜牙咧嘴地對守衛呵斥。「看好他們，沒事別來煩我。」

「是。」侍衛立馬應道。

容盼看他走了，才扶著腰往裡間走去。

門外又聽得落鎖的聲音，長澧見她進來，才從地上爬起，睜著一雙亮晶晶的雙眸問：「看見了嗎？」

容盼呼出一口氣，這些日子難得鬆快。「看見了，不過有點難度。讓娘再想想出路。」

不過總歸有些希望了不是？

只要活著，一切都會好起來的。容盼這樣告訴自己也這樣告訴長澧，長澧似懂非懂，在她的輕聲拍撫之下嘴角帶著笑意陷入黑甜的夢鄉。

沒有多少吃的，要想保存體力只能最大限度的減少活動，睡眠是他們最好的選擇。待容盼醒來時，已是日薄西山，夕陽的餘暉從窗口被釘死的木板縫隙中照進。容盼打量著屋子，那兩具棺槨已經不似當初那樣令她恐懼了，甚而她對雍王妃產生了一絲好奇。在先皇在位時，曾多次稱雍王妃為佳婦，對雍王世子也極盡寵愛，甚至蓋過了當今的太子。

她到底是個什麼樣的女人呢？

容盼陷入沈思時，門口忽聽得侍衛喊。「王爺。」而後啪的一聲，鑰匙落下，門被推開。

容盼抱著長澧往後退去，躲在供桌之下。

「王爺。」伏勇的聲音，兩人的腳步都有些蹣跚。

趙擴低低吼了一聲。「都給我滾！」而後是酒瓶碎地的聲音。

容盼聞得一股刺鼻的酒味，只見趙擴雙腿支撐不住癱軟在地上。他的兩頰通紅，狹長的丹鳳眼凌厲的上挑，緊盯著上頭的牌位看得極其認真。

「愛妃……」

「……」容盼覺得今晚自己有點倒楣，看這架勢雍王是要進行內心獨白的，若是被他抓住自己不小心偷聽了，那該怎麼辦啊？

雍王癱坐在地上，醉眼矇矓，似憶起了什麼，雙唇微微拉開，笑了聲。「還記得妳我小時候的事嗎？咱們一起把太后娘娘最喜歡的鳥給拔了毛丟給成妃娘娘的貓吃，為此妳還挨了岳丈大人十個鞭子……還有妳替孤生下宇兒時，妳氣孤只看重宇兒和孤鬧彆扭的事。」

雍王打了個嗝，抓起供桌上的酒杯昂頭又是一口，後來不知怎麼想的，拿起一杯雙手沾了抹在世子的牌位上，低笑道：「你都十幾歲了，父王允你喝酒……」

趙宇的牌位比王妃略小一些，緊緊挨著母親。雍王默然的盯了許久，聲音似有些哽咽，問：「你們母子倆怎麼不多等我一會兒，啊？孤就要帶兵回王府接你們母子倆了。」趙擴嘩啦一聲把所有的供品都砸落在地上。「是孤沒用，護不住你們母子倆！孤該死！孤該死。」

燭檯最後晃動了下，也沒經受住倒地，火紅的燭油滴落而下。

容盼和長灃就躲在供桌之下，長灃被燙得猛地叫出聲，容盼嚇得連忙捂住他的嘴巴。可已經來不及了，趙擴怒喝。「誰！出來。」

容盼不敢動，越發抱著長灃往後縮，緊張的盯著他，那夜的記憶太過恐怖，她不想再次重演。

然而形勢並不如她所想的，趙擴飛快繞過白幡，撩開白色紗幔，容盼看清他赤紅嗜血的雙目，渾身血液一股腦兒的全衝上來。

趙擴晃晃悠悠地隔著一層紗簾望著裡頭，他眨眼使勁的搖晃著頭，伸出大掌一把將兩人拉出。

容盼用手一擋，趙擴甩了甩頭，挑起鳳目，瞪大了雙眼，不敢置信的看著眼前的女人。是他的愛妃回來了。

就在容盼要逃時，他突然朝她跪下，一把將她緊緊的擁入懷中，氣急敗壞的問：「你們到底去哪裡了，害得孤好苦啊。」

長灃也被他緊緊摟在懷中，母子倆呆若木雞。

趙擴又是哭又是笑，捧起容盼的額頭斷斷續續落下一個個吻。「以後不要再離開孤了。」

他的吻極其沈重，似乎把所有的感情全部承載在這些吻之內，容盼感覺到除了那股炙熱外，還有一股涼意滴落在她臉上。

雍王喝酒了，把她和長灃錯認為了王妃和世子。

現在怎麼辦？容盼的手比她的思緒更快，下意識的已經搭上他的闊肩輕輕拍哄著。

長灃已經完全震呆了，他親眼看著娘親摟著不是父親的男人，那個男人還吻了娘親！他倒抽一口氣，嘴巴微張。容盼連忙把食指放在唇中，噓了一聲，眨眨眼，做了個嘴形。「快走。」

只要長灃還在他懷裡，她都不敢輕舉妄動，現在只希望雍王能趕快睡去。

長灃用力點頭，從雍王的臂彎之中退出去，遠遠的站在角落裡，頗為無奈的看著那個虎背熊腰的男人霸道的占據娘親的懷抱。

容盼看他離開了，這才肯把重心放在他身上，一遍一遍拍撫著。「我不走，再也不走了。」

趙擴嘴角揚起一抹淡淡的笑意，滿足地呼出一口濃濃的酒氣，支著頭倒在容盼的雙膝之上，強硬地拉過她的雙手搭在自己身上，閉上眼，不過一會兒的工夫就陷入了夢鄉。
呼，還好趙擴酒品好。容盼鬆了一口氣，手摸去才發覺額頭上早已布滿冷汗。
她盯著趙擴的五官細看，發現他其實和皇上長得有五分像，只是他更為年輕俊朗一些。
容盼透過白色紗幔望向雍王妃的牌位。她至少是幸運的，到死，男人還對她念念不忘，只是這種付出太過沈重。為了他的江山和雄心壯志，終究賠上了自己和孩子的命。
這個時代太過沈重了，難道女人就一定要排在男人的角逐和利益之後嗎？
她很肯定自己不想成為第二個雍王妃。
一整夜，容盼都睡得不好，趙擴翻身之間都要緊抓住她的手。
她不知為何夢到了龐晉川、宋芸兒還有姚梅娘。
直到晨曦破曉了，容盼在一陣鼓聲之中驚醒，腿上哪裡還有趙擴的身影？只聽得外頭侍衛一陣大喊。「開戰！」
龐晉川他們來了？
容盼一怔，一骨碌的從地上爬起，拖著僵硬的雙腿挪步到昨夜那個碎掉的酒瓶子處，蹲下撿起了兩片鋒利的碎片。
她撕掉白幡包裹住一半做手柄，另外一半則在地上不斷磨著，待碎片已磨得鋒利無比，她遞給長灃一枚，一枚則緊緊地捏在自己手心。
燭火明明滅滅，容盼迎面望向日出的方向，待光輝的日光驅逐走黑暗，她的面容是從未有過的平靜。

第二十九章

從守門侍衛時不時的低聲交談之中，容盼得知兩軍對壘在岷縣，當地的少數民族早就聽聞到消息逃走了，整個縣城如今成了一座空城。

由兄長率領的朝廷大軍列兵十萬，雍王這邊陳兵亦是相當的數量，兩軍虎視眈眈，都在等待著一個對自己有利的戰機。

容盼也在想，到底要不要逃？還是等著龐晉川和兄長來救？可是當她目光觸及靈堂內兩具沈重的棺槨時，再想及昨晚趙擴爆發的情感，她決定不再等了。

趙擴現在不殺她和長灃不外乎是在等龐晉川來，在他跟前親手殺了他們母子倆報復，同時他們兩人還是他的人質，開戰時就算不殺，掛在城牆頭也能起到威懾的作用。更重要的是，趙擴不可能不殺他們。

就算他兵敗身亡，容盼也相信趙擴留在世上的最後一件事就是殺了他們給雍王妃和世子陪葬。

所以，她逃！

一整天，容盼都在等待。她看著日頭的光線從東邊移到西邊，最後等著最後一抹亮光徹底消失在夜色之中。

趙擴等人已經去了前線，可府裡警衛依然森嚴。

容盼從窗戶那邊挖開的木板縫隙中，小心的窺探著外面的情況，門口的守衛已經換了第二次崗。時間是子時，正是凌晨時分，夜色最濃，人的警戒力最薄弱的時候。

她走回到靈堂內，默默的點了三炷香，朝著王妃和世子的牌位拜了又拜後將香插入香爐之中。隨後取走供桌上的供品，走到長澧藏身的紗幔之後。

「長澧，醒醒。」容盼輕輕拍了拍他的臉頰，長澧勉強睜開雙眼，還是迷迷糊糊。

容盼打開水壺上的蓋子，沾了些水在手上往他小臉上灑去。三月裡的天，夜晚冷極了。長澧嚶嚀了一下，小手揉著眼睛才緩緩睜開了雙眸。

「娘。」他有些撒嬌的依偎在容盼懷中。

容盼親了親他的額頭，給他餵了一口水。「長澧，咱們吃飯了。」

「嗯。」他點了點頭，乖巧的從她懷裡鑽出來，容盼遞上一塊玫瑰糕，他咬了一口後，指著滿滿一大碟的糕點驚喜問：「這些東西都能吃掉嗎？」

「是。」容盼頷首。「吃飽了咱們就要走了。」

以前那些人只給一塊饅頭時，容盼總是從供品上偷幾塊，她不敢偷太多，擔心若是被發現了，恐怕第二天連水都沒了。

這半個月裡，他們從未吃過一頓飽飯。

容盼看見兒子因為幾塊糕點而如此雀躍鼓舞，心下又是酸麻又有些欣慰。她抓了一塊茯苓糕大口塞在嘴裡，狼吞虎嚥，還未嚐到味道就已經入腹，兩人都已是餓得不成了，吃得極快，只一會兒的工夫，三碟糕點全部解決乾淨。

容盼將碟子放回供桌，取下白色的蠟燭，走到供桌對面，回過頭對長澧小聲道：「等火燃起來時，你就躲在門口。那些侍衛忌憚王妃和世子的棺槨，肯定會先救火，所以咱們得趁著這個時候跑出去，一路向北走，記住了嗎？」

「嗯！」長澧小雞啄米似的不住點頭。

容盼脫掉身上的孝服，燃著了火，看著耀眼的火光猛地竄上白幡，她又迅速的接連點燃了所有的白幡。

火勢猛地竄起，火光倒映著她的臉龐，在她明亮的雙眸中熊熊跳動著。

容盼迅速走到門口。「北邊怎麼走？」

長澧有些緊張，飛快道：「一直往北極星的方向跑，娘親教過的。」

大府都是坐北朝南，正大門朝南開。那裡的防衛也是最森嚴的，所以他們得往北邊跑，後門也許還有一線生機。

「對，朝著天上最明亮的那顆星星。」容盼笑了笑，兩人都在等著火光蔓延，屋裡空氣越來越稀薄，濃重的煙霧把他們兩人隔著都看不見對方，還不等他們喊，外面已經有人叫道：「怎麼靈堂裡頭這麼亮？」

「走水了！」

「快，快救火！」

門口的鎖啪的一聲落地，容盼心頭猛地一跳，門口的人直接往裡踹了進來。「走水了！」拿著木桶衝了進來，很快就消失在濃煙之後。

一個，兩個，三個，四個……越來越多的人聚攏過來，火勢也燎燒得越來越快，容盼趁著眾人慌亂之中，從門側躬身溜了出去，守門和巡視的侍衛都忙著救火。

屋裡王妃和世子的棺槨就是他們的死穴。

衝出了屋子，夜色濃重，伸手不見五指。還沒有人發現這邊的動靜，各處巡視的守衛還沒朝這邊靠過來，而這裡的巡衛都衝進去救火了。

容盼趁著這個機會，飛快的拉著長灃往花園中跑去，一路向北。

兩人一刻都不敢停歇，耳邊是呼呼颳過的冷風，北方天上那顆明亮的北極星就像他們活下去的動力，容盼的心跳得極快，快得好像就要蹦出來了一樣。從來沒有一刻像現在這樣，如此感受到自由的魅力。

「娘，我跑不動了。」在小心的避開侍衛後，長灃氣喘吁吁道。

容盼回過頭，拉住他的手。「我們要快點，不然天亮就出不去了。」

「呼呼……」長灃捂著胸口急促的喘息，咳了一聲，又艱難的跟上容盼的腳步。

他小跑了幾步，再也跑不動了，扶著胸膛靠在石柱邊。

容盼心下又是急又是怕，這裡四周建築很少，這就意味著他們很容易就會暴露。

「怎麼樣？」容盼蹲下身，從袖中取了一枚藥丸塞到他嘴巴裡，這藥是那日她讓長灃裝病求來的，刻意吐出留到今日，希望可以適當抑制住長灃的哮喘。

長灃趴在她身上，大力的喘息了幾口，任由容盼把他牽到一棟閣樓的白牆之後。

容盼輕輕撫摸著他的後背，飛快的抬頭看著夜色。

她隱約覺得這棟大宅和龐府差不多大，是個中等的宅院。

雍王退兵通州沒有多久，根本沒時間修建大面積的園林住宅。容盼大膽猜測他大概是占據了當地最大的宅院。

因龐晉川之前是工部員外郎，主事建築，所以她知曉各品級官員的府邸建築都有明確的規格。若按通州而言，最大的品級就是知州，從五品官員，宅院至多一畝，而靈堂設在後宅，本身就偏北，所以現在已經離後門很近了！

長灃的喘息漸漸好轉，容盼就守在他身邊，警惕的注視著周圍。

「哈啾……」長灃打了個噴嚏。

「是誰？」一個女音突然從前面傳來。

容盼嚇了一跳，回過頭卻見長灃腳邊是一隻通體雪白的白貓。

「銀鈴，快出來。」剛才那個女音漸漸靠攏。

那白貓喵的一聲，抓住長灃的綢褲，脖子上的銀鈴蕩得叮噹叮噹響，容盼急得很，連忙上前要拉長灃，可那白貓忽然嘶的一聲，拱起全身的白毛，喵喵直叫。

「銀鈴，銀鈴？」女音逐漸靠近，容盼根本就沒時間浪費在貓的身上，她上前伸腳一踢，白貓翻滾出去，容盼連忙拉住長灃往後退去。

然而此時已經來不及了，只聽得一聲喝令。「誰？誰膽敢對王妃的銀鈴無禮？」

來人是專門飼養雍王妃白貓的婢女雲墜。

那白貓聽到聲音，喵的一聲才轉移對兩人的注意，嗖的一聲鑽到雲墜的懷中，朝著容盼的方向喵喵直叫。

容盼繃直了身體，將長澧拉到身後，低聲對他說：「等會兒娘要拖住她，你快跑。到了後門，候在那裡，看見運夜香的車停在那裡，你就跳進去。」

長澧緊緊拉著她的袖子，聲音有些哽咽。「是我不好，娘，兒子不願拖累您。」

容盼緊緊的盯著光亮處那個紅衣婢女摟著白貓一步一步朝他們靠過來，她的神經緊繃到了極點，連風颳在她身上，都沒了感覺。

容盼用力推了他一把，長澧還不肯放，情急之下她反手給了長澧一巴掌。

長澧一震，容盼快速推開他，握緊手中鋒利的碎片，在雲墜快要探進來時，先發制人。

那隻白貓卻是凶橫，一躍從雲墜手中跳出，護在跟前，對著她的臉劃了一爪，容盼捂臉，雲墜看清猛然張嘴要叫。「快來……」

容盼情急之下撲向她，兩人抱成一團在草地中滾了數翻才停下。

容盼緊緊掐住她的脖子，對方回過神，伸手緊拽住她的頭髮。

容盼奔走了一夜，早已是筋疲力盡，哪裡吃得住，不一會兒的工夫就被翻身壓在底下，雲墜看清她，反手給了她一巴掌，吐出口內的鮮血在她臉上。「哪裡來的賤人！」

容盼的右臉飛快紅了一片，靜靜的躺在地上，看著長澧的身影消失在牆角，她滿足一笑，才回過頭，盯住雲墜的雙眸，柳眉微微一挑，冷笑道：「我是王爺新納的侍妾，妳不過是一養貓的丫鬟。昨夜王爺沒回屋就是去了我屋裡了。」

她打賭，雍王必定不會把昨晚的事宣揚出去。

「妳！」雲墜手一頓，借著月色打量身下的女人。鵝蛋臉、杏眼濃眉、一張小巧可人的櫻桃小嘴，渾身纖細柔弱，穿著素衣，乍看之下柳腰纖細不可一握。

她身上是有一股王妃的氣韻，讓人觀之忘俗。

雲墜眼神極是複雜的望向容盼，雙手猶豫的從她脖子上取下，容盼面無表情，心下卻跳得飛快。

就在容盼鬆了一口氣要爬起來時，那雲墜忽地變了臉色，猛地掐住她的脖子，入魔一般尖叫著。「賤人，誰讓妳做狐狸精！王爺是妳的嗎？王爺是我的，是我們王妃的！」她簡直跟瘋了一樣，下了死勁，容盼面容因為缺氧而急促的呈紫青色，雙目內逐漸布滿了血絲。

八年後，再次瀕臨死亡的感覺重新回到她身上。

比上一世來得更加痛苦。

容盼極力扒開她的手，指甲劃破她的皮膚，因為太用力斷了兩片，就在她即將陷入昏迷時，忽感覺大量空氣朝她湧了進來，重新進入到肺部，容盼猛地趴過去急促的喘息咳嗽，直到把體內渾濁的氣息全部吐出，她才清醒過來。

回過頭，只見雲墜張大了嘴，雙目暴凸，死死的盯住她。

容盼喘了一口氣，從地上爬起，卻見長灃站在雲墜身後，呆滯著，手上那枚被磨得極其鋒利的瓦片，直嵌入她的心臟……

夜色漸漸消散了，天邊泛起一片魚肚白，容盼趕緊摟住長灃抱起他，在他耳邊不斷的呢喃。「沒事了，沒事了，咱們走，去找你父親，長灃，長灃，長灃！」

直到她喊了數十聲，長灃才漸漸回過神，看著她，眼眶中迅速布滿了潮濕的淚水。

容盼捂住他的嘴巴，心跟針扎了一樣。「別哭，現在不能哭，娘在這兒呢。」長灃緊緊摟住她的脖子，把頭深深埋入她脖頸裡，貪婪的呼吸著母親身上的味道。

容盼抱著他繼續往北邊走去，快到門口時果真見重兵把守。

但她想要的東西也在這兒。只見茅廁外停靠著一輛牛車，牛車上裝著兩只黃色的鐵圈大木桶。

趁著夜色尚未散去，容盼快速帶著長灃往茅廁跑去，待她一打開蓋子，整個人都懵了。裡頭乾乾淨淨什麼都沒有，甚至連味道也無。

怎麼回事？

是水車？若是水車，沒有東西掩蓋很容易就被盤查出來。

容盼心跳都漏了一拍，但下一刻還不待她細想，茅廁中傳來了窸窣聲，她趕忙把長灃摟著抱進去，下一刻自己也鑽進去，蓋上蓋子，兩個人的世界陷入黑暗了。

「娘。」長灃叫了她一聲，容盼拍拍他的身子，並未答話。兩人在黑暗之中屏住呼吸等著人來。

只不過等了一會兒的工夫，只感覺前面車頭有重物落下，隨後馬鞭啪的一聲在空中發出清脆的聲音。「哞。」牛車緩緩的往前拖走。

長灃緊緊拽住她的袖口一刻都不肯放。

容盼知曉他還在為剛才的事耿耿於懷，心下不免有些酸苦，這孩子從小不是養在她身邊，對她總是多了一層擔憂。她也任由他抓著，反過身把他摟在懷裡，輕輕撫摸剛才自己落下巴掌的那一側臉，長灃低下頭，嗚咽了一聲，小小的手緊抓在她胸前，撲上去。

兩人都沒聲音，可都能從對方的動作之中感受到彼此的重要。

牛車不急不慢的行走，也不知到了哪兒，只聽得前方忽一聲喝令。「停下，盤查。」

容盼的心眼立馬又提到了嗓子眼裡。

「怎麼今天要盤查？」聽得是老漢的聲音，牛車上的重物猛地一輕，容盼下意識捂住長灃的鼻子。

「哎，是水老爹啊。」一個身材高大的官兵走上前來，狠狠拍了那小兵一頭，轉過頭對老漢笑道：「這是新來的，不認識您。」說著又狠狠踢了新兵一腳。「他是你水哥的老爹，你就這樣說話的?!」

新兵委屈道：「可不是伏將軍說近來要仔細盤查府裡進出的人嗎？昨晚丟的龐賊的老婆孩子到現在還找不到呢。」

「我呸！」兵官啐了他一口。「就那個大門不出二門不邁、嬌花似的女人，和一個半死不活的野種，能跑到這兒來？我他娘的抽死你！」

「哎，您別打咧。」四周哄堂大笑。

老漢連忙上前攔道，咳了一聲。「別打，別打。這位小哥說的有理，是該查查。」

「查什麼查！老爹您快走吧。」

備。

老漢卻仍在堅持，容昐重重的喘了口粗氣，緊緊摟住長澧的頭，閉上眼已經做好了準

只感覺一人猛地跳上水車，老牛吃重不住，搖搖晃晃了幾步。

「我來檢查。」那人嘿嘿笑道，說著搬起木桶蓋子，嘿了一聲。「喲，有個美人！」容昐猛地一抬頭，蓋子還在，四周還是黑暗的，打開的應該是前頭的蓋子。

「滾犢子，你們這群王八羔子！」外頭，官兵哈哈大笑。「快給老爹蓋好，下來。」

「還查不？」老漢笑了一聲，自己上前蓋好蓋子，隨後又走到容昐棲身的木桶，一手已經準備打開了。容昐緊盯著蓋子，心怦怦直跳，都快跳到心坎處了。

「不查……老爹。」這次是新兵的聲音，聲音有些小，帶著些不好意思。

「成，那我得先走了，家裡老婆子還等著我咧。」老漢樂呵一笑，放開手，又坐上了牛車。

「放！」只聽得一聲大喝，側門緩慢的被打開。

容昐保持著蜷縮的姿勢，一動都不敢動，直到馬車已經走得很遠很遠了，她才恍然察覺過來，自己渾身都跟從冷水裡撈上來一樣，額頭、後背、手心，全都是細細的冷汗。

可她帶著長澧逃出來了！

容昐摟著長澧一路搖搖晃晃的行了許久的路，待老漢把車停在自家門口，容昐才趁著他進屋的時機，抱著長澧飛快的從牛車上下來。

此刻天已是大白，前面漫漫都是棕褐色的鄉間小路，鼻尖瀰漫著是淡淡的土腥味，再望

去四周草木茂盛，不見人煙。

她已經很疲憊了，出城去找龐晉川根本就不可能實現，只能先找一戶人家歇息，再從頭打算。

兩人只喝了一點水，又繼續趕路。

「娘，我們要去哪裡？」長灃喘了一口氣問，消瘦蒼白的臉上泛著淡淡的青色。

容昐停下，放開牽著他的手，從懷裡掏出一塊饅頭遞到他跟前。「餓了吧，來。」

長灃雙眼緊盯著那塊已經碎了一半的饅頭，接過來，狠狠一口咬下，大力咀嚼著。

容昐帶著他在路邊坐下，看著他吃得狼吞虎嚥，不由得露出一抹笑意。「慢點，吃慢點。」饅頭碎渣掉落他胸前，容昐小心的掃了下來捧在手心，昂頭一口吞下，又喝了一點水。

「娘也吃。」長灃抬起頭道，容昐摸摸他鬆軟的髮絲，笑道：「娘不餓。」

長灃慢慢停了下來，看著她，低下頭將饅頭掰成兩半，一半較大的硬塞在她手心，有些生氣的模樣。「一起吃。」

容昐看著他異常執著的目光，心下頓覺一股暖流流過。

她接過饅頭，長灃盯著她，看她真的吃了而不是又藏起來，這才喜笑顏開地咬著自己手中的半塊饅頭。母子兩人埋頭苦吃一句話都沒再交談。

那一路的重重波折，走在生死的懸崖邊緣，早已經不再重要了，重要的是他們還必須活下去，活得更好！

容盼吃完饅頭後，給自己擦了臉上的血痕，長灃在河邊岸上等她，有些無聊的拿石子打水漂。

噗——噗——噗，扁平的石子飛快的在細長的河面朝前飛去。長灃連打了幾個水漂，卻聽得聲音忽變成嗒嗒嗒——

是馬蹄聲！

長灃連忙跑過去找娘親，容盼處理好了昨夜被貓抓傷的臉，正往碎碗裡頭裝水。

「娘，有人來了。」長灃飛快道。

容盼立起身，仔細的凝聽一會兒，是一群馬蹄聲，估摸有二、三十人，她臉色頓時變得慘白，立馬丟掉碎碗，拉著長灃就往旁邊的樹林裡跑去。

此地樹木茂盛，荊草叢生，容盼拉著長灃往一處斜坡跑，俯身蹲下，仔細的注意著外面的動靜。

而不遠處，一群人停下，一個帶頭的士兵飛快的上前報。「龐大人，過了前方便是棘州地界了。」

龐晉龍啐了一口，望向四周茂密的樹林。「還真他媽能跑！二十人隨我進棘州，十人留在這裡搜索。」說罷，一夾馬肚，疾馳而去。

容盼喘了一口氣，長灃懵懵懂懂的看她。「娘，是二叔，為什麼我們不去找二叔？」

「乖。」容盼低聲道：「二叔要害你父親和娘，所以不能找。咱們要躲開，知道嗎？」

「嗯。」長灃乖巧的點頭，容盼摟著他就趴在斜坡下，上頭是一個凸出來的草坡，正好遮擋住往上看來的視線。

容盼和長澧就這樣等著巡查的士兵地毯式的搜索過一整片樹林，等著馬蹄聲漸遠，她才帶著長澧跑出來，反身往相反的方向而去。

往前走是棘州，龐晉龍在那邊；往後退是通州，雍王在那兒。

這條路到底該往哪裡走？

出了樹林，舉目茫茫。

容盼想了許久，還是決定帶著長澧往棘州走，此刻雍王定是知道她逃走的事，通州必然警戒森嚴，到處都要盤查。而棘州雖有龐晉龍，可到底尋找她的人還不多。

如此，還是有希望的。

先去棘州！

母子兩人不敢走官路，只循著小路走。

到了午後，容盼覺得小腹有些痠脹，如針往她腰上到腹部刺了似的，隱約的疼痛。她停在路邊，尋了個草叢褪下褲子，只瞧褲子上不知何時早已是鮮紅一片，暗紅色的血還在順著大腿沿著小腿一滴滴流下。

這孩子怕是和她沒緣分了。

四個月了，她即將摸到孩子的胎動了。容盼摸著已經微隆起的小腹，心裡頭不住的悲涼。

「娘，娘！」長澧突然急促的大叫。容盼抹掉淚，穿上褲子，捂住痠軟的腰，步履蹣跚走去，她的臉色青白一片，難看得很。

長灃沒發覺，指著路的盡頭，歡呼雀躍。「娘，您聽，是馬車的聲音。」

容盼細細聽著，耳邊是冷風呼呼颳過，吹過草葉的聲音。

長灃眼巴巴的等著，等了許久，終於見到一輛馬車慢悠悠的跑著過來。

「哎！停下，停下。」等著馬車跑來，長灃站在路邊的一個土坡上大聲叫嚷。

車伕是個裹著巾帽、穿著深藍色麻衣的小廝，另一邊則坐著一個素色衣衫二十多來歲年輕的男子，頭戴氈巾，捧著書悠哉的靠在車轅邊上，卻是生得眉目俊朗。

「是你！」長灃看清車上的人，驚詫極了。

周朝崢緩緩抬頭，眸色一亮。「小公子？」來人竟是那日寄住在別莊一日的主僕兩人。

「你們怎麼還在這兒？」周朝崢二話不說，趕忙跳下車頭，撩開青黑色的車廂急道：「岷縣要開戰了，不日就要打到通州了，咱們快逃吧。」

他沒問清容盼和長灃為何會出現在這裡，容盼也來不及問他不是上京趕考可為何卻來了通州，但此刻她已經沒有更多的選擇，小腹越發脹痛難受。

容盼臉色鐵青的坐在地上，長灃無力攙她起來，最後還是周朝崢跑上前，朝著容盼作了一個揖。「太太，莫怪。」才俯身將她攔腰抱起，抱入車內。

他的氣息沈穩，身上帶著一股冬日暖陽的味道。

容盼拉住他的衣袖，倚在車轅上，聲若細蚊。「快帶我去找大夫……」

周朝崢一怔，看向她。

那濃密的睫毛在面頰上投下兩道扇形的陰影，隨著呼吸似乎如蝶羽一樣在輕輕顫動，又很快沈浸於死寂……

岷縣，陰冷肅殺的氣氛瀰漫在兩軍之間。

現在已臨近傍晚，在下過一場雨後天色越發昏沈，濕冷的空氣肆意的侵襲著大地，平地上炊煙四起，士兵扛著長矛在茅屋前排起了長隊領糧食。

龐晉川冷著一張臉從擁擠的地界走過，一身紫黑色的副一品仙鶴文官官服在一群黑衣鐵甲的士兵之中格外耀眼。

「龐大人。」

「龐大人好……」幾個熟悉的將領紛紛歸來打招呼，龐晉川抿著嘴微微點了點頭，腳步堅定而又穩重的迅速朝主帳前進。

「欸，這個龐大人文文弱弱的，你說他會騎馬射箭不？」一個青面漢子咬了一口大白饅頭，朝著龐晉川遠去的方向道。

他身旁一個叫衮爻的先鋒，覷了他一眼。「嗤，誰知道呢。這些個人打一出生就是官老爺，可保不定逃命的時候功夫比咱更厲害呢。」

「哈哈……」青面漢子嘟囔著又說了幾句話，便埋頭苦吃碗裡的菜。

這邊，兩邊侍衛肅然的喊了一聲。「龐大人！」飛快的撩開主帳棕褐色的門簾，龐晉川高挺的身子微微一彎，往裡走了進去。

顧弘然端坐在正中央的太師椅上，雙眉微擰著，埋頭研究桌上的地圖，聽到聲響，他抬起頭。「來了？」但見他面色陰鷙，便知曉事情進展得並不順利。

「潛進去的探子一無所獲。」龐晉川道。

隨後跟進來的來旺將一疊信呈送到顧弘然桌前，他覷了一眼龐晉川，便抽出頁面上的第一封，展開，皆是未果、未果。

看來，想在開戰前救出他們母子倆是不可能的事了。

顧弘然沈默了下，問：「你要如何做？」之前就已定下，入通州第一日休養生息，而明日正午是為首戰點，一旦兵起，容盼是生是死就由老天爺決定了。

他的語氣有些沈重，龐晉川正吃著茶，聞言，手一頓，幽暗的雙眸微微跳動，一股寒意驟然浮現在他的眼底。

「我不信她不等我。」他言罷，神色平靜的撩起官袍。來旺上前，將紫黑色貂皮斗篷披於他身上。很快，他的身影就消失在棕褐色的泥路盡頭。

翌日午時，天色昏暗，戰場上飛沙走石，狼煙四起，城前朝廷大軍嚴陣以待，一件件銀灰色的盔甲在陽光下泛著幽幽寒光。顧弘然、龐晉川和劉世沖騎於高頭大馬之上，立於戰場的中心。

岷縣高門緊鎖住，城樓上掛滿了雍字的旌旗，黑壓壓一群綠衣士兵手握弓箭，警戒萬分。隨後不久，雍王登上城樓，俯視而下，似極力的在尋找什麼，待他看見龐晉川，神色猛地一斂，額上青筋暴突。

「趙擴小兒，汝弒先皇，叛上作亂，罪該萬死！吾皇慈悲，若爾等此刻投降出城，陛下願從輕發落。」一個壯碩的將軍踏著白馬，橫刀對著城樓上的雍王大聲高呼。

戰前，罵陣羞辱敵方是打擊敵人士氣的必要過程，隨之聲音剛落，十萬大軍舉起槍矛起身大喝：「趙擴小兒，何不速速就擒！」

那呼聲震天，龐晉川勒緊黑馬冷然的盯著城樓上的男人。

他看著雍王取弓，拉弓，滿弓，開弓，銀色箭頭猶如一道耀眼的白線飛快朝打先鋒的裘爻射來。

裘爻大喝一聲，飛快騎馬閃躲，卻根本來不及趕上趙擴的速度，就在千鈞一髮之際，一只銀白色的箭頭猛地從他左側射來，將迎面襲來的箭頭截成兩段。若不是這個攔截，只怕他當場命喪於此了！

裘爻滿頭冷汗，勒緊韁繩回過頭去，只見顧帥立於馬上，而他身旁的龐大人，卻還保持著拉弓的姿勢。

「好！」大軍突然此起彼伏高聲揚唱，龐晉川將弓箭遞到身後，來旺連忙接下。裘爻欲要言謝，可龐晉川只是雙眸冷漠地掃視他一眼，目光又盯住城樓。裘爻粗臉一紅，想起昨日自己的話，頓時恨不得鑽入地底下才罷。

顧弘然倒是看他了，只是手上的紅色帥旗一揚，戰起。

就在此時，城樓之上忽然出現一抹俏麗身影。一身大紅緞袍，嫩黃色的裙襬在半空之中飛快揚動，他們就站在城樓之上，雙手負在背後，綁著大繩。

顧弘然手一頓，龐晉川飛快勒馬奔上前，此刻眾人都知道那上頭的女人是誰了。連忙分到兩邊，開出一條小道出來，龐晉川速度極快，風吹得他的紫色朝服兩袖鼓得脹大，他似踏著風，不到一會兒的工夫就到了城樓底下。

趙擴喝令。「別動。」

龐晉川還在疾馳，趙擴大掌一揮，容昐和長灃被人從城樓頂上推了下去。

眼看就要血濺三丈，那綁著兩人的粗繩被身後兩個士兵猛地一拉，母子兩人就這樣都被掛於城頭之上。

龐晉川投鼠忌器，立馬停下，目光緊張的盯著那個女人。

她半張臉都被黑色的青絲遮擋住，只能依稀看到白皙的側臉，卻也看不清晰。他看著她兩腿之間紅色鮮血滴答滴答往下直滴，心下猛地一緊。「你對她做了什麼！」

趙擴陰冷一笑，雙目赤紅。「十倍奉還！」

伏勇遞上弓，他拉開弓箭對準龐晉川的腦袋和他頭上的那頂烏紗帽，整張弓都拉得滿滿的，一下定是爆頭。

顧弘然大喝。「牧之，快走！」

龐晉川猶豫了下，緊盯著城樓上的容昐、長灃還有雍王，待他的弓箭拉滿了，冰冷的箭頭咻的一聲朝他疾速射來。

他下意識轉了個身要動，牆頭的繩子也跟著飛快的鬆開。龐晉川頓時停住，鋒利的箭頭直射入他的肩頭。

啾——眼前占滿了一片血色，竟分不清到底是誰的。
他只看著容盼纖細的身影在空中翻滾，膨大的裙子被風吹得翩翩起舞。
那雙金色的小繡鞋先掉落砸在薑黃色的泥土之上，濺起骯髒的黃水，隨後他親眼聽著她驚恐的聲音消失在了盡頭，猶如太陽落入山頭，終於什麼都沒了。
鮮紅的鮮血染滿了土地，源源不斷的流出，緊接著又聽到一聲巨響，轟的一聲長澧也跟著落地，他摔在地上翻滾抽搐了一番，滾落在他母親跟前，漸漸也沒了聲息。
「哈哈哈……」趙擴昂頭大笑，笑聲不斷迴蕩，他再次拉開了弓箭，對準他的胸口。
裘爻急駕著赤紅色的朱馬上前，舉起大刀替龐晉川擋了一箭，隨後將他拉了回來，朝天怒喝。「衝啊！」
「龐晉川，你也有今天！」
身後行軍飛快地一窩蜂擁上，衝車壓陣，負責推進，隨後雲梯、撞門大樹由多人抬著往前衝，騎兵繞在最外面，負責衝擊側翼。
岷縣城樓之上，一窩蜂的飛箭飛快射下，一個人倒了另一個繼續借助雲梯衝上。城門打開，騎兵飛快衝出來，手拿大刀唰唰唰斬獲首級。
一時之間滿場的修羅地獄，鮮血橫流，人肉模糊。
眾人都殺紅了眼，蒼穹之上雷聲滾滾動地而來，隨後傾盆大雨鋪天蓋地澆下。
三天三夜。
城門口堆起了快和城樓一樣高的屍體，士兵丟掉了雲梯，順著屍體爬上去，最終岷縣失守，通州頃刻間也如探囊取物，雍王敗北退走棘州。

此時天色逐漸暗下，已是三月二十六日。

龐晉川收了容昐和長灃的屍骨在一個棺槨之內。

靈堂裡連白幡都沒有，只有龐晉川一人獨自坐著，來旺守在外面，門口是被踢翻的冥紙灰燼，鐵騎侍衛把守兩側，鋒利的刀口指向大院裡跪著的婢女、侍衛和小廝。

院裡鴉雀無聲，氣氛卻極為緊張。

顧弘然走進來，看見灰燼已知了大概。

「牧之。」他喊了一聲，龐晉川一動不動的坐在陰暗的角落裡，目光依然緊盯著紫檀木的棺槨，乾涸的嘴唇抿了抿。「有事？」他聲音不大，穿透力卻極強。

顧弘然嘆了一口氣，取下頭盔。「妹妹總歸不希望看到你如今這個樣子的。」

龐晉川迴避這個問題，問：「劉世沖走了？」

顧弘然一怔，點點頭。「嗯，走了。」他上前想取香，卻見那些香燭早已被折斷扔在角落裡。「皇上的密函。」他從袖中小心的掏出一封明黃色的奏摺，遞上去，自己獨自坐了下來，從棺槨中抽出容昐手上的白帕，細心的摺了一個小老鼠。

他的動作輕柔，可粗礪的雙手卻極其笨拙，摺了許久都未摺成。

龐晉川打開奏摺，裡頭四個蒼勁有力的大字：速速回京。

他抬起頭，將奏摺收好放在寬大的朝服袖口之內，回過頭理好了衣口袖領，對顧弘然道：「她還沒死。」

顧弘然抬起頭看他，只見他正立於大門口，外頭夕陽從他背後照入，他整個人好似立於黑暗之中，看不清他的神色，只是聽他這麼一說，不由得擰緊眉頭。「你怎知？」

雖然面容因為直面砸下而血肉模糊，可這身形和身上的胎記都是一模一樣的，如何是假的？

龐晉川冰冷道：「我命產婆驗屍，這具女屍從未生育過。」

顧弘然一驚。「那容昐去哪兒了？」

龐晉川拉下臉。「不知。」語罷，指著外頭跪著的人道：「他們說，她逃出去了。」

可是為何不來找他？

龐晉川緊握住拳頭，過度的情緒波動牽動了他肩頭的傷口，他猛地急咳了數聲。

顧弘然不由大喜。

龐晉川道：「朝中有人要參，我需回京。皇上不日就會另派人來接替我的職務，你留在這裡善後，幫我尋找容昐，我處理完立馬就回來。」

「好。」顧弘然將白帕放下，從棺槨中取出一枚玲瓏的玉珮遞給龐晉川。「這是容昐隨身攜帶的，你幫我帶回去給母親，告知她一切都好。」

龐晉川握在手掌中許久，溫潤的玉質和她的性格一模一樣。

龐晉川輕輕摩挲許久，嘴角露出一抹柔和的笑容，他朝顧弘然作了一個揖，反身退出門口。

來旺等在外頭，他連忙上前侍候，問道：「爺，這些人該如何處理？」

龐晉川看著其中一個瑟瑟發抖的婢女，眼中一絲光亮也無，他單薄的雙唇張了張，一句毫無感情的話鑽入來旺耳中。

「不留。」所有看過她受苦的人，一概都無須留在這個世界上。

當初他早該對趙擴斬草除根，不留餘地……

第三十章

容盼覺得自己作了一個很長的夢。

好像回到了那一年，孩子沒了的時候，周遭的一切讓她無力掌控，她看見龐晉川，想要叫他拉自己一把，但嘴巴就像被什麼東西緊緊黏住了一般。

她想叫住小兒，叫他留下來，但小兒終究也牽著他父親的手離去。

她在一個光怪陸離的世界裡不斷的徘徊、奔跑、尋求出路，直到她看見一個粉嫩可愛的女娃朝她笑，容盼頓時心喜不已，連忙將她緊緊摟在懷裡，可下一瞬間，孩子突然就從她懷裡消失了！

容盼啊了一聲，猛地醒來，大口的喘息著，額上大汗淋漓。

「娘，您醒了。」長灃跑過去，緊張的盯著她。

容盼猶在夢中。「你妹妹呢？」

「妹妹？」長灃古怪地問，容盼連忙低頭摸向小腹，隔著小衣，肚子還在，小巧可愛的隆成一個小小團的球兒，隨著她急促的呼吸也跟著上下起伏。

容盼攤開手放在上面，努力的尋找她的跳動。

「您醒了。」門口忽然傳來一聲溫柔的男音，容盼乍然抬頭，卻見是救下自己和長灃的男人。

「周公子。」長灃有禮地朝他作了一個揖，周朝崢闔上門，走上前喜愛的摸了摸他的髮絲，便笑著對容盼道：「夫人有禮了，鄙人姓周名朝崢，字煥辛，南澤人氏。」

周朝崢身上有一股濃濃的書卷味，眉色之間透著柔和謙讓。

容盼警戒心稍除，有些尷尬地朝他抱歉一笑。「妾身夫家姓龐，公子萬福，敢問這裡是哪兒？」這些擔驚受怕的日子，讓她自然而然地產生警惕，她還不清楚這個周朝崢到底是怎麼樣的人，但估摸不是雍王那邊的。

周朝崢溫和一笑。「此地是棘州的一家客棧，夫人已經昏睡了一天了。」

「嗯。」容盼低下頭，小心的摸著小腹。

周朝崢從她的言談舉止上不難看出她是個出身門第極高的女眷，心中暗暗揣測她到底是何人？

容盼猶豫了下，緊張問：「不知我腹中胎兒……」

周朝崢點點頭。「夫人莫要擔心，孩子尚且保住了。」

容盼才剛露出喜色，他又繼續道：「只是大夫醫囑，這孩子還是不留為好。」

容盼驚詫抬頭，觸及他溫潤的目光，周朝崢一怔，臉色微紅，目光不自覺的轉到窗外，看向熱鬧的街頭，低聲道：「大夫說，此胎若非已孕三月，此次定是滑胎。只是如今雖勉強保下，但到底是動了胎氣，怕是孩子不好。」

「如何不好？」容盼緊張，聲音不由得拔高了一些。

周朝崢猶豫了下，據實以告。「可能不似尋常嬰兒，多少有些損差。」

容盼沒了聲音，心中五味雜陳。長灃似乎感受到娘親情緒的低迷，不由伸手蓋在她肚子上，體貼道：「娘親，不怕。兒子長大了照顧妹妹。」

他會長成一個頂天立地的蓋世英雄，保護好娘親，保護好妹妹！

「嗯，乖。」容盼朝他一笑，心口輕鬆了好多。她也望向窗外，腳下車水馬龍，人聲鼎沸。

只要還活著，一切都有希望不是？這孩子終究還在她肚裡，只要她還在，她就要保護她，把她生下來。不管她是好，還是不好。

容盼和周朝崢稍微交談了一下，才知道，他母親病危，必須得趕回去。而朝廷律例，凡為官者父母身亡丁憂三年；各秀才、舉人亦是三年不得科考。倒是陰差陽錯救了他們母子三人的性命。

兩人又交談了一會兒，店小二上來送飯，容盼本來還不覺得餓，但聞到飯菜香頓覺饑腸轆轆。

周朝崢要了一張小桌，幫她擺在床上，長灃被抱上床，也擺了一副小碗筷。

容盼感激他的體貼，周朝崢卻笑道：「出門在外，能幫上忙也不過是舉手之勞，更何況夫人當初也曾救過在下的性命。」

容盼聽他這麼說，也不再客氣，但下一刻周朝崢也給自己舀了碗飯，搬了張椅子過來，與他們同桌用飯。

他說：「我與店老闆說，妳我是夫妻，所以只能叨擾夫人一起用膳了。」

朗的男人。

「……」容盼噎住了，長灃好奇的目光一會兒在她臉上逗留了下，一會兒又望向對面俊

周朝崢連忙解釋。「不是在下故意占夫人好處，只是外頭聽聞薙王府丟了一名女眷，現下正到處搜捕，有些與那位女眷長得相像的都被帶回了王府。」

他的三兩句話，就把利害點得一清二楚。容盼知道，眼前這個周朝崢並不是表面看的那般溫和，他極其的聰明、敏捷，而且不點破任何事，他只做自己覺得對的。

「如此，謝謝公子的安排。」容盼頷首，不再反對。

周朝崢頷首，給長灃挾了一塊炒肉，長灃朝他眨眨眼，扒著飯一口吞下。他吃得滿滿一大口，有飯粒掉在桌上，也一一撿起來心滿意足吃得乾淨。

在經歷了那場變故，長灃變了許多。容盼對他的改變又是欣慰又覺心酸，她不想再把他置於任何危險之下，即便是只有一點的風險都不想了。

用過膳後，周朝崢朝小二要了一床鋪子在榻上休息。

長灃自然是跟著容盼。

屋裡靜悄悄的，只有長灃輕輕的半靠在她身上和妹妹說話的聲音，也聽不得他到底說了什麼，只是眼睛亮亮的，紅潤的小油嘴不斷張開又閉起，閉起又張開。

周朝崢枕著單手一人看書。

容盼朝小二要了把梳子和幾個頭繩，她坐在床上，把長灃放在中間，三兩下的工夫就把他的頭髮散開。

不知他是什麼時候洗了頭，頭髮上有股極其好聞的味道，容盼輕輕的用梳子把他青黃的長髮綰成兩個雙平髻，取了案桌上的小花一一給他簪好。

長澧對著鏡子照了又照，嘟嘴：「娘啊，為何把長澧梳成女娃娃？」長澧表示很鬱悶，就算娘親再喜歡妹妹也不能這樣啊！他是男娃娃！

周朝崢聽到動靜，也回頭看過來，見母子倆都鬱悶著，不覺地彎了彎嘴角。

容盼捧著長澧的小臉左看右看，又取了一把小刀，按住他的臉。「別動。」長澧立馬屏住呼吸，閉上眼。

容盼小心的把他濃黑的箭眉仔細地削成一道弧線，再放開。剛那對劍眉和這髮型實在是格格不入。

長澧朝著鏡子中挑眉瞪眼，嘴角耷拉了下來。

只見鏡中赫然出現一個七、八歲濃眉大眼的小姑娘，臉色有些蒼白，小嘴卻紅潤潤的，而頭上簪的小花極其好看，把他襯托得越發嬌俏可愛。

周朝崢樂壞了。

容盼朝他道：「麻煩您明日幫長澧取一套小姑娘的襖裙，可成？」

「娘——」長澧彆扭的扭動身子。

容盼輕拍他的頭，瞪去，小娃子立馬安靜下來，委屈極了。

周朝崢心下大樂，忙不迭應下。「好，夫人放心。」

容盼心下才安。

周朝崢不由打量起她來，只瞧這婦人估摸二十歲上下年紀，面容生得似團花，極其俏麗，然而若說她最為出彩的五官，定是那雙熠熠生輝的明眸了，他還從未在一個婦人身上見過如此堅定又聰慧的眼神。

周朝崢吹滅了燈火，和衣在榻上躺好。

屋外的世界也跟著安靜了，漫天的星辰點綴著夜幕，待在明日許又是另一番的人生。

在客棧內又休息了數日，容盼的身體休養之後，逐漸有了好轉。

周朝崢一大早就出去晃悠了，到了午後回來，買了兩本書，一大堆的胭脂水粉，還有幾套女娃的衣服。

容盼感謝他的細心，她的確需要掩蓋自己的妝容，但看到他給長灃帶的襖裙後，依然還是無語了很久。

周朝崢的眼光和品味，該如何說呢？長灃穿上後，再配上他的雙平髻，活生生就是一個嬌俏的女娃。容盼不得不佩服他的眼光，但她總是覺得周朝崢的雙眼帶著一絲笑意。

幸災樂禍的笑意……

同時他也帶回來新的消息，雍王兵敗已經退到棘州了，朝廷軍隊也傷了元氣，現下兩軍原地休整，這也就意味著她只要多待在棘州城內一刻就多了一分危險。

而周朝崢更帶來一個要命的消息，雍王府的侍衛正在大量盤查女眷。

此刻形勢嚴峻，棘州早已關閉了城門。

容盼想了許久，心頭亂糟糟的，一整個下午都無序。

周朝崢帶了長灃出去了，容盼一人在屋裡待著，醒來後，她對著鏡子穿衣打扮。

她用桃花粉將臉上被貓抓過的細痕小心的遮掩過去，而後只在兩頰上施了淡淡的面脂，嘴上輕輕點了淡紅色的口脂。

許久沒有這般簡單的打扮下來，容盼看著鏡中的自己竟覺得有些不習慣。

之前，她當了八年的公府太太，什麼好的沒見過？可就是沒法子像今天這樣輕施粉黛褪了殘妝，容盼才記起自己才不過二十五歲，還這般的年輕。

「娘！」長灃在外喊了一聲，午後他就跟著周朝崢在外頭習畫。

「怎麼了？」容盼回過頭問，長灃雙眸一亮，盯著她看了許久，呆呆道：「娘真漂亮。」容盼噗哧一聲笑出，周朝崢隨後走進來，目光在她身上停留了片刻，不好意思的慌忙撇開。

容盼道：「出去玩吧，娘還有事要做。」

長灃不肯，要賴在她身邊，容盼也隨他，她將早就準備好的泥土塊和成了泥，加了白粉調成淡淡的黃色，往臉上薄薄上了一層，右邊臉頰靠近耳根後處她另調了色稍濃的做成胎記的模樣。

長灃緊皺著眉頭，繼續看。

容盼很是滿意，又取了濃黑色的石黛往柳眉上畫了一個粗黑的眉形，似醜陋的蜈蚣。

這下，長灃整個人倒吸了一口氣，往後退去。

容盼覷了他一眼，望著鏡中容姿平凡甚而有些醜陋的女人，點了點頭。

「認得出嗎？」她問。

長灃使勁搖頭，容盼滿意了。「不管誰來查，你都不要說話，記得嗎？」

「知道。」長灃應下。

容盼拉好他的領口道：「好孩子。」

容盼在等待著一個時機，破城的時機。

終於在焦急的等待了四、五天後，周朝崢急匆匆的從街上跑回來，對容盼喊道：「快，快收拾，咱們要走了。」

容盼聞言，立馬從床上下來，打開櫃子，飛快的拿出早已準備好的包袱。

她朝下望去，不知何時底下竟亂作了一團。

「怎麼回事？」容盼急問。

周朝崢抱起床上還在酣睡的長灃，一邊走一邊道：「朝廷的軍隊打過來了，咱們得快點離城。我求一個朋友幫我們買了票，咱們坐船先去南澤。」

「等等。」容盼拉住周朝崢，整個人也被四周亂糟糟的氣氛弄得有些混亂，她說：「我不走。」

周朝崢回過頭看她，容盼道：「我等著朝廷的兵馬打進來。」

兩人之間默然了許久，長灃安然的在他背上酣睡著，周朝崢道：「我知道妳出身極高，但眼下若是不趁著雍王兵敗時出城，咱們的下場也未可知。若是雍王屠城該如何？」

他的話，全然都對。

她根本沒有堅持的立場，容盼咬咬牙。「好，咱們走。」

周朝崢拉著她的手飛快的拾級而下。

他的小廝早就等在那裡，見著兩人分別喊了一聲。「公子，夫人。」

周朝崢先將長灃安置進去，隨後扶著容盼進車廂，他自己坐在車轅上和小廝一起趕車。

路上已是亂糟糟了，有些店鋪還開著，裡頭的掌櫃和小廝卻早已跑得無影無蹤，而街上擺攤的，大多都逃得七零八散，只剩下一個賣舊衣服的猶自高喊。「一文一件，一文一件。」

行人哪裡顧得了其他，根本不回頭停下，賣舊衣衫的叫賣了幾聲，遠遠見著士兵走來，乾脆也掀了攤子往回跑。

「別跑！站住。」士兵追上，揮起長矛刺中他胸膛，只見源源不斷的鮮血從他胸口溢出。

「殺人！殺人啦！」

又有被抓到的人死在長矛之下。

一瞬間長長的街道猶如人間地獄，容盼不禁摟住長灃，對周朝崢喊。「您要小心。」

周朝崢凝眉，親自趕車，車跑得飛快，他只道：「坐好。」

也不知到底跑了多久，馬車才停下，容盼撩開車簾，不由被眼前的景象震呆了。

只見碼頭邊停靠著無數條船，而碼頭早已是人潮湧動，官兵把守在兩側，岸上的人爭著都要上船，有的沒船票不能通關，全部被官兵的矛頭刺進江裡去。

「長澧給我。」周朝崢從她懷裡接過長澧，拉著她往下走去。

小廝在前頭開道，四個人都極其小心。

直到前頭有人上了船，又有無數的人被刺進江中，黑壓壓的人頭，鮮紅的血跡瀰漫了整條江水，四人才擠到了岸邊。

「周海。」周朝崢對著一個黑臉的官兵大喊。

那個叫周海的坐在正中間的方形桌上吃著茶，聽到他的聲音，連忙走上前，蹙眉不悅道：「怎麼現在才來？」

說著從懷裡掏出一枚小小的香囊遞到他包裹裡。「交給我娘，我若是回不去了，還望你看在這次的情分上替我給她老人家養老送終。」

「成。」周朝崢點頭。

周海又從袖口裡掏出四張船票。「拿著這個帶著嫂夫人快走吧。」

周朝崢接過。「大恩不言謝，保重。」

「保重。」兩人的聲音很快就湮滅在嘈雜的人聲和尖叫中。

周朝崢摟住容盼往其中一條最大的船走去，剛走到甲板上，只見迎頭龐晉龍從裡頭出來。

容盼心跳頓時停了一拍，僵硬在原地，但很快在周朝崢的拉扯下，她穩下心緒繼續往前走。

甲板能站四、五個人，容盼和龐晉龍錯身而過，就在此時，龐晉龍忽停下，轉過頭抓住她的肩膀。「停下。」

容盼深深的喘了一口氣，周朝崢皺了眉，連忙上前對著龐晉龍陪笑道：「這位官爺，咱們小夫妻有登船的船票。」說著掏出四張被剪掉的票子，恭敬遞到龐晉龍跟前。

龐晉龍看也不看，手一拍，四張船票頓時飛落在江面。

周海在底下看見，連忙撥開人群，氣喘吁吁的爬上甲板，笑道：「龐大人，這是屬下的鄉人，此番他母親病重……」他話音還未說完，就被龐晉龍打斷。

「妳，轉過頭來。」他指著容盼。

一時間空氣都稀薄了。

周朝崢額上流下細細的汗。

容盼深深的吐出一口濁氣，雙手緊握於身前，緩緩轉過身，朝龐晉龍一俯。

「抬起頭。」龐晉龍大喝。

容盼心下打著鼓，周朝崢緊張地看她，卻見她斂目緩緩抬起頭。

龐晉龍眼前頓時出現一張暗黃的臉，以及平淡無比的五官。

他皺了皺眉，側過臉對著周海狠狠啐了一口。「他娘的。」

周海擦都不敢擦，彎腰低頭陪笑道：「大人莫要生氣，去茶亭裡喝杯茶消消氣。」

龐晉龍甩了他一個臉子，又看向周朝崢背上睡得極沈的女娃，怒喝：「顧氏至今未找到，王爺已是震怒了。」

「不過是一個女人，哪裡跑得了多遠呢。」周海謙卑的撥開人群，隨後一大撥的士兵上前，替龐晉龍開道。

待他走了，容盼才猛地喘了一口氣，飛快地朝船艙裡走去。

隨著一聲遠邊的炮火聲，風揚白帆，帆船終於駛離了棘州的港口……

龐晉川在行至會水時，皇帝派來頂替他的人才剛到通州就被雍王的人暗殺，再派人已是延誤戰機，皇帝下令龐晉川再當其職。

半月後，雍王在通州僅剩的三萬兵馬全部退於棘州。

幽州隔於後，朝廷早已列兵於此，等著甕中捉鱉。趙擴在龐晉川和顧弘然快要壓境時，舉刀自刎，連著從那場大火救下的雍王妃和世子的棺槨一起葬身於火海之中。

龐晉川趕來，喝令眾人救火。

他撈出趙擴早已被燒焦的屍首，把雍王妃的屍骨燒成灰燼撒向隨州的一座大湖，世子的屍骨撒在通州的深山裡，而雍王的屍首在城牆掛了數日後，被劉世沖取下，送回了京城，以正典刑。

龐晉川遍尋整個通州和棘州也未找到容盼和長灃的身影，而皇帝已經下了三道聖旨催促他回京。

龐晉川只得留了親信繼續尋找，隻身回了京都。

四月二十日，早朝。

御史大夫胡本以一紙御狀告他貽誤戰機，草菅人命，貪污軍餉。

這三條，條條都是大罪，條條都是殺頭滅族的死罪。

皇帝於龍庭之上，冷漠的問：「龐卿家可有此事？」

不是愛卿而是卿家……眾臣解讀出皇帝的意思，幾個將要出列作保的群臣全部都保持了沈默，一致望向脊背挺得筆直的龐晉川。

他撩起朝袍，消瘦的身影跪在冰冷的大理石之上，朝趙拯連叩三頭，聲音顫抖。「臣，微臣，萬死不敢……擔此重罪。」

延誤戰機，定不可能。

草菅人命，他殺了。

貪污軍餉，他貪了。

可這又如何？

烏黑冰冷的條板上倒映出他身上紫得發黑的仙鶴文官官服，龐晉川俯得極低的面容上不似他顫顫巍巍發抖的聲音，而是極其的平靜、波瀾不驚。

趙拯深不可測的盯著他，嘴角露出一絲冷笑，後轉過頭看向位列第一的首輔齊廣榮，笑問：「愛卿是何意？」

齊廣榮是個六十多歲精神抖擻的老臣，立朝三載，屹立不倒。他渾濁的雙眸中迸出一絲難掩的精明，出列。「微臣以為，龐大人罪不致死。」

一句罪不致死已然定下龐晉川的罪責。

「臣附議。」

「臣附議……」

左右兩班各大臣紛紛出列附議，齊廣榮捋著長鬚幾不可察地一笑，又回到班列之中。

趙拯位於九龍御座之上，神情莫測。

龐晉川幽幽的雙眸猛地跳動起一抹火光，一拜。「臣隨皇上出生入死多年，忠心耿耿，微臣自是不願皇上為難，自甘暫除尚書之職以待水落石出之日。」

顧弘然欲要出列，他身前的顧老爺回過頭，拉住他寬大的袍袖。「不可。」

此刻，竟無一個朝臣替他說話。

龐晉川默然的解下頭上的烏紗帽，放於身前右側。

趙拯握緊九龍寶座扶手。「除龐晉川吏部尚書之職，押詔獄。擇日大理寺、都察院、刑部三堂會審。」

當朝副一品，吏部尚書，龐國公落馬，朝局波瀾詭異變化。

下了朝，顧弘然隨顧老爺一起回府的路上，顧弘然問：「父親當時為何拉兒子？」

顧老爺搖頭晃腦，一一與眾大臣打過招呼後，平靜問：「你可知當今聖上最忌什麼？」

「黨爭。」顧弘然回道。

當年，先皇過於寵愛雍王，乃至於給了雍王遲遲不就藩的機會，多年來雍王在朝堂之上形成龐大的黨派，以致如今的禍亂。

顧老爺點點頭。「牧之不爭就是爭。只要他一口否定這三條罪責，便是鐵證如山也無用。」

顧弘然這才了然，顧老爺已蹬上了回府的軟轎，他忽地抬起頭看向廣闊的蒼穹。遠處的光亮已經破曉而出，湛藍的天似水洗過一般，萬里無雲。他對顧弘然道：「若是你妹妹真的死了，牧之會再娶顧家女嗎？」

顧弘然剛毅的雙眸猛地一慟。「牧之情深。」

「是嗎？」顧老爺未再言，只那老態龍鍾的神態反映出淡淡的疲倦，他長嘆道：「那就保佑你妹妹平平安安回來……老父我，甚為喜歡——」

弘然行軍打仗是好手，可他不懂得朝政。

而龐晉川終是摸透了新皇的脾胃，拿捏住了分寸。齊廣榮只看到皇上對龐晉川的忌憚卻未曾看出皇上的喜惡。

此役鹿死誰手，還未可知。

五日後，三堂會審，龐晉川一口否定延誤戰機、草菅人命、貪污軍餉。

御史臺胡本大怒，慷慨激昂寫了一篇九百多字的奏摺，呈交皇帝，皇帝震怒，駁斥龐晉川，並剝奪爵位。

又隔兩日，會審仍無進展，群臣群起攻擊，一時之間皇帝御書房內皆是彈劾龐晉川的奏摺。皇帝皆未批改，著太監總管江道平發回內閣，內閣一一批復。

趙拯拿著齊廣榮的批復，嘆了一口氣。「眾怒難消。」

太監總管江道平遞上茶，笑咪咪道：「皇上說的是，御史大夫胡大人一呼百應。」

趙拯沈默了許久。

御史臺胡本真有如此號召百官之權？

趙拯望著奏摺上蒼勁有力的筆墨，隨手一扔，厭惡答道：「非也，幕後有人。」

何人？時值龐晉川位列百官之首吏部尚書，能有能力將他一把拉下的……

除了當今首輔，還能有誰？

到了五月，胡本底下一個小御史參行賄受賄，私通雍王。

朝堂譁然。

五日後，龐晉川出獄。同日，胡本入獄。

次日早朝，皇帝下旨著龐晉川入內閣，位列次輔。

副一品的仙鶴祥雲光袍換成正一品的畢方鳥補服。

畢方，形狀如鶴，一足，紅足白喙，兆火鳥也。

自此內閣，非首輔齊廣榮一人獨大。

此刻，御書房耳房內，安靜得很。

時值午後，趙拯的頭疼病又犯了，龐晉川已經在此候了有半個時辰。

進入五月，天氣逐漸回暖，卻也透著一股涼意。

他穿得極少，但朱紅色的朝服卻將他襯得面若冠玉。有送茶的宮女剛遞上茶，偷偷覷了他一眼，頓時心跳如擂。

龐晉川打開精緻的官窯茶碗，裡頭是茉莉清茶。他微抿上一口，放在案桌之上，又重新合眼靜默。

江道平快步走來。「龐大人，皇上有請。」

龐晉川慢慢站起身，彈平官服上的褶縐，看了一眼江道平身上壓袍所用的玲瓏玉珮，嘴角微微抿起，一語雙關。「如此，多謝公公了。」

「大人慢走。」江道平笑道，待他走後，小宮女也將他剛喝過的茉莉茶端下。

正要往裡間走，身後忽聽大總管道：「給咱家停住了。」

小宮女不解，江道平摩擦著鼻尖，掃著拂塵打開茶碗，見淡色的茶湯上飄著幾片白茉莉花片，面色便拉了下來。「新來的吧。」

「回公公的話，奴婢新來的。」

江道平尖聲道：「龐大人只喝普洱茶，不喝花茶，妳在御前當差，難道這還記不清楚！」

小宮女猛然一跪，瑟瑟發抖哭道：「公公饒命，可龐大人剛才從未講過，也喝了一口！」

「那是龐大人脾氣好，不與妳計較。」江道平拂塵一掃，兩邊太監連忙將宮女押下。

江道平愛不釋手地把玩著身上的玉珮，又慢悠悠的往御書房走去。

龐大人的眼光是極好的。

御書房內，龐晉川踱步進去。

趙拯頭上壓著冰塊，東倒西歪的坐於御座之上。

龐晉川往前走了幾步，正待撩開官袍行禮，趙拯已經按住。「起吧，這封奏摺你看下。」他手一揮，旁邊一個小太監低著頭恭敬送了過去。

龐晉川一目十行飛快看了一眼。

趙拯呻吟道：「湖前知州呈上，亦要開闢通商口岸，求與南澤一樣的海關關稅，你看如何？」

龐晉川斂目，恭敬道：「湖前與南澤為臨省，皆有港口，加之近來洋人與我朝交易日趨緊密，先皇時期開設的南澤通商口岸已然不夠滿足需求……」龐晉川一頓。

趙拯問：「你還有何補充的，但說無妨。」

「臣以為，趙擴謀反，國庫銀兩虛耗在上何其多，此為必須開港的第二原因。」龐晉川道完，仔細注意他臉上的神態。

趙拯舒了一口氣，從寬大的龍袍袖口之中掏出一本奏摺，丟到案桌之上，手指向他。

小太監連忙呈上。

「這是首輔呈上的奏摺，他覺不妥。」

龐晉川沈默了下，打開奏摺，稍末問：「皇上的意思是？」

趙拯擊案。「你的意思就是朕的意思。」

齊廣榮這個老匹夫，竟敢搬出先皇來壓制他！即便他批復湖前開設通商口岸，可若內閣票擬不過，亦是不成。

龐晉川迅速抓住趙拯話中的意思，當下便問：「皇上是要將此事交由微臣處理？」

「是。」趙拯淡淡的點了點頭。「你全權負責湖前開港之事。」

「微臣定當竭力。」龐晉川遞還奏摺，撩袍一拜。

趙拯嘴角露出一絲笑意。「龐晉川，朕將昭陽郡主指與你如何？」

「微臣不敢。」龐晉川還未起身。

趙拯道：「顧氏已死，你如今才剛過而立之年，豈能無妻？」

龐晉川看向他，回道：「糟糠之妻，微臣不敢棄。顧氏與臣成婚九載，生育二子，她因臣被逆賊所擄，臣實在於心不忍。」

「可顧氏已死。」趙拯有些不耐煩。

龐晉川再拜。「一日未見屍首，臣定不放棄。」

趙拯眼睛危險一瞇，緊盯住他。「好好好！龐卿，朕再給你三月的時間，你若再找不回顧氏，那昭陽郡主就聘於你為妻！」

龐晉川再要言，趙拯揮手。「退下吧。」

「臣告退。」他俯身，倒退出殿，神色平靜。

夜裡，龐國公府。

小兒半夜睡醒，跑到朱歸院。

院子裡黑乎乎一片，只點著一盞灰暗的燈，庭中草木已是欣欣向榮，與她離開的那天並無什麼兩樣。

小兒一人獨自站在朱歸院中，夜風陣陣，他叫了一聲太太。

無人應答。

「娘。」

一隻白貓喵了一聲竄走。

「小兒。」幽暗的走廊角落裡，忽傳來龐晉川的聲音。

「父親您在哪兒？」小兒摸索著過去問。

「這兒，過來。」龐晉川喚道。小兒走過去後，他一把摟起他的小身子，緊緊裹在懷中。

「爹爹。」小兒低喚，聲音有些哽咽。

「作惡夢了嗎？」龐晉川輕聲問。

小兒點頭。「兒子夢見娘從城樓上掉下來了，爹爹也不理我。」他顯得有些委屈，極力撲在龐晉川的懷裡不肯放。

龐晉川將身上的斗篷披在他身上，一把將他摟起，低聲安撫。「走，陪爹爹喝一杯。」

「喬姨娘生了個小弟弟，爹爹會不疼長汀了嗎？」他問。

龐晉川緊緊摟著妻子留下的唯一孩子，心被揪得緊緊的，他說：「不會。」

朱歸院的主臥裡，擺好了一張小圓桌，圓桌上四副碗筷整齊擺放。

龐晉川居中，旁邊依次留著兩副，小兒坐在他旁邊，也放著一副。

他給小兒倒了一杯酒後，也給自己倒了一杯，朝他笑了笑。「喝吧。」

小兒皺了眉。「娘說小孩子不許喝酒。」

「你娘不在這兒。」龐晉川自己昂頭喝了一杯，看著旁邊的空碗筷嘶啞道。

到如今都沒有消息，是生是死也不知道，肚裡那孩子如果還在的話都快五個多月了吧，不知道還欺負她娘不？

龐晉川嘴角苦澀難耐，昂頭又喝下一杯。「你也喝吧。」

這世間的事，這般的奇妙。有她在，也覺好；沒她在時，才知離不了。

顧容盼，妳如今到底在哪兒?!是生是死？

龐晉川酒量不大好，幾杯酒下肚，眼角已有些迷離。

他怔怔的望著她的酒杯，忽似看見她美目盼兮朝他低聲道：「您少喝一些，醉酒傷身。」龐晉川忽連動都不敢動了，只恐她又消失。

「回到我身邊來。」龐晉川說。

容盼只是看著他笑，搖搖頭。

龐晉川按捺不住，觸手摸去，只一瞬間，鏡花水月恍然如夢……

原來僅是酒醉了。龐晉川扶額，推開酒杯。

「爹爹，爹爹，娘會回來嗎？」小兒問。

龐晉川回過神看他，心頭空虛一片，他摸了摸他鬆軟的青絲，點頭。「會。你在這兒，你娘她得回來。」

第三十一章

乘船十幾日，容盼和周朝崢等人才到達南澤。

時值五月初，南澤的氣溫已是溫熱，只需一件薄薄的春衫便可。

容盼暈船，下船後吐得昏天黑地，進入周家休養了四、五日後，才好轉。

周家是南澤的大戶，聽聞祖上在當帝一朝曾做至兵部尚書，到周朝崢的父親周定涯雖不再為官，但周家生意卻遍布全國，故以周家依然枝繁葉茂。

而周朝崢的母親終究沒能熬過，在見到兒子最後一面後病逝，闔府哀悼。

容盼沒讓長灃去靈堂，說到底他們只是暫時寄住在周府，然而在他們和周朝崢一起踏入周府的那一刻起，質疑他們母子兩人的聲音就不曾斷過。

瓜田李下，該避諱的還是得避諱。容盼能做的就是在周朝崢忙得沒空時，偶爾和乳母一起照看他三歲的兒子。

周賓崇是周朝崢和亡妻所生嫡子，生得粉團一般。他和他父親長得極像，嘴角邊總是掛著一對可愛的小酒窩，喜歡邁著小短腿跟在長灃後面叫：「大哥哥，大哥哥……」

容盼每每看著他，就會想起小兒來。

小兒三歲時，也是這般的可愛，龐晉川那時簡直把他捧在了手掌心呵護備至，不似今日這般嚴厲。想著，容盼歸京的想法愈加盛了起來，小兒該想她了吧？

翌日，容盼換了一件素色小坎肩，簡單的梳了婦人的髮髻便帶著長澧出門。從後門出時，她遇到周朝崢。

幾個主事的管事和他倚在門廊後商討著什麼。

周朝崢身穿縞服，面色蒼白、疲倦，俊朗的面孔上帶著一絲落魄，下頷新長出的鬍鬚泛著青色，和幾日前所見竟似兩人一般。他微蹙眉，側耳傾聽，偶有兩個管事爭吵起來，他便不耐煩的出聲示意，便這般說了許久也未定論。

容盼聽了一會兒，是關於當下親友來弔唁時安排的住所出了差錯。

周朝崢也注意到她這邊，示意讓管事的先下去。幾人也穿著素服，見著容盼微微頷首，神色頗為曖昧。

「周叔。」長澧朝他撲過去。

周朝崢將他抱起，多日來的愁眉苦臉這才微展一些，他親了親長澧的小臉，問：「和你娘去哪兒？」

長澧被他的絡腮鬍蹭著發癢，格格笑道：「娘要帶我去找爹爹。」長澧見過實崇喊周朝崢爹爹後，有樣學樣的對龐晉川換了稱呼。

容盼曾想，長澧雖然不說，但渴望得到他父親寵愛的心思絕對不減。

周朝崢望向她，微微點了個頭打招呼，容盼回笑行了個萬福，招手讓長澧下來。

周朝崢才剛把長澧放下，長澧就跑過來撲到容盼懷裡親了親她的臉，容盼粉臉微羞，瞪去。「莫要調皮了。」

惹得長澧笑得不止，她頗是無奈的對周朝崢抱歉一笑。「這些日子叨擾了，我身子安好，也不便再多加打擾。」

經過幾日的休息，她的面色的確好了許多，周朝崢幾不可察地掃了一眼她隆起的小腹，嘴角勾起一絲淡淡的笑。

他問長澧。「長澧要見爹爹了，高興嗎？」

長澧肯定地點頭，臉上神采奕奕。「嗯！」

周朝崢摸了摸他的頭，便不再說些什麼，只囑咐道：「路上小心，早去早回。」

容盼再是一俯。「多謝，公子辛苦了。」低下頭便牽著長澧的小手，從他身邊走過，出了門。

她身上有股香甜好聞的味道，不濃郁、不妖嬈，就是這般淡淡的卻深入鼻尖，彷彿能安撫人心一般，周朝崢搓了搓鼻尖，低頭自顧自的笑了笑，玉色的面龐上泛起柔和的神色，便也進了內堂去。

南澤，水鄉，極大。

與京都不同的繁華景色，該地民風較其他州更為開放，男女大防也低，路上無論是寒家女子還是富人家的小姐都可拋頭露面行於街道。

長澧的眼睛更是不夠用了，滑溜溜直轉動，一會兒被迎面走來金髮碧眼的洋人所吸引，一會兒又專注的盯著洋人的奇技淫巧，他看得最多的還是寫實的西洋畫。

容盼心想，也許可以給他找一位洋人畫師了。

走到寬廣的街道上，呼吸著潮濕的空氣，她的心情舒暢不已。

她剛才細聽了幾個洋人的對話，發覺除了個別單詞的發音生澀外，大致意思都是聽得懂的。

能在這裡接觸到自己所熟悉的事物，這讓容盼有些小小的激動。

「娘！」長澧忽然指著前頭大叫。

容盼順著他手指的方向望去，只見高闊的朱紅色大門上安放著一牌匾，上頭規矩嚴肅的寫著：知州府衙。

到了！

容盼喘了一口氣，安撫著小腹裡的寶貝，這孩子難得會動。

長澧伸出小手指，摸摸，昂著頭天真問：「娘，妹妹不乖了嗎？」

容盼忍俊不禁。「小禮物很乖，沒有吵到娘。」她給孩子取了一個乳名，叫小禮物，老天恩賜她的小禮物，不管這世道多複雜多變，她始終都守在自己身邊。

小禮物和長澧、長汀都不同，多數時候她很安靜，有時候偶爾想跟她打招呼的時候，都只是輕輕的波動，告訴她自己的存在。

由此可見，小禮物是個很溫柔的孩子。

容盼停歇了一下，又重新牽起長澧的手，走上前去。

朱色大門口，把守著兩個粗壯的衙差，他們頭戴深藍色差帽，身穿同色粗布衙衣，腰間掛刀，面容嚴肅。

容盼上前，朝二人行了個萬福，道：「二位大哥，我乃京都龐國公府夫人。需見知州大人，有事相商。」

兩衙差面面相覷，忽哈哈大笑，左邊高瘦的漢子，指著她喝道：「哪來的瘋婆子，膽敢冒充次輔大人的夫人！」

容盼和長灃對視一眼，長灃從脖間掏出黃牛的項鏈遞給容盼。

逃命的一路上，許多貴重的東西都已丟失，如今能證明身分的也就這黃牛項鏈了。

容盼伸出給他們看，道：「這是龐家榮寶齋之物，是公府夫人訂製給公府大公子，這能證明我母子二人身分。」

高瘦衙差接過，放在眼下細細打量了一會兒，扔回去給她，滿不在乎道：「不過是稍精緻的配件而已。再說，公府夫人早已在雍王叛亂中身亡了。」

「怎麼可能！」容盼激動上前。「還望二位大哥前去通報知州大人，我定能解釋清楚，他日大恩定當感謝。」

「是啊，大叔，求求你叫知州大人出來。」長灃也跟上去，可憐兮兮的對衙差道。

另一粗黑的漢子橫眉怒目。「呔——哪來的黃口小兒！知州大人豈是你說見就見的！快走，快走，否則法棍侍候。」

容盼被他推了一下，身子稍稍不穩，連退了數步。

長灃趕忙扶住她，另一高瘦的衙役攔住道：「她有孕在身，你我不便動手。」

粗黑漢子才沒衝上來，他又道：「且與你們實話實說吧，公府夫人早就死了，只龐次輔不信還漫天找人。連聖上都說三月後，要親自給次輔大人賜婚昭陽郡主。以後莫要再來衙門行騙了，這幾日裡就你們這樣的母子，我們知州大人都接見過四、五回了不止。」

容盼身子一晃，頓覺頭暈眼花。

憑什麼！

「我真是龐夫人，請你們前去稟告知州大人。」容盼求道。

高瘦男人有些不耐煩了。「妳若是龐夫人，我還是龐大人了。去去去，再說便打死你們母子二人。」

「娘！」

另一粗黑漢子要來抓長澧，容盼連忙將長澧護在身後，氣得渾身發抖，瞪去。

她久居上位，氣勢不怒自威，那漢子被她一瞪，一時竟覺得心下撼動，手上的動作也停了下來，不過一會兒，他回過神凶神惡煞地驅趕。「快滾，再不滾老子打死你們！」

容盼又氣又怒，卻也是無可奈何，只得帶著長澧先離去。

待她走了，高瘦男子才望著她的身影問漢子。「你怎麼就被一婦人瞪怕了。」

漢子摸摸鼻尖，尷尬道：「倒也不知為何，此女眼神竟與咱們知州大人有些相似，我一時就忘了。」

「哈哈……」高瘦男子大笑出聲，漢子越發惱羞成怒，兩人又相互咒罵開了。

卻說容盼一路心神不定回到周府。

耳邊一直縈繞著那漢子的話。

龐晉川要娶昭陽郡主，而她死了？

她想來想去，只覺內裡火燒火燎，心下又存了個疑影，想著用其他什麼途徑再去見南澤知州或者直接回京看看。

她才剛回到周府，就差點被提著四、五個大白燈籠的小廝撞到。

容昐看清了，是周朝崢貼身小廝周大，她問：「怎麼就你一人提著？」

周大委屈道：「府裡亂成一團了，咱們公子沒當過家，現在是大姑奶奶回來管著。那位哪裡遇過這麼大陣仗呢？也是手忙腳亂，弄不清東西南北。」

周大口中的大姑奶奶是周朝崢父親的親妹妹周愛蓮。

容昐前些日子遠遠見過一面，長得很是漂亮，只是脾氣有些急，性情不大好的模樣。在她下轎時，襖裙還掛在轎頭，奴婢來不及放下，便被她伸手刮了一個耳光過去。

聽說之前嫁得很是不錯，但這幾年夫家家道落敗了，便時常回周府拿些接濟，為此周朝崢的母親並不喜歡這個姑奶奶。

周大又道：「姑奶奶帶來的表小姐身子自幼不大好，如今五月的天還穿著厚重的棉襖。這不，今日又病了，剛姑奶奶才叫人去拿藥呢。」

容昐聽了，不免一笑，不想牽扯太多，便岔開話題問：「你也來幫忙了，那你家公子誰侍候？」

周大指著靈堂，抱怨著。「他自顧不暇，也不計較誰侍候了。」

容昐望去，只見靈堂之上，周朝崢領著一群人跪在左側，神情哀戚。

周大道：「今兒個一整天都沒用過膳，處理完事就在那兒跪著，這樣下去也不知受不受得住。」

容盼聽著，心下也不好意思再打擾周朝崢讓他幫忙自己，於是便低下頭對長澧問：「你隨周大給周公子送糕點去，可以嗎？」

長澧點點頭。「好，娘。」

容盼放開他的手，長澧就牽住周大，容盼又交代道：「娘在屋裡等你，送完就回來。」

「嗯。」

看著長澧離去，容盼隻身一人往西苑的廂房走去。

她脫了比甲後，小腹越發隆起，容盼呆呆的看著鏡中自己臃腫的身材，坐在炕上。

除了生長汀，後面兩胎都懷得有些吃力。

總歸是怨懟龐晉川的。

她想著，肚皮忽滑動了一下，癢癢的。

容盼輕輕的按住滑動的那一處，和她打了一聲招呼。「小禮物，我是娘親。」

小禮物沒動，好像又睡著了。

容盼長長的舒出一口氣，輕輕來回撫摸她的存在。「這麼調皮呀，和娘打完招呼就不理娘了？」

小禮物沒動，大概真是累了。

容盼脫下鞋，雙腳因為懷孕的緣故已經腫脹了許多，加之今天又走了一些路，比平常更累。她靠在引枕之上，拉過一個毛毯蓋住隆起的小腹，就要歇息時，忽聽見外頭長灃在喊。

「娘，娘，您出來。」

長灃的聲音顯得有些興奮。

容盼從炕上爬起。「怎麼回事？」她剛拉開門，只見周朝崢也在，他牽著長灃的手，站在樹下。

容盼穿得單薄，連忙回屋，將比甲套上，這才出來。

「夫人，此番前來，有事來求妳。」周朝崢誠懇地說。

「何事，但說無妨。」容盼叫長灃過來。

周朝崢臉色有些尷尬。「我知曉夫人是大家太太。周府府上事務多年來皆由家母打理，如今她老人家仙去，內子也已亡故。如今雖有大姑奶奶坐鎮，但難免壓制不住底下眾人。」他說到這兒，又看了容盼一眼。

見她但笑不語，面容隨和，這才繼續道：「我聽長灃說，您在府裡是管事的，故以此次勞您出面，替我暫時打理周府。」

周朝崢於他們母子兩人有恩，天大的恩情，容盼知曉，但她又以何身分管理周家？名不正，言不順。

容盼剛想出言拒絕，周朝崢連忙補充道：「只替我管治內院幾日，我大姊不日就從京都趕來了。」他的目光極為誠懇，看來已到了焦頭爛額的地步。

「娘，您就幫幫周叔吧。」長灃搖著她的手幫道。

容盼看著他，猶豫了下。「實不相瞞，我亦有事拜託於您。」

「何事？」周朝崢問。

容盼看了一眼長灃。「令姊到時，我想請公子幫我回京都。」

「極好。」周朝崢連忙應下。

容盼呼出一口濁氣。「如此，便請公子通告闔府，明日寅時正準時在大堂點卯。在我管家期間，眾人一律稱我為顧管事，可否？」

「好。」周朝崢這才鬆了一口氣，與她作了個揖，容盼側避，不敢生受。

只在兩人看不見的月亮洞門側，恍然掠過一抹俏麗的身影。

而這邊，龐晉川著手準備湖前開港事宜。

他向趙拯呈報，要親下南澤一趟。

趙拯批復：准奏。

寅時正，天還黑乎乎的，見不到一絲亮光。

容盼在正廳上坐著，身後是周朝崢撥來的六個僕婦。

一炷香時間內，陸陸續續有人到。

「咳……」容盼坐於廳堂之上，咳了一聲，原本喧囂的環境忽安靜了下來，眾人紛紛看向她。

她品口茶，環視底下。

眾人也瞧她，只見正廳之上，端端正正坐著一個妙麗的年輕婦人，瞧著不過二十左右年紀，頭戴玳瑁，身穿素服，就這身尋常打扮，可那通身的氣派卻極其讓人矚目。

容盼環視底下一圈，多半是帶著探究的；也有些面露不服，來看她出醜的；還有來觀望的，站在門口。

她初來乍到，這般也是人之常情。

容盼臉上露出淡淡的笑。「自今日起我便暫管周府上上下下事宜，直到大小姐歸府為止。」她聲音輕柔緩慢，擲地有聲。

眾人注視著她，容盼聲音略微大聲了些。「我雖新來且年輕，但絲毫不肯馬虎。你們其中誰若是想給我丟臉，我便勸你收收那顆心……」她說到這裡，微停，底下已有幾個僕婦竊竊私語開。

「各位也別怪我醜話說在前頭。這幾日不比往常，若是誰出了一星半點的差錯，丟人的可不是我而是周家。若是誰想給我下絆子使壞辦砸了差事，再跑到公子跟前哭喪，可別怪人不給你臉子看！」

院下，頓時一片鴉雀無聲。

容盼笑道：「第一日，你們大概不瞭解我處事方法，遲了，我且饒了一次。你們中的誰，姊姊妹妹若是沒來，趕緊去叫，若是過了寅時我還見不到人齊，咱們便是丁是丁、卯是卯，好好算一算這失職之罪。」容盼開始叫周大點卯喊名。

周大是周朝崢身邊貼身侍候的小廝，眾人見他手頭上新做的名冊，便知是要動真格的，如此原先還有些猶豫的在點了卯後，趕忙去喊人。

待名冊內點過一輪，大多數人基本已到，只有三個仍舊未來。

容盼親自取了放在手上，拿了筆將這三人名字革掉，隨後才轉過頭對底下道：「明日寅時正若再遲到，你們的名字也似這三人一般劃掉。我且不管你們是什麼得體的奴才，我只管我眼前看到的，三條腿的蛤蟆難尋，兩條腿的奴僕在這南澤只怕不難找，但你的職位若被旁人頂替了去，後頭還找不找得回且看你們自己的運氣。」

她說得很清楚，語氣平緩。

眾人原本還有些狐疑的，現下也重視了起來。

容盼這才開始分撥事宜，她將這些人一共分成四班。

一班專管接待，這些來往男客女眷，端茶遞水，親戚飯茶，只由他們，其餘事情皆與他們無關。

一班是雜碎事務，如上香添油，杯碟茶器，如此再依次根據器皿的材質進行劃分，如金銀銅鐵一撥；瓷器瓦缸一撥；布料綾羅又是一撥，等等不多累述。

再是庫房又一班，來往進出皆由她們錄入，簽字才可憑牌子來領。

最後一班，便是照管門戶，白日裡每三個時辰輪崗一次，夜裡兩個時辰輪崗一次。喪禮期間，若是府裡遭賊了，丟東西了，或是有人生事了，便只找他們的麻煩。

所有事情都交代清楚了，各個班次管事的紛紛上前來領取牌子。

這時，寅時才剛過，容盼抬頭瞧去，東方漸漸露出一抹魚肚白。

她起了身，摸著隆起的小腹，來回原地踏步四、五趟，渾身舒展了下，才對周大道：「你給你家主子擺了飯菜去，他用過飯再來我跟前侍候著。」

說著手伸出，旁的僕婦連忙上前攙扶著她，容盼順著臺階而下，開始第一天的清查。

周大看她遠去的身影，半晌回過神，只說不出是什麼感覺，竟覺得被她吩咐是應當應分的事，嘿！這說的。

翌日。

寅時正，名冊上的人齊齊全來，眾人看她點了頭，心下才漸安，一一上前領鑰匙牌子開始幹活。

因三日後便是周家夫人出殯的日子了，容盼整個人跟陀螺一樣，忙個不停。

前腳剛走一個來領取各房女眷月例的，後腳就見柴嬤嬤領著一個陌生的女人進來。

容盼正吃著茶，聽她說：「顧管事，這是瑞珠寶行的，來送請帖。」

「顧管事。」來人是個三十多歲的女人，她遞上一張請帖，容盼命人接過，打開一看，精緻的花紙上寫著四行簡短的洋文，落款是下個月十五。

「顧管事，這家珠寶行的店家是名洋人，與咱們老爺是老相識。」周大連忙補充。

容盼將請帖摺好，遞給他，回過頭對來人笑道：「下月十五我家公子定當前去親自祝賀開業。請柴嬤嬤親自送出去。」

待兩人走遠了，周大才有些驚詫問：「夫人懂得洋文？」

容盼這才恍然，支支吾吾道：「不過以前看了幾本有關洋文的書，學了皮毛，並不大懂。」

正說著。

去而復返的柴嬤嬤快步走來道：「顧管事，大姑奶奶叫您過去。」

容盼柳眉一挑。「何事？」

柴嬤嬤道：「說是一個丫鬟，潑了表小姐一身茶，燙紅了手。」

「表小姐？」容盼蹙眉回想，這幾日周府並未見到這號人物。

周大連忙提醒。「表小姐是姑奶奶的女兒，就是那日隨姑奶奶一起來的那位。」

「哦。」容盼恍然而悟，她知道，她這怒火是朝哪兒發的了。

她這才起身前去，她才走到月亮洞門，下一刻回過頭看向周大。「長灃若是肚子餓了，你帶他去用膳。」說罷，隨著柴嬤嬤往浮香院走去。

才入浮香院，迎面撲來一股濃濃的藥香。

容盼才進入院中，就見兩個丫頭跪在地上，臉上已被打得通紅。

而庭中，花藤架下的石凳上有兩人側坐著。

一個稍年長，長相豔麗，大致四十歲左右的年紀，面容和周朝崢有些相像，烏黑的髮絲上簪著一朵白色絨花，穿著一身素色襖裙。

容盼知道她，她是周朝崢的姑姑周愛蓮，之前曾見過一面。

而在周愛蓮身側則坐著一個二十歲上下的俏麗姑娘，只瞧她面容消瘦，臉上泛著一股不健康的潮紅，也是一身素色襖裙，手上捏著繡杜鵑的白帕，容盼與她對望，她的眼神有些倨促，略微躲閃。

周愛蓮不悅地哼了一聲。「跪下。」

容盼眼眸微動，嘴角微微挑起，問道：「我非周家家奴，豈能跪妳？」

周愛蓮捶桌，她身後婢女，飛快地上前要抓她的手臂，容盼身子一側。「我眼下有身孕，若是有個好歹，在你們周家出了什麼事，妳身為周公子的姑母豈能擔當得起？妳如何在周公子面前自處？」

「好個伶牙俐齒的僕婦，我看朝崢便是如此，才被妳迷得三魂七魄都丟了。」周愛蓮陰冷一笑。

本還嫻靜自若的王妙香聞言，雙眼微微泛紅，緊擰著帕子含怨怒視容盼。

容盼往後又退一步，小禮物好像在肚裡翻滾了一下，有些焦躁，她連忙後退，安撫著她，待她停下來了，容盼才道：「姑奶奶此言差矣，我非你們周家奴僕，與周公子也只是萍水相逢，並非您說的關係。」說罷，她指著跪地的丫鬟問：「不知她們犯了何罪？」

「這便是妳挑選的丫鬟？」周愛蓮指著她鼻尖就問，柴嬤嬤連忙跪下。

容盼道：「是，怎麼？」

「看看她們，表小姐不過要吃杯茶，那丫鬟笨手笨腳竟給燙了！」她說著，就撩起王妙香的袖，只見瘦若無骨的手背上被燙得火紅一片。

容盼微蹙了眉。

周愛蓮步步緊逼。「看妳幹的好事。若是再過幾日，客人都來了，還不得罪光了！」

柴嬤嬤連忙道：「顧管事，是表小姐自己……」

「賊僕婦，休得猖狂！」周愛蓮怒喝，命丫鬟上前就給了她一嘴巴子。

容盼已有些明白，只不理她，單看向王妙香，見她眉頭微蹙，眼光閃躲，便道：「既是這兩個丫鬟做錯了事，如何能怪得了旁人？」

王妙香好奇地看她，容盼朝她一笑，伸手一揮，身後連忙上來個僕婦。

「顧管事，幾下？」一人已經抓住丫鬟肩膀，一人拿出抽嘴的板子。

容盼問王妙香。「既是丫鬟得罪了小姐，那自由小姐處置。」

「我？憑什麼我來處置。」王妙香側目。

周愛蓮插話。「掌嘴十下！」

「好。」容盼剛應下。

那板子啪的便開始打嘴，才一下丫鬟就痛得嗷嗷直哭，扭著身子掙扎。

容盼眉頭微蹙，但神色不動，只用目光盯著王妙香。

兩下、三下，待打到四下，王妙香才猛地站起，慌亂道：「不用打了，是……是我自己不小心。」她羞紅了臉，低頭。

終於說出來了，容盼緊提起的心這才放下，叫僕婦住手。

她看得出王妙香心底柔軟，不似她母親。

周愛蓮拉住她。「明明是她們不仔細。」

「娘，別說了。」王妙香捂臉，跺腳快步往廂房裡走。

周愛蓮回頭朝容盼瞪來，暗暗咬牙。「別以為我不知道妳存了什麼心思。」

容盼反問：「您覺得我存了什麼心思？」

周愛蓮站起，上前數步在她跟前停下，瞇著精明的眼睛冷笑。「妳見我家阿香溫和，不忍丫鬟受苦，才使得這招，我倒是小看妳了！」

容盼未辯解，周愛蓮摸向她的小腹。「肚裡這孩子不是咱們朝崢的吧。」

容盼厭煩她摸小禮物，往後退去。「不是。」

周愛蓮笑道：「如此最好，莫想把妳的野種栽贓在朝崢頭上，也不瞧瞧妳是什麼身分，朝崢是什麼身分！若敢覬覦，我定叫妳不得好死！」

容盼眼中怒火翻滾，嘴角諷刺一笑，反問：「且不說我根本沒這樣想過，就算有，姑奶奶您以何身分與我說這番話？若是周公子要認，妳又有何辦法阻止！」

「妳！」周愛蓮揚手甩去，眾人驚嘆，連捂眼，但遲遲未見聲響，瞧去。

只見她手至半空，被顧管事硬生生攔住。

正待戰火一觸即發時，忽身後聽到周朝崢聲音。「姑母、顧管事。」他急匆匆走來。

容盼望了他一眼，見他面色疲倦不堪，便不再打算為難周愛蓮，下一刻甩手退去，在她耳邊輕聲道：「今日我好言相勸，妳若想妳女兒還能進周家的大門，這幾日就識些好歹莫要鬧事！得罪我事小，讓人看出妳霸道無理，周公子還娶什麼表小姐！」

周愛蓮怒視。「妳竟敢這樣和我說話！」

「言盡於此。」容盼慢慢退後。

「姑母怎麼和顧管事在一起？」周朝崢上前，只是笑問。

周愛蓮目光一閃，親切的拉過周朝崢的手，喜笑顏開。「聽說顧管事管家管得好，便想看看。我的兒，你怎麼趕來了？」

周朝崢作揖。「姪兒找顧管事有要事商談。」說著望向容盼，容盼微微頷首，先走出。周朝崢被周愛蓮拉著叫王妙香出來。

這邊，容盼讓人先將被打的奴婢送回，一路和柴嬤嬤出去時問：「到底是怎麼回事？」

柴嬤嬤也是後怕。「剛表小姐要吃茶，真真倒好後放在桌上，姑太太正好進來，表小姐沒注意，自己燙傷了。」

容盼點了點頭，道：「這是衝著我來呢，還好她心地不似她娘。」

「是，表小姐與咱們公子相差了五歲，又因自幼身體孱弱，夫人從前就不喜她吃藥似吃飯一樣，所以沒替公子結下這門親，為了這事姑奶奶至今還怪著夫人呢，現如今不知又該如何處理了。」

容盼問：「怎麼都二十了，還未許配人家？」

柴嬤嬤嘆了一口氣。「怎說沒有呢？只是表小姐身子極不好，三天兩頭臥病休養，哪家肯要這樣的主母？」

兩人說了一會兒話，周朝崢才出來。

柴嬤嬤要走，容盼拉住，周朝崢知道她這是擔心瓜田李下，不由為今日的事嘆道：「真是抱歉。」

容盼搖頭，笑道：「不是什麼大事，您莫要放在心上。」

周朝崢無疑是個好人，她答應暫時幫他接管周府也是因為感激他對他們母子的救命之恩。

欠債還債，理所應當的，若因此受了氣便惱了，如何能說得過去？

周朝崢見她眼眸明亮、面容嬌俏，一時竟有些呆住，待回神時玉面微紅，連忙退後一步，兩人隔著三、五步的距離，他才道：「家姊今早剛至，只路上受了些風寒，還需夫人多照顧幾日。」

容盼沈思了會兒。「倒不是什麼大事，只我在喪禮一事上並不熟悉。」

「無妨。」周朝崢說：「只需夫人幫我料理後宅，其餘事我自可處理。」

容盼聽此，點了點頭，兩人也無後話。

周大和周朝崢出去時，說：「夫人性情溫和，處事大氣，不知是誰家的太太。」

周朝崢未言，一路沈默。

她的家世，雖一直沒有明說，但周朝崢心底早已有了猜測。

那樣的人物，的確配得上她。想著，周朝崢不覺自己口內有些微微的酸澀，心道她在這裡多住幾天也是好的。

卻說這日，南澤知州早早等候在驛站外。

到了傍晚，才見落日邊，一隊龐大的儀仗隊緩緩走來。

知州連忙整頓官服，肅手而立，身後隨同的各衙役、鄉紳紛紛跪在路旁。

只聽那銅鑼乒乒乒敲了十三下，頭亭走前，次為避雨紅傘、障日綠傘，其後為肅靜、迴避木牌及一品次輔官銜牌，紅、黑帽皂役各四人，呼喝不絕，響徹四周。

「下官南澤知州裘柏，攜南澤各衙門官員及鄉紳親迎次輔龐大人。」裘柏斂目躬身大喊，眾人紛紛低頭跪拜。

待儀仗隊停下，過了一會兒，才見個騎著高頭大馬的男人道：「大人命眾鄉里起身。」來人正是來旺。

裘柏作揖，身後人齊喊：「謝大人。」紛紛起身。

這時中間那個深藍色轎子才壓下，轎中出來一個穿著正一品大紅官袍的年輕男人。

三十歲左右年紀，眼眸深邃，臉龐剛毅，單薄的嘴角輕抿，不苟言笑。

第三十二章

南澤金沙港口。

朝日剛出海平線，朝霞染紅了天際，通紅的一片，似翻騰的滾滾烈火層層累疊。遙望無際的大海上波瀾壯闊，海鷗低身飛翔，逆風朝霞。

帆船迎著風有的出港有的回港，數十條、數百條，人聲鼎沸，似餃子落沸水，擠滿了整個港口。

沿岸上，衙差開道，氣氛肅穆，為首的是個極其年輕的男子，他身後跟著知州、縣令、府衙等，最末的也是南澤有頭有臉的鄉紳。

海風習習，吹起他寬大的袍衫，鑲金的玉帶兆示了他的身分。

龐晉川扶欄遠視，神色靜默，知州隨侍身後，指著寬闊的海面介紹道：「此為南澤最大的通商口岸，水域狹長，兩江會合處寬約一萬兩千尺，航道寬一千八百尺，金牌門最窄處僅一千零五尺，共達一百五十七萬五千畝。」

「水深如何？可泊多少噸位的貨船？」他問。

裘柏連忙回道：「水深二十一尺以上，錨地及航道水深多在尺以上，有大沙、中沙、小沙三處水深三尺左右的淺灘，兩百萬斤以上船艦進出。其餘各處碼頭泊位在六十萬斤以下。」

龐晉川雙手負於後，迎面海風，許久回過頭。「可我聽聞金沙至少能進三百萬斤以上的船艦。」

裘柏一驚，連忙撩袍跪下。「下官不敢隱瞞，卻是能進，但得候潮才行，只恐勉強。」

「裘大人無須驚恐。」龐晉川眸色一動，虛抬一手。

他少報了斤位，只看他如何應答。

裘柏一邊擦額上的汗，一邊觀察他的神色，但見他神情未變，連忙補充。「南澤的皮革、角器、骨器都有自己的商行。東北的人蔘，西北的蕨麻、杏，景德鎮的瓷器等全國各地的特長也由此運往外藩。由此洋人亦販賣奇技淫巧的玩意兒、珠寶等等。」

南澤此地如此繁華，船泊於此幾乎塞得滿滿當當。如此單單一年進項便可抵西北兩年的賦稅。

湖前做通商口岸亦是勢在必行。

龐晉川點了點頭，問：「湖前若開港與你們南澤可有影響？」

裘柏便只等著他問這話，連忙將早已打了數遍的腹稿脫口而出。「湖前此前在和光帝一朝也曾開闢過通商口岸，但因倭寇關閉，下官聽聞如今倭寇仍未清剿乾淨。」

「哦？」龐晉川側目望他，只是一笑，並未評價。

裘柏跟上，小心進言。「但湖前開港之事此乃朝廷定奪，下官不敢妄下定論。」

龐晉川望向天際，漆黑的眸色越發深沈。

天色在他兩人的一問一答之中已大亮，東方旭日照耀得海面波濤粼粼。

「大人可要至下官府邸用早膳？」裘柏在龐晉川坐回轎上時小心詢問。

「不偏勞。」龐晉川合眼，來旺連忙擱下轎簾。

裘柏眼看著他的轎子遠去，不由心下五味雜陳，他實在琢磨不透眼前這位大人。聽聞今上為太子時，他便輔助於旁，但前些日子下了詔獄，復又提拔了起來。以世族之家行至一品，開國以來雖多，但進內閣左右朝政的卻是極少數。

裘柏想和他打好關係，卻不知該如何投其所好，聽聞他如今遍地尋訪夫人，可這天大地大，叫他如何去尋？

龐晉川回了驛站，換了一身常服，青髮高束，只用一根青玉簪髮。

南澤與京都相較，極是溫暖，但空氣潮濕，他有些不大適應。裘柏還候在外面，龐晉川從小門而出，回過頭對來旺說：「你就在門外候著，說我在小憩。」

「大人？」來旺不解。

龐晉川道：「此人，有私心，不足用。」

「是了。」來旺連聲應下。

驛站設在南澤東城，該地極為繁華，沿街高樓挺立，人來人往。

龐晉川用了小吃，便一路隨查，身後侍衛都打扮成尋常模樣混在人群之中。到了午後，他見街道正中間擺放了一個暗紅色的圓桌，桌上點了冥燭，正中間擺放著羊頭，其餘雞鴨魚肉各色拼盤不止。

「這是何意？」他問店家。

店家是個四十多歲、中等身高的男子，聽他說著字正腔圓的官話，便笑問：「公子是京都來的吧。」

龐晉川頷首，店家自道：「我們這兒時常有京都的商客。」說著又倒了一碗茶遞給他，露出一口煙燻的黃牙。「您不知，前段時間周家夫人仙逝，今日出殯呢，這圓桌擺放在這兒，是等會兒周家子孫路祭所用。」說罷，他又問：「京都有何不同？」

龐晉川回道：「無什麼不同，只是沿街搭棚，連番拜祭。」

店家聽的不由咋舌。「如此功夫豈不得一路跪下來？」

「只有富人家如此。」他回。

正說著，只見不遠處跑來一個腰間綁著白帶子的小廝，他急喘氣，飛速快走。

「這又是為何？」他問。

店家也是不解，出了店找沿街抱胸觀看的路人一問，交談了一會兒，回來咋舌道：「聽聞是周家送葬隊伍中有女眷暈了，這不趕忙趕了小廝去告訴府裡管事的。」

店家說起越發不肯止住。「您不知道，周家也是運氣好，府裡新來的管事是個極厲害的，這樣的大府竟管得有條有理，旁的說起她誰不舉起大拇指。」

「哦？」龐晉川笑了笑。

店家唯恐他不信。「您別不信，真是有這事，聽說是被丈夫拋棄了，帶了個孩子寄在周府，我遠遠見過一次，長得極美。」

「嗯？如此美貌她夫君如何拋棄？」他微微挑眉。

「這人家的事咱們哪裡打聽得清楚，只聽府裡幾個管事說，肚裡還有個遺腹子，寄人籬下，日子也辛苦得很。」店家一嘆。

「嗯。」龐晉川對他前言不搭後語，只是一笑，也不再問，從袖子中掏出幾個銅板放於桌上，起身往人群中走去。

卻說容昐這邊正帶著長灃和周實崇蹬上馬車。

她為府中管事，一路不得不隨行。

這個時間點，小禮物該睡了，現下在她肚裡安安穩穩的極好。

但實崇不行，一大早沒見到父親的身影，哭著不肯吃飯。容昐餵了他一碗飯，他不知從哪兒聽來的，說跟著容昐就能見到爹爹了，如此越發扒著她不放。

此刻要蹬車，他便哭著要容昐抱。

容昐肚裡還有個小禮物，哪裡能抱得住他？可見實崇哭得眼淚啪嗒啪嗒流，容昐不免可憐他小小年紀便沒了母親，只得自己先上了車，隨後叫柴嬤嬤把實崇抱上車坐在她懷裡。

一旁的長灃看著，嘴巴嘟得老高，怪聲怪氣說：「你幹麼不自己坐？」

實崇抽噎了會兒，委屈地鑽到容昐懷裡，撒嬌。「夫人，要抱。」

「……」長灃氣道：「別壓著我的小妹妹！」

「不會！」實崇奶聲奶氣哼哼了會兒，胖乎乎的小手摸上她隆起的小腹。「實崇最疼小禮物了！」

他果真是極喜歡小禮物的，周朝崢無力照顧他時，乳娘便帶他到容昐這邊，容昐肚子挺得有些大，坐臥不得只得半靠在太師椅上，他便支著手瞧著，有一次容盼睡著了，他小心的摸上去，正好小禮物動了一下，滑過他掌心，喜得他一整天都沒邊，樂呵呵的纏著一直摸。

長澧對他霸占娘親和妹妹的事，心裡早有怨言了！

容盼正聽柴嬤嬤說外頭路祭的事，沒注意到這邊兩個孩子已經為小禮物的爭奪戰快打了起來。

「太太，表小姐昏過去了。」柴嬤嬤急道。

容盼皺眉。「這才剛出去一會兒就暈了，身子怎麼這般不好？快扶進來，叫太醫，撥四個丫鬟貼身侍候，好了就派人告知我一聲。」

「是。」柴嬤嬤連忙應下，往外走。

這邊實崇窩在容盼懷裡，長澧靠在容盼身上，兩個小屁孩你瞪我，我瞪你，誰都不相讓。

實崇的乳娘快步走上前，遞了一團毛絨絨的團線給容盼笑道：「顧管事，若是實崇哭，您拿這個給他玩便是了。」為了孩子好養活，貼身侍候的人都直喊他名字。

容盼接過，笑道：「倒是很乖，沒鬧。妳要坐上來嗎？」

乳娘搖頭。「實崇和顧管事是有緣分的。」又道：「車廂裡本來就小，哪裡再坐得下人，我隨車跟著，您有事囑咐一聲便好。」

容盼點頭應下，將團線送到實崇的手裡，實崇扭捏了下，視線才從長澧身上轉到團線上。

外頭女眷按著輩分大多都出府了，容盼是最後一輛車。

行車緩緩前進，容盼撩開簾子往外瞧去，只見路邊人山人海，前頭送葬的車排得密密麻麻，看不見盡頭，再加之正午時分，天氣多少有些炎熱。

容盼撂下簾子，回了車裡頭，替長澧脫掉一件裡衣，擦了汗。

實崇嘟著嘴，撥弄自己身上的繫帶，也要：「夫人，實崇沒有。」

「乖。」容盼安慰他，因他年紀小，就沒給他脫衣，只塞了一顆甜糖進他嘴中。

實崇得了糖也是極高興的，便迅速忘了剛才和長澧的不悅，纏著他陪自己玩團線。

「顧管事。」周大的聲音。

「何事？」

「要路祭了，公子讓實崇前去。」周大彎腰道。

「知道了。」容盼從懷裡抱起實崇，替他擺正麻布做的帽子，又替他整了整素縞，輕聲道：「等會兒周大抱著你去見爹爹，實崇要不要乖？」

實崇睜著大眼可憐兮兮地望她。「夫人一起去嗎？」

「沒有，夫人還要等一會兒。」她笑道，將團線放在他手裡，實崇低低看了一會兒，埋頭道：「要快點來。」

「嗯。好。」容盼親了親他的側臉，逗得他抬了頭，兩個酒窩揚起。

「去吧。」容盼將他抱下車給周大，正回車裡，忽聽實崇哇哇大哭。

「毛團，實崇的毛團！」

「怎麼回事？」

「顧管事，實崇毛團丟了。」周大急得不成，滿頭大汗。

乳娘和幾個婢女連忙追了出去，可眼下都是看熱鬧的，人山人海哪裡那麼好找？

卻說那團線從車上一路滾到了路邊，被人踩了好幾腳，黑乎乎一片，龐晉川路過，彎身，修長雙指輕輕一挾，撿起。

「這兒。」龐晉川四周一望，招手。

乳娘正急得滿頭大汗，眼下如獲至寶，彎腰道謝不止。「難為公子好心，多謝。」

他看向哭鬧不止的車廂方向，眸色沈寂，單薄的嘴唇微微抿動。「無須多禮。」

這邊，實崇哭得上氣不接下氣。容昐無奈，只得又將他抱回車廂，低聲輕哄。

長灃說：「男兒有淚不輕彈。」

實崇可憐兮兮。「毛團是娘送的。」

長灃聞言，便不再說什麼，只拿眼看容昐，實崇的樣子讓他想起了弟弟。此刻，長灃覺得心裡有一絲的愧疚，他霸占了娘親許久，甚而他會想，要是從此都不回去也好。

「乖。」容昐摟著他輕聲撫慰。「毛團能找到的。」

「丟了。」實崇眼淚啪嗒啪嗒直掉，不一會兒兩頰就哭得通紅。

待容昐要回，忽聽得外頭乳娘聲音。「顧管事，找到了！」

實崇猛地抬頭，跟小兔子一樣兩隻小眼紅紅的。

容昐好笑的抽出帕子擦乾他的淚水，笑道：「別哭了，跟小兔子一樣。」又隔著簾子問：「在哪兒找到了？」

「是一個公子撿到的，還歸了來，如今已經走了。」乳娘回道。

「那可得給人家好好道謝。」容盼笑聲清脆。

「夫人要抱。」實崇耍賴，不肯下車。

「不行。夫人的肚裡有小禮物呢。」

龐晉川已經走了許遠，隔著人聲鼎沸，那串聲音不經意撞入他耳中，他佇立原地許久，又聽那孩子撒嬌。「小禮物不疼的。」

「實崇是大孩子了，不用別人抱了，是不是？」

「是，實崇很乖。」

「嗯，真棒。」

龐晉川緩緩轉過身，單薄的嘴角微微顫動，四周都空了，只有那一抹素色的纖細身影，挺著沈重的身子，彎腰親吻她跟前仍舊哭泣的孩童，髮絲間插著的素銀蝴蝶展翅欲飛。

「顧氏。」他低聲唸，容盼二字緊緊地懸在胸口，疼得厲害。

「夫人。」周朝峥疾步走來，看見實崇，彎腰將他一把抱起。

容盼站在他身側，上前拉好實崇的衣服。「爹爹來了，不許再哭，要聽話是不是？」她問實崇。

實崇鼓著小嘴，低頭。「要。」

周朝崢望向她。「妳身子重，不要總站著，這幾日實在累著妳了。」

容盼摸著小腹。「無事，快去吧。」只見前頭都已齊備，所有人按照輩分排好，就差周朝崢和實崇。

「多謝。」周朝崢朝她一笑，實崇湊上前，兩人離得極近，容盼身上的香味直撲他鼻尖，周朝崢愣愣的望著她嬌俏的臉龐，眼中有一瞬間的迷離。

直到實崇在容盼臉上重重的啵了一口，喊：「等實崇。」他才猛然回過神，有些尷尬。

容盼眉目彎彎，對實崇說：「好。」

稍後，才轉頭對周朝崢道：「您辛苦了。」

「嗯。」周朝崢躲閃她的目光，抱著兒子快步離去，後頭似乎有狼在追趕著他，快跑。

容盼抽出帕子，捂嘴，待那父子兩人消失在人群之中看不見了，才扶著痠軟的腰肢慢慢轉過身。

身後，站著一人，腳上是皂鞋，穿著深藍色暗紋祥雲袍衫，凝眉死死盯住她。

兩人四目相對。

他開口。「顧容盼。」

那聲音低得不能再低，帶著沙啞，好像千辛萬苦從他喉嚨裡頭擠出一般。

「父親！」長澧從車廂裡跑出來，飛快地朝他奔來，撲進他懷裡。

長澧抱得極緊，哭得淚流滿面。龐晉川一動不動望著她，蹲下，將大兒一把撈起夾在臂彎之中，朝她說：「跟我離開。」

他身後站著七、八個侍衛，穿著也是尋常服飾，但在人群中跨腿站立，極其顯眼。

這幾人也是認識她的，紛紛抱拳作揖。「夫人。」隨後將她護在中間，緊接著跟隨龐晉川的腳步離去。

柴嬤嬤看得目瞪口呆，連忙要追上去，可才剛撥開人群，卻見她隨著男人進了一頂寬大的車子。

男人先是看她坐穩了，才將臂彎裡的長氅交給她，隨後自己也坐了上去，撂下簾子。身後八名侍衛，兩人蹬上車轅駕車，隨後六名迅速跨上高馬，勒緊馬韁，整齊掉頭。

「呵——」只聽得一聲低喝聲，馬車在兩旁的護衛下，飛快離去。

柴嬤嬤看得膽戰心驚，南澤地界還從未見過如此人物，心下不由一驚，連忙回頭去稟告周朝崢。

一路上行車極穩，直往驛站的方向駛去。

龐晉川一句未說，只是看她，容盼嘆了口氣，小禮物醒了，在她肚裡翻轉。

馬車噠噠噠，很快停靠在驛站。

來旺早就候在那裡，袞柏隨後。

龐晉川下了車，看見袞柏眉頭微蹙，他將孩子遞給來旺，回了車，取了斗篷替容盼蓋住，抱起下了車。

「爺……」來旺看得目瞪口呆，一雙眼睛直盯著他懷中女子。

裘柏眼見他出趟門竟帶了個女人回來，甚為吃驚。

「備湯。」他只丟下一句話，便進了驛站。

裘柏連忙拉住來旺的衣袖，謹慎問：「這、這……下官不甚瞭解大人，還請您提點下官則個。」明眼都能看見是個女人，現下是什麼情況？

來旺一顆心還提著，正想知道爺懷裡到底是什麼樣的女人，被他拉住，亦是煩躁道：「我與裘大人一起在驛站等著，哪裡知道這許多？」

他侍候爺二十多年了，還未見過他對除太太外的女人這般好，這簡直是視若珍寶！

來旺當下連忙跟進去想要瞧個究竟，後又想到太太還沒找到，心下越發火燒火燎。

待要跨進大門時，忽想起懷中還抱著一個小孩，連忙一看，竟是大公子！

那剛才的女子……

龐晉川連長澧也不管了，進了屋，關上門，原本平靜的眸色猛然怒火翻騰。

容昐護著肚子往後一退，龐晉川攔住她的腰。「我還沒死！」他一把將她頭上的白絹花惡狠狠的丟在地上，棄之如敝屣。

容昐愕然，龐晉川解開她的衣扣。「剛才那個直勾勾瞧著妳的男人是誰！」

他力氣極大，幾個扣子啪啪啪頃刻間鬆落。

南澤，天氣熱，容昐裡頭只穿著一件白色杭絹的薄衣，外面那件白銀條紗剛落，就能清晰的見到她的渾圓。

因有孕，那裡脹如蜜桃，傲然挺立。

隱約間似乎能看到裡頭她穿著的沉香色肚兜。
龐晉川喉結一動，緊緊的盯住她，一口狠狠咬住她的嘴唇。
他思渴許久，渾身的疼痛沒有得到紓解，他要的太多，能給的也太多。
容昐任由他咬著，咬住自己的唇，咬破了唇，見了血，眼淚也跟著嘩嘩往下流。
龐晉川嚐到了她的淚，可他沒辦法。
他要將她拆卸入肚，一輩子不許走，不許再離開，緊跟著他。
他的吻密集，刮過她口腔，將她的汁水掃得一乾二淨，極力的強索，直到她整個人癱軟在他懷裡，他才攔腰一把將她摟住抱上床。
從紅潤飽滿的嘴唇，到她白皙的脖頸、精緻的鎖骨，他的手從下面探進去，直握住那對渾圓，愛之不及，愛之不及。
容昐被他弄得氣喘吁吁。
他大力的吻，在她身上落下一枚枚紅痕。「那個男人是誰。」
容昐試圖推開他，他卻越發跟魔怔了一樣，咬住她鎖骨。
「龐晉川。」她低喊，聲音帶著一絲痛楚，但就那短短的三個字極重的撞入他心扉，輕而易舉的撫平了他的怒火，他放慢速度，虔誠的吻上她圓滑的肩膀，停在那裡，許久，許久。
容昐慢慢感覺到一股濕意，她說：「沒有別人。」
龐晉川僵硬了下，停在她肩膀處。

「妳洗洗……我替妳去拿衣衫。」他嘶啞道，放開她的身子，朝外走去。

木門啪的一聲響動。

容盼癱軟在床上，緊咬住下唇，默然許久。

才明白過來，他本不信她。

在經歷了分別、生死，還有那麼多事，就在剛才見到他的那一剎那，自己心底是止不住的激動和欣喜。

她以為他也是一樣。

屋裡空蕩蕩的，一個人都沒有，她獨自坐在大床之上，拉起衣衫，蓋住了肩膀，蓋住了鎖骨，心下茫茫一片。

她不知坐了多久，窗前已是暮色落滿天空。

眼生的婢女進來換了三、四桶熱水了，容盼問她們：「妳們有沒有看見長澧？」

「誰？」

「大公子。」

「大公子在隔壁間，大人在哄公子睡覺。」婢女恭敬道：「夫人要沐浴嗎？」熱水換了一桶熱的，冒著熱氣，容盼搖搖頭。

她和衣躺在床上，睜著雙眼無神的望著房樑許久，身後的門開了，容盼側過身。

龐晉川緩步走了進來，脫掉身上的袍衫，躺在她身後摟抱進去。

容盼睜著眼睛無聲，蜷縮著背對他。

兩人誰都沒說話，她疲倦得不想去再解釋什麼。

屋裡熱得很，她覺得自己就像青蛙。

龐晉川從後面緊緊摟抱住她，摟得她後背被熱汗浸濕還不肯放。

後來容昐實在無力，才漸漸昏沈睡了過去。

夢裡許多幻想，有停留在現代的最後一幕，也有雍王齜牙咧嘴的身影，還有小兒低沈的哭聲。

這個光怪陸離的夢境，壓得她心口緊緊的喘不過氣來。

容昐猛地驚醒，窗外閃過道閃電，劃破夜空，驟如白幕，隨後驚雷由遠至近滾滾而來，雷震動地。

她推開龐晉川的手，起身，拖著沈重的步伐往隔壁間走去。

她推開門，點亮了蠟燭照向床上的長灃。

他睡得極熟，滿頭都是汗。容昐坐在床沿，抽出帕子擦掉他鼻尖的汗珠，又端看了一會兒，吻了吻他的額頭，替他蓋好被褥。

雷聲「轟——」的一聲大作，隨後不久大雨傾盆而下。

容昐站起合上窗戶，又在他屋裡呆坐了許久，走到外面讓婢女打了盆熱水進來。

她一人坐在空曠的大廳裡，沒有點燈，只有雨幕。

她褪下襪子，泡進去，一股熱氣從腳上直衝全身，那股寒意悄然散開。

「醒了？」不知何時他也醒了。

「嗯。」容盼低頭看著水中的腳。

龐晉川走了過來，撩開袍衫，蹲下，雙手探入水中。

容盼縮回，他鍥而不捨。

那雙腳早不似從前那般白皙光滑，上面有疤痕，有翻甲，都是一路帶著長灃逃命的艱辛，但她從來不曾後悔過。

那他呢？

龐晉川輕輕的拂水溫暖她的腳心，端詳許久。「累嗎？」

「累。」容盼道。

小禮物在她肚裡翻滾了一下，不大高興的樣子。容盼輕輕的摸上她，安撫。

「容盼，我欠妳的一輩子都還不了。」他說。

容盼咳了一聲。「您要娶昭陽郡主嗎？」

「不娶。」他道：「咱們好好過。」

「是嗎？」容盼嘆了一口氣。

「我信妳。」龐晉川抹掉她眼裡不知何時淌下的淚水。

容盼傾身抱住他的身體，猛地捶打他的胸膛。「你懷疑我什麼！你剛才在懷疑我什麼！」

「噓，噓，別哭。」兩人隔著木盆，他把她整個人緊緊摟入懷中，感受她難以抑制的恐懼和絕望。

「什麼都沒有，沒有！」

「是我混帳。」他低沈地在她耳邊不斷呢喃。「別哭，不值得。」

容盼眼角卻是止不住的流下淚，一股悲涼湧上心頭，她渾身顫抖，小禮物似乎感受到了母親情緒的波動也跟著躁動起來。

「哎。」龐晉川聲音哽咽，將她快速抱起，往內間走去。

腹內躁動不已，龐晉川第一次感受到她的胎動，他從後面摟住她，擁入懷中，炙熱的掌心不斷安撫著肚裡的孩子。

容盼喝了口熱水，他嘴角揚得極高，就看著她，待她情緒平復下來了，他才重新吻上她光潔的額頭。

小禮物這時卻狠狠翻動，容盼悶哼了一聲，龐晉川僵住，俯下身，輕聲的和她說：「聽話，別動。」

沒理他，她動得厲害。

容盼累得很，從他懷裡離開，背對他躺下，不肯讓他再碰。

龐晉川唉了一聲，也不敢再碰小禮物了。

第三十三章

容盼醒來時，日頭已經昇得老高，暴雨後地面還泛著濕潤，天氣卻極好，晴空萬里，遠處的青黛都被洗滌得越發青翠。

婢女進來侍候，容盼搖頭拒絕了，她飛快的給自己梳洗一番，便去了長澧屋裡。

來旺等在門口，看見她眼中泛著水光。「太太。」他喊。

容盼笑問：「近來可好？」

來旺又想答她的話，又想給她請安，一時竟手忙腳亂起來，容盼說：「不急，你慢慢說。」

來旺舒了一口氣。「勞您惦記，這些日子最難熬的該是大人。」

容盼聽他說。

「夜裡時常醒來去您屋裡，回府也極少講話，也就只有小公子還能討他歡喜一下。」

「小兒如何了？」容盼問。

來旺嘆了口氣。「剛開始還時常去您院裡尋尋，爺不讓他去後，越發少言寡語。」

「有生病嗎？」

「倒沒。」

容盼心才放回肚裡，來旺替她推開木門，對她道：「大公子早就醒來了，但爺不讓他吵著您，吃完飯便在屋裡作畫呢。」
容盼朝他頷首，跨進門廊，長灃抬頭見她，雙眼猛地一亮，站起。「娘。」
「嗯。」容盼摸摸他的頭，坐下，正要開口，卻聽門外傳來一聲響動。
「太太呢？」龐晉川的聲音，樓下侍候的哪裡知曉她在做什麼？只支支吾吾說不清楚。
龐晉川噔噔噔上了樓，直往主屋走去，他才剛過長灃的屋子，停下，見她坐在那邊，黝黑的雙眸緊緊盯住她的身影。「用過膳了沒？」
「沒。」容盼搖頭。
龐晉川進了屋。「剛處理完公事，回來接妳出去走走，要去嗎？」
「嗯，出去走走。」容盼點頭應下。
長灃也想去，龐晉川卻渾然沒有帶他一起的想法，親自拉著容盼回屋，替她挑選了一套丁香色雲紬對襟衫，底下是大幅湘緞的裙。
一路還是從小門過，只跟著昨日的侍衛。
龐晉川沒有坐轎，而是拉她直走，大約行了百來步到了一個小巷裡，他才停住，回過頭對她說：「這是當地極有名的婦科聖手，咱們進去問問脈。」
容盼沈默了下。「我不想進去。」
龐晉川回首，眼眸幽深。
容盼避開他的目光，自己往前走，龐晉川停在原地沒動。
她走了許久，也不知該往哪裡去。

不問脈，是因為她心裡有個坎，女兒的坎。

不管這孩子是男是女，如今她都喜愛，可他呢？

容盼不知不覺竟走到了周府門口。

周朝崢正好帶著實崇從街上回來，兩人皆解下素袍，只有手臂上別著一個黃色的方塊印記。

實崇看見容盼連忙撲上去，奶聲奶氣的說：「夫人不見好久了。」

容盼心情不由大好，周朝崢抱歉一笑，抱起實崇，往後一看問：「昨日有聽柴嬤嬤說，您夫君找來了？」

「嗯。」容盼低頭，踢著石子。

「要進去坐坐嗎？」他問，雖早猜到她的身分，但如今見她身上所穿綢緞皆非民間凡品，他心下略微有些酸澀。

容盼搖搖頭，笑道：「不了，天色也不早了，長灃還在家中，我需回去了。」

周朝崢嘆了一口氣，容盼摸了摸實崇的小手，和他說了聲。「乖孩子。」實崇癟嘴，躲到父親懷裡，只留給她一個背影。

待容盼已經走了很遠了，實崇忽然大喊：「夫人，壞！」

「實崇。」周朝崢低斥。

「壞！」他不肯鬆口，容盼回過頭，實崇紅著眼瞪她，滿滿的委屈，卻朝她伸出了手。

容盼心下不忍，但實在已沒有能力抱他了，只能抱歉搖頭。實崇抽噎了會兒，又埋頭進父親的頸窩裡。

周朝崢看著她說：「這孩子從小沒娘與您又投緣……」

「我知道。」容盼止住他後面的話。

周朝崢的感情，她不是木頭人。

「如此，保重。」他苦澀一笑，抱著實崇入府，容盼看著實崇趴在他背後，還嘟著嘴眼眶紅紅的。

容盼又走了一會兒，回到驛站，直進了屋。

她才剛打開房門，就見龐晉川坐於圓桌旁邊，目光灼灼。「去哪兒了？」

容盼一怔，進屋，她站得離他有點遠，兩人隔著一張桌子，她抬起頭直視他幽暗的雙眼，說：「隨意在周邊走走。」

「見了誰？」龐晉川笑問，倒了一杯茶推到她跟前。若非極熟悉他了，容盼可能感覺不出來他的怒氣，但，此刻他的確在生氣。

容盼扶著隆起的小腹，斂目回答道：「三、兩個行人而已。」

他冷漠一笑。「行人?!」

「是。」

「不是周朝崢？」他猛地起身，快步將她拉過來。

容盼蹣跚了數步，停下，心猛地跳漏了一拍。他知道了……

「妳到底見了誰？」龐晉川緊緊箍住她纖細的手腕。瞳孔微瞇，望進她眼中。在她眼裡，他的面容猙獰暴躁，可那棕褐色雙瞳卻緊鎖住了她的身影。

他忍不住想伸出手，撫摸她顫抖的眼睛。

容盼微閃，龐晉川面色暗沈，陰惻惻的盯著她。

「是，我見了周朝崢。」容盼緩和下語氣。「只是偶遇，您別多想。」

「過來。」他伸出手，等著她自投羅網，容盼猶豫了下，走了上去。

他一把抓住她的手，牢牢的握在手心。「以後還騙我？」

容盼見他神色平復下來，也舒了一口氣，搖頭道：「我不想您發怒。」

「嗯，沒有下次了。」他笑道，牽著她坐在了圓凳上，勾起一抹似有若無的笑，將茶放進她冰冷的手掌心之中。

容盼吃了口熱茶，渾身上下暖呼呼的，龐晉川看著她滿足得舒展眉宇的模樣，不由伸出手輕輕撫摸她的眉間，嘴角的笑意隱藏在層層平靜之下。

她長得不是頂美，卻百看不厭。

午後，龐晉川又出門了，他去做什麼，容盼已經習慣性不問。

他離開後，容盼去了長灃屋裡，外頭日頭極好，曬得人身心暖洋洋的，容盼靠在窗臺邊的榻上時而看著他作畫，時而翻動書頁。

微風習習，撩撥得人心漸倦，小禮物是個小懶豬，好像睡熟了，一動都不動，容盼慢慢的撫摸著她，眼皮也跟著沈了下來。

這一覺，無夢，再醒來已是日薄西山。

容盼揉著雙眼，打了個哈欠了，怎麼回到自己屋裡了。

筆山後，他不知坐在那裡許久了，正埋頭沙沙寫著公文。公文極多，幾乎把他半張臉蓋住。

容盼問：「長澧呢？」

說著已經下了床，穿好鞋，走到門口，剛要拉開房門，只聽他道：「在屋裡，拉著來旺玩西洋棋。」

「嗯。」容盼頷首，推開門出去。龐晉川眉頭微不可察皺起，望著她的身影，嘴角已沈下。

容盼去了長澧屋裡，見他玩得正在興頭上，也不吵他，回到臥房。

「看見了？」他頭仍舊沒抬，筆速飛快，聲音有些冰涼。

容盼一怔，點下頭。「嗯，玩得高興。您要吃茶嗎？」

「普洱。」

「是。」

過了一會兒她才回來，將泡好的茶端到他跟前桌面放下。

龐晉川抬頭覷她，臉色緩和了下來。「等會兒，就好。」

「好。」

容盼坐在椅子上等他。

「斗篷披上，別著涼。」他說。

容盼這才驚覺四周不知何時已轉了涼，她轉手取過斗篷走向穿衣鏡前繫好，整了整蓬鬆的髮髻，將一枚鏤空蘭花珠釵插定。

月分很快進入六月，小腹已經隆得很高了，容盼對著鏡子中微微轉動自己的身子，好奇的打量小禮物的現狀。

不知她長得好不好，像誰呢？

若是小禮物也跟龐晉川一樣動不動就板著臉、散發冷氣，估計會把人都嚇跑了，這樣可不大好。

「小禮物。」容盼不由低喃出聲。

「想什麼了？」在她想得出神的工夫，龐晉川已經處理完公務，他大步上前很是順手的拉好她身上的斗篷，直到密不透風了才滿意的挑眉。

落地穿衣鏡是西洋運來的，比銅鏡照得清晰，容盼看著他的臉，她已經許久沒有仔細看過龐晉川了。

龐晉川的輪廓很剛毅，濃眉、筆挺的鼻梁、單薄的嘴唇，這樣的男人無疑是有魅力的，不知小禮物會不會和她兩個哥哥一樣長得像他呢？

容盼回了一個笑。「我在想她長大了會是什麼樣？」

龐晉川聞言，大掌極其輕柔摸上，滿足的長嘆一口氣。「生出來就知道了。」

他雖這麼說，可撫摸的動作不減。

容盼莞爾，他拉起她的手，一邊往外走一邊說：「妳睡了半日，咱們出去走走，晚膳也在外頭用。」

「好。」容盼點點頭，兩人一起去叫了長灃。

長灃正和來旺玩西洋棋，聞言歡呼雀躍不已。

來旺連忙囑咐下去，當他路過龐晉川和容盼身邊時，不由抬頭悄悄望去，只見爺緊緊的摟住太太的腰肢，嘴角明顯一抹笑意觸人心魄。

傍晚，落日的餘暉還賴在海面遲遲不肯下去。

海浪輕拍著船帆、礁石，海燕迎面直搏，一望而去，海天相連，瑰麗的晚霞綴滿天空。

容盼扶著欄杆，深深的吞吐著新鮮的空氣，龐晉川就站在她身側，凝眉一瞬不瞬的望著她。

看著，她白皙的側面被夕陽的餘暉染得粉紅，從光潔的額頭到脖頸，沒有一處讓人的目光不膠著在她身上。

「餓了沒？」見她轉過頭，龐晉川撥開被風吹到她臉上的散髮，寵溺問。

「嗯，是餓了。」容盼朝他笑道，長灃跑到他們兩人中間，他只到容盼的腰間，小手緊拉住她的手腕，隨後摸摸小禮物，又心滿意足地跑開，容盼連忙跟在他後頭。「小心，慢點跑。」她的目光緊緊隨著他的身影，能一動不動站著許久。

龐晉川便不肯讓長灃一直在她跟前，來旺過來牽他。

一行人，沿著碼頭直走。

身後浩瀚的大海，迎著落日。

南澤民風開放，加之是朝廷唯一一個通商口岸，所以並沒有實行宵禁。到了夜裡，街上燈籠高點，熱鬧非凡。

有三、五人聚在一起憑欄談天大笑的，也有在店鋪前擺了桌子摸牌九打馬吊的，孩童更是肆無忌憚沿街奔跑，呼朋喚友。

容盼和長澧就坐在聚賢樓的隔間上，憑欄望下，不時說上一、兩句話。

身後龐晉川望了母子兩人一眼，又轉過頭吩咐來旺晚膳的菜餚。「最後再來一碗牛乳。」

「是，爺。」來旺立馬點頭離去。

龐晉川坐下，倒了一杯茶也望向外頭，也不知是看景還是看人，還是人景都看。

晚膳很快就端上來了，南澤臨海，多是海鮮。

容盼喜歡吃魚，桌上就擺了四、五道不同烹飪的魚肉，她吃不下，他就哄著她多吃一點也是好的。

容盼搖頭實在吃不下了，他才放棄往她碗裡繼續挾菜，然後自己拿了一小碗白米飯和著她剛沒吃完的菜，慢條斯理，一口一口都解決掉。

牛乳上了，他放下碗筷端到她跟前。

容盼正給長澧剔魚骨，他見了只是嘴角微微沈了下來，對長澧說：「不要勞累你娘。」

長澧很懂事，雖然很想告訴爹爹，娘一直都這樣，但話到嘴邊，目及他冰冷的眼眸，他又吞了回去，昂面清脆點下頭。「是，父親。」

容盼只剩下最後幾根了，飛快剔好放入長灃碗中，隨後又挾了一塊魚肉，剔乾淨了，挾到龐晉川碗裡。

他只是看了她一眼，什麼都沒說，挾起吃完。

但容盼感覺到他的不悅。

「還要嗎？」她彎目笑問。

他點了點頭，看她。「好。」

容盼剛要站起，取筷挾魚肉，他卻已經挾好放在她碗中。

容盼嘆了口氣，又繼續剔骨。

整個晚膳，她剔了整整一盤的魚骨，他也只吃了魚肉，桌上其他菜色幾乎不動，長灃吃得厲害。父親不讓自己纏著娘親，可到最後父親還不是一直纏著娘親？

容盼身前的那碗牛乳，終究沒喝。

從聚賢樓出來，龐晉川就讓來旺先帶長灃回去，他帶著她在這條街上四處逛逛。

戌時正，月上柳梢，兩人走在擁擠的街面上。

一人在前，一人跟在後。他信步慢走，時而在路邊攤位停下，觀畫；時而入店鋪買書。

容盼悄悄地揉搓著僵硬的右手，跟在他後頭。

兩人足足走了半條街，到了街心，人潮擁擠，她落了一尺遠。

龐晉川嘆了口氣，回過頭，抓住她的右手，放於掌心。「不要做讓我不悅的事。」

「長灃還小。」容盼道。

龐晉川微有些惱怒。「他不小了，回京後，我便要請先生教他入學。」

容盼愣了下，龐晉川不滿的瞪了她一眼。「妳何時才能放手讓他自己來？」

「我沒……」容盼下意識反駁，但在他的目光中，她根本無所遁形。

「容盼，他不需要妳的保護。」龐晉川直言。

容盼咬住下唇，撇過頭。

前些日子在周府，和長灃睡在一起還好。可從昨晚開始，她竟無法適從，她無法忍受長灃離開她的視線太久。

「走吧。」龐晉川拉住她的手。

這時，黑暗的夜空之中飛快的竄出一抹極亮的火花，眾人抬眼望去，只瞧那禮花猛地在空中炸開，奼紫嫣紅似梨花般散落。

「城南員外家過壽！」

「放煙火了，快出來看啊！」

一朵，兩朵，三朵……轟聲震天，密集的綴滿夜空，四面八方越來越多的人湧現了出來，大家都抬頭興高采烈指著，臉上滿是欣喜。

容盼也昂頭看得極其認真，龐晉川緊緊的握住她的手，卻轉頭看著她眼中煙花的倒影，湊近她耳邊。「容盼，今晚好好睡。」

容盼回過頭，她的手被他捏得都出了密密的汗，容盼看清楚他眼中的不容置疑，許久才重重的點下頭。

回了驛站，龐晉川去沐浴了，容昐喝完了他備下的牛乳，在屋裡等了許久，爬下床去了隔壁屋。

長灃早就睡下了，滿頭大汗，容昐抽出帕子，替他擦乾，隨後俯身吻上他的臉蛋，她有些感應，回過頭，在門口見到他的身影。

背著光，看不清他的神色。

「我……我看看就走。」容昐抽身下床，有些尷尬。龐晉川看著她回屋，闔上門也跟了進去。

容昐躺到床上，隨手抽了他床前翻看的書。

都是山川地理、港口開閘這類的，許多字還是生僻怪誕的，容昐瞧他走進來，翻過了一頁。

「夜裡看書傷眼。」他抽掉書卷，掀開薄被躺了進去，從後面摟住她的身子，一雙手不緊不慢的撫摸著她的小腹，容昐緊繃了一會兒，慢慢放鬆下來。

他卻問：「妳這些日子到底在緊張什麼？」

容昐睜著眼，望著空白的牆壁。

龐晉川的安撫仍在繼續，可她漸漸的卻覺得漫長。

她在緊張什麼？容昐自己也不明白。

夜裡，容昐醒來了幾次，龐晉川也跟著醒來了幾次，到了凌晨，她乾脆披衣起床，坐在窗前的榻上等著東方露出魚肚白。

他默然盯著她孤寂的背影許久，起身坐在書桌前，繼續批復未完的公務。

蠟燭的光亮在空曠的屋子裡落下淡淡的投影，照亮了他這一角的光明，而她那邊依然是被黑暗籠罩。

兩人熬了許久，容盼才漸漸趴在牆角困頓地瞇上眼，龐晉川從桌後走出，將她抱回床上。

剛放下，她便不安穩的蜷縮在角落裡，龐晉川俯身凝眉望著她的臉龐，理好她嘴角的青絲。

龐晉川半躺回床上，將她整個人都抱起，抱進懷中，低聲輕哄。

起先她面色焦躁不定，但慢慢的放鬆下來，整個身子都靠在他身上，沈沈的陷入了夢境。

抱著她，他才覺胸口像被人狠狠打了一拳。

都有了六個月的身孕了，肚子這麼大，可她還是很輕，摟在懷裡都能清晰地摸到她的身子硌手得厲害。

他就這樣緊緊摟著她，直到東方旭日昇起，他才披衣起身，叫來旺把那名婦科聖手叫來。

外間，隔著紗幔。

一個白鬚老者認真問脈，龐晉川就站在他身旁，大夫緊緊皺眉又換了一隻手細探。

雖隔著翠綠色的紗幔，但依稀能看見裡頭夫人睡中不安穩。

大夫收回手，朝龐晉川作了一個揖問：「不知夫人可曾受過驚嚇？」

龐晉川點頭。「前段時間確實有受過大驚，但時隔數月，仍有影響？」

「如此便是了。」大夫連連點頭。「借前一步說話。」

龐晉川隔著紗幔望了她一眼，跟了上去。

大夫沈聲說：「夫人夜裡難以入睡，即使入睡也多夢易驚，且步行緩慢，言語略少，焦慮。」

「確實。」

「之前可曾察覺不對勁？」

龐晉川道：「前晚入睡艱難，被雷聲驚醒後過了一個時辰才漸漸入睡，昨夜驚醒數次，每每都要起身去看兒子，不知是何病症？」

大夫撫鬚。「此為肝氣鬱結之症，但大抵婦人產前多有此病，只因夫人曾受驚過度，加之內外齊齊煎熬，故以比尋常婦人更為厲害。」

龐晉川眉頭緊蹙，越發壓低聲音。「如此下去，該如何？」

「實不相瞞。」大夫告知。「還需儘早排除，否則以夫人身子雖能保得住胎兒，可也是極易早產。又因胎兒本就先天不足，如此恐有性命之憂……」

龐晉川愣然，愣了許久，直直的望入帳中之人。

她翻了一個身，小腹高隆。

他以為生子乃婦人尋常之事，卻不想竟累她至如斯地步。

而她也從未在他面前說一句疲乏。

「胎兒可要嗎？」他回過頭，問。

大夫道：「如今已到六月，自是可以留下。」

龐晉川緊張神色稍減。「那可有何醫解之法？」

「公子莫急，待我開上幾帖藥，夫人每日喝著，再配上食補大致能好。」大夫道完，龐晉川這才徹底鬆了口氣。

「如此最好。」

在她毫不知覺的情況下，龐晉川請了大夫來診脈。

容昐早起和他用完膳後，看著婢女端上來的藥，沈默下來。

「吃吧，安胎的。」龐晉川笑咪咪道。

容昐望向他。「哪來的藥？」

「一早，妳還在夢中，我尋了千金大夫來問診。」他回說，緩慢的從蜜罐之中挾了兩個蜜棗放在瓷碟之上，站起，走到她身邊，放在她跟前。

蜜棗晶瑩透亮，香味入鼻聞著泛著酸，極開胃。

容昐望著這兩樣，眼皮底下泛著青黑，嘴角笑意漸漸沈下，推開瓷碟，拒絕。「我沒病，我不喝。」

「容昐，妳要聽話，不要鬧性子。」龐晉川眉頭不經意皺起，雙手抱胸。

長灃就坐在兩人下首，緊咬住筷子擔憂地望向母親。

容盼抽出絲帕，擦淨嘴角，再不看那黑苦的藥汁，起身要走，她才剛走幾步，身後就傳來他涼薄的聲音。

「長灃，叫太太用藥。」

容盼猛然回頭，長灃低著頭站在兩人中間，龐晉川目光灼灼地盯住她的臉龐，微涼的雙唇再啟。「長灃，跪在你太太跟前，求她用藥。」

「我沒病，不用吃！」容盼氣得渾身發抖，雙手瞬間冰涼涼的，她用哀求的聲音對著他說。

「妳病了。」龐晉川微抿嘴，將藥碗交到長灃手中，從後背推了他一手。

長灃懼怕的走上前，期期艾艾的捧上去。「娘，吃藥。」

容盼頓覺口乾舌燥。

龐晉川喝令：「跪下！」

長灃撲通一聲跪在地板之上，聲音在安靜的大廳之中極其刺耳。

「求你娘吃藥。」

容盼瞪向龐晉川，嘴角微咬。

長灃眼眶微紅，雙手捧著藥碗端到她眼前，哽咽的哀求。「娘，兒子求您吃藥。」

容盼只覺得喉嚨口被噎得難受，她慢慢的伸出手，捧住那碗藥，因著太過用力，緊捏住瓷碗的雙手骨節泛著微白。

她看也沒看龐晉川一眼，昂頭全部喝下。

「起來，隨娘進屋。」容昐放下碗，擦掉嘴角苦澀的藥汁，長灃朝後看去，容昐順著他的目光也看過去。

龐晉川眸色微閃動，抓起蜜餞的瓷碟，走到她跟前，這才舒心一笑，他摸著她青黑的眼皮，心疼道：「吃些蜜餞，去苦。」

容昐依言含了一顆在嘴裡，龐晉川問：「酸嗎？」

容昐望進他深黑色的眼眸之中，嘴角微微往上揚。「甜的。」

他聞言，才把最後一顆也吞進口中，才咀嚼了幾下，眉頭立馬緊蹙了起來，有些懊惱的瞪她。「酸得很。」

「嗯，是酸。」容昐報復後，心下才略微舒坦了一些，叫起長灃，龐晉川看著她上了閣樓，那隆起的小腹頂得幾乎看不見她的臉了。

龐晉川卻忽然展眉，繼續咀嚼那枚極酸的蜜餞，後竟慢慢的也變得甜了起來。

用過早膳。

龐晉川交代了容昐幾句，可看她還是倦怠的模樣，忍不住問：「要送我出門嗎？」

容昐眯著眼，打了個哈欠，睡眼矇矓。「我等你回來。」

「嗯，也好。」他上前捧著她的小臉，容昐閃避過，他的嘴唇只是擦過她的額頭，龐晉川愣了下，又抓住狠狠在她的小嘴上點了兩下，才洩恨似的放開。

到了午膳時間，周朝嵘卻和他一起回來了。

龐晉川對容盼說：「我請他來，有事需要他。妳梳洗一下，等會兒，下來用膳。」他說得很沈穩，沒帶一絲的感情，容盼應下，略微梳洗了下，換了月白雲袖衫，外套一件水田對襟馬甲。

等容盼下閣樓時，兩人已在廳中談了許久。

周朝崢緊緊的盯住她，直到她走過來了，才連忙起身低頭，掩蓋住一絲難言，他作了個揖。「夫人好。」

「公子。」容盼點頭示意。

龐晉川眼中閃過一絲異樣，但很快便消失。「過來。」大掌朝她伸出，容盼乖順上前，龐晉川摟住她腰肢對周朝崢笑道：「煥辛，一同用膳。」

「謝大人美意。」周朝崢低下頭，緊緊的盯住他的手，眸色一瞬間暗沈了下來。

從左往右環來，龐晉川為主，容盼右側，長灃其下，周朝崢在左。

婢女鴉雀無聲的上了菜，最先是在容盼跟前放置了一個小罐，打開是花膠燉雞，清淡的花膠味配著雞肉味道極香。

周朝崢不由問：「夫人可是胃口不好？」

容盼剛要答，龐晉川已然接話。「謝周公子關心，近來內人略感疲乏。」

「學生魯莽了。」周朝崢淡淡一笑，斂目坐好。

此時，菜色基本已上完，龐晉川先挾了塊魚肉到她碗裡，又給長灃挾了肉絲，周朝崢許久未起筷，龐晉川笑道：「你們南人口味偏淡，不知你去了京都可受得了？若是不便，可把廚子帶上。」

「多謝大人關心。」周朝崢連忙起身作揖，龐晉川擺手讓他坐下，周朝崢才道：「之前考科舉時住過小半年，南菜偏甜爽口，北菜偏鹹端重，以學生所見，各有所長。」

兩人說話的工夫，容盼都喝完湯了，她問：「公子要去京都？」

龐晉川道：「我需周公子為幕僚，處理湖前事宜，因此隨京。」說著，叫婢女撤下罐子換白米飯來。

周朝崢有些欣羨兩人，但心口更多的卻是說不清道不明的酸苦。

用完膳，周朝崢先回去，龐晉川也換了一身常服出門。

裘柏只帶著兩個尋常打扮的衙差等候許久，他看龐晉川出來，連忙迎上去。

兩人今日要去海田，都只穿著常服。

裘柏悄悄打量著他的神色，然細瞧了許久，他面色波瀾不驚，看不出喜怒。

「大人。」裘柏琢磨了下，出聲。

龐晉川上了馬勒住馬韁，低頭看他。「何事？」

裘柏搓著手笑道：「下官聽聞夫人已尋回，此為可喜可賀之事，下官願將祖傳的玲瓏寶玉進上。」

「裘大人。」龐晉川喊他，裘柏連忙上前，咧嘴笑著看他，龐晉川面色平淡，道：「多謝你的好意，但夫人不喜玉，本官在此代為謝過。」

裘柏臉色一僵，後連忙彎腰低頭。「是，是下官考慮不周，不敢言謝。」稍末，換了一副油滑的嘴臉，湊到他跟前。「聽聞夫人有喜，大人此行也未帶姨娘，下官聽聞南澤有一處最是溫柔鄉，大人何不……」

「走。」龐晉川打住，勒住馬韁掉頭，裘柏一怔，連忙上馬，緊跟其後。

馬蹄聲漸行漸遠，驛站又恢復了平靜。

夜晚，龐晉川很遲才回來，身上有一股濃重的海鹽味。

容昐被強迫的又喝了一碗藥後，心情不是很好，兩人都憋著一股氣。

「熏到妳了？」龐晉川脫了褂子，自己聞了聞衣袖上的味。

容昐捂住鼻子，推開他不斷蹭上前的身子。「快去沐浴。」

「事真多。」龐晉川刮下她鼻梁，偷吻住她的嘴角，心滿意足去了浴間。

兩人洗漱後，上了床歇息，龐晉川摟著她，慢慢的撫摸她肩膀，只是夜色如醉，身邊之人又是如此馨香，龐晉川漸漸氣息有些沈重起來。

他已然忍了數月。

容昐沒有察覺，幽幽道：「我怕我睡不著。」

「胡說。」他輕斥，一隻手探入她單薄的衣衫，準確無誤的尋到那處渾圓，溫柔的揉捏，他低喘著氣在她耳邊哼道：「還沒睡……怎麼就知道自己睡不了？」

容昐推開，他鍥而不捨，一隻手從後頭阻隔掉她後退的退路，反將她推向自己。

「容昐，容昐……」

「孩子。」她撞進他眸色之中，望清了那一池的波濤翻滾。

「別怕，我會很小心的。大夫說，妳的身子可以了。」龐晉川從床上爬起，俯身在她身側，撥開她胸前的雙手，緊盯著她的明眸，解開她胸前的衣扣，雙目赤紅，充斥了濃得化不開的慾望。

容昐的雙手被他壓在頭頂，嫣紅色的薄衫被虔誠地解開，露出裡頭銀白色的縐紗肚兜。

那片小小的薄料就企圖想掩蓋住兩顆渾圓？龐晉川低低一笑，覆上去，就隔著肚兜一口含下她頂尖的殷紅。

「唔……」容昐悶哼一聲，雙手緊拽。

龐晉川極愛，埋進裡面，享受著溫柔鄉帶來的軟綿。輕挑慢撚，含到肚兜兩片上都濕透了，他才滿意的起身，脫掉她的薄衫，隨後往下，剝掉她素青杭絹的綢褲、褻褲，露出他想要的。

「別看！醜得很。」容昐埋頭進枕內，小腹因喘息跟著上下挺動。那薄薄的肚皮被撐得晶瑩透亮、圓滑可愛，龐晉川低笑出聲。「不醜，美得很。」

還沒說完，就已經低下頭，含住那一處。

他很用力，饑渴了許久。

容昐咬住牙，就在他的舌頭就要撬開兩片厚肉時，猛地瞪大雙眼，將他一把推開。

龐晉川驚詫地跪坐在綢被上。

容昐咬住牙，急劇喘息。「我、我不想要。」

「容盼。」龐晉川猶覺不信，想上前企圖重新擁她入懷。
「咱們睡吧。」容盼驚恐地看著他兩腿之間已經頂出綢褲的東西，喉嚨間不住地翻滾。
龐晉川還要再拉，容盼撇過頭。
「妳今天到底是怎麼了！」他低吼出聲。
容盼搖頭，拉住被子蓋在身上。「就今天，就今天不要。」
「為了誰？」他猛地拉住她的手，目光陰冷得透骨。
容盼恍然了下，猛地回過神，他冷笑著從床上站起。「周朝崢？就因為今天見了他一面，妳拒絕我求歡？」
「你不要想太多。」容盼解釋，龐晉川緊盯住她的眼睛，冷然一笑，從她身上翻下，取過斗篷離去。
門砰的一聲關上。
容盼渾身癱軟地坐下，屋裡還點著昏暗的燭燈，只照著屋中一角。
她用力抓回被脫掉的衣衫，緊緊的擰在手心之中，牙齒緊咬住下唇，眼睛一眨不眨盯著他落下的玉珮。
這不是兩人第一次爭吵，可容盼深深的感到無力，他明明說過不再懷疑，可卻從未相信過她。
她要的不多，可對於生性多疑的龐晉川而言卻難如登天。
容盼疲倦的歪在床頭，看著明明滅滅的燈火投映下自己的影子。

不知過了多久，才聽得門廊上一聲響動，龐晉川推門而入，走到床上，看都不看她，摟住她的腰肢，兩人躺下，一句話都沒交談。

翌日，龐晉川一早就被人叫走了，午膳沒回來，到了傍晚，來旺回來送信說：「爺說今晚忙得很，許是回不來了，若是太遲未歸便讓太太先睡。」

「他去哪裡了？」容盼正看長灃作畫，抬起頭，隨後一問。

來旺目光閃躲了下。「裘大人請大人有要事相商，許是在府衙歇下了。」

「哦。」她沒再問，望向窗外。桐花開得極好，紅的，白的，一簇簇相擁在一起，極美。

夜裡，容盼還是守夜了，一整個晚上她從臥室的門口走到窗前，憑欄望下，夜裡黑漆一片。

他沒有回來。

時間過得很慢，一點一點跟擠出來一樣，就這一晃也到了晚上。

容盼便熄滅了燈火，躺到床上，把自己靜靜的包裹住，她在黑夜之中靜默著，和小禮物說了很久的話，努力想告訴她自己今天做的事。

可容盼覺得，白天她自己去了什麼地方，見了什麼人，說了什麼話，做了什麼事，都沒什麼印象，腦袋好像空空的，一眨眼就能忘掉很重要的事。

睡不著，她覺得自己異常的暴躁、焦慮。

容盼扶著大肚出了門，下了閣樓，大廳裡空蕩蕩的，只餘下一盞幽燈，桌上趴著一看門的小婢，側著身，睡熟了。
容盼不由羨慕起她來，就坐在她身邊的椅子上，凝眉也不知想著什麼。有他在，她還能睡上片刻，但現在一刻都忍不下去了，從何時起她不知不覺對龐晉川產生了這麼嚴重的依賴？
容盼開了門，拉攏好斗篷走到院子中坐下。
天上星辰極好，一顆北極星熠熠閃閃，她支著身看了許久。月亮緩緩的離開頂空，旭日從東方昇起，兩個同時出現在半空之中，四周雲層繚繞，天色在不知不覺中已明亮了。
來旺打開門，見她頭靠在欄杆上，坐著，嚇了一跳。「太太？」
容盼面色蒼白，回過頭極淡的瞥了一眼。「剛醒來，便下來走走。」
「您快回屋吧，爺大概還未回來。」來旺連忙叫婢女出來，扶她回去。
容盼諷刺一笑，來旺都不相信她說的鬼話。
「等會兒，我要是睡了，你別叫醒我。」容盼雙腳有些麻，走得極疼，但稍微活動了一會兒，便可以。
來旺小心的護在她身後。「您慢點，等會兒爺若是回來了，小的定會和爺說。」
「好。」她又道：「長灃若是醒來，叫他用膳，不用給我請安。」
「好。」來旺就怕她磕著，心驚膽顫的隨她上了閣樓。「您別擔心，有我呢。」
「嗯，謝你了。」

她回了屋，就爬上床，實在睏得很，眼睛睜都睜不開，沾著枕頭就睡。無夢，舒心得很。

也不知過了多久，待她醒來，卻見他已經回來了，換了一身天青色的常服，坐在書桌上，翻看書卷。

容盼下了床，龐晉川抬眉，朝她一笑。「醒了？」

「您回來了？」容盼也回了一笑，笑容很溫柔。

龐晉川走上前，伸出手，雙手擦過她的鼻尖，替她整好袖口。「別著涼。」

容盼抬起眉，心口一顫。「您沐浴過了？」

「嗯？」龐晉川瞥她，點頭。「回來便沐浴了。」

「是嗎？那很好。」她低眉，眼中漠然一片。

——未完，待續，請看文創風176《嫡妻說了算》3完結篇

文創風 175

嫡妻說了算 2

國家圖書館出版品預行編目資料

嫡妻說了算 / 東風醉著. --
初版. -- 臺北市 : 狗屋, 民103.04
冊 ; 公分. --（文創風）
ISBN 978-986-328-274-7（第2冊：平裝）. --

857.7 103004201

著作者	東風醉
編輯	黃暄尹
校對	黃亭蓁　林若馨
發行所	狗屋出版社有限公司
地址	台北市104中山區龍江路71巷15號1樓
電話	02-2776-5889～0
發行字號	局版台業字845號
法律顧問	蕭雄淋律師
總經銷	知遠文化事業有限公司
電話	02-2664-8800
初版	103年4月
國際書碼	ISBN-13　978-986-328-274-7
原著書名	**《穿越之长媳之路》**，由北京晉江原創網絡科技有限公司授權出版

定價250元

狗屋劃撥帳號：19001626

網址：love.doghouse.com.tw　E-mail：love@doghouse.com.tw